페어리랜드

페어리랜드

임정연 장편소설

1판 1쇄 발행 | 2016. 11. 25

발행처 | **Human & Books**
발행인 | 하응백
출판등록 | 2002년 6월 5일 제2002-113호
서울특별시 종로구 삼일대로 457 1009호(경운동, 수운회관)
기획 홍보부 | 02-6327-3535, 편집부 | 02-6327-3537, 팩시밀리 | 02-6327-5353
이메일 | hbooks@empas.com

값은 뒤표지에 있습니다.
ISBN 978-89-6078-435-2 03810

* 한국출판문화산업진흥원의 우수출판콘텐츠로 선정되어 발간되었습니다.

페어리랜드

임정연 장편소설

Human & Books

차례

먼저 이 책을 펼쳐준 여러분께 감사드립니다. 7년 만에 두 번째 장편을 내게 됐습니다. 2016년은 제게 뜻깊은 해가 될 것 같습니다. 작가가 되고 처음으로 두 권의 책이 나온 해이니까요. 그동안 계속 글은 썼지만 그 결과가 책으로 나오지는 못했습니다. 그러다보니 힘든 때도 많았고 포기하고 싶은 때도 있었습니다. 하지만 계속 하다 보니 올해처럼 두 권을 내는 일도 생기는군요. 만세!

무슨 일이든 포기하지 않으면 언젠가는 결실이 돌아오는 것 같습니다. 그러니 여러분도 포기하지 마세요.

저는 앞으로도 계속 글을 쓸 겁니다. 그리고 더 나은 작품을 선보이도록 노력하겠습니다.

책을 내는데 도움을 주신 모든 분들께 감사드립니다.

2016년 11월

임정연

제1장 월요일, 페어리랜드

1

손들이 분주하게 움직인다. 테이프를 떼고 자르고 붙이는 소리 사이로 사무실 한쪽에 틀어놓은 라디오에서 댄스음악이 흘러나왔다. 노래가 끝나자 "화창한 봄날입니다. 오늘도 활기찬 마음으로 한 주를 시작해요"라는 멘트가 흘러나왔다. 그 소리에 맞춰 꼬맹이 중 하나가 입을 쩍 벌리며 하품을 했다.

작업 테이블 위로 주문 내역서와 송장이 흩어져 있다. 전화가 울리면 꼬맹이들이 번갈아가며 쫓아갔다. 꼬맹이 둘, 박실장, 그리고 나까지 넷이 달려들어 포장을 하는데도 정신이 없었다. 칸막이가 쳐진 쪽을 향해 소리쳤다.

"홍대리. 송장?"

어느새 옆으로 왔는지 홍대리가 팔을 쑥 내밀었다.

"…여기요."

굼뜨고 웅얼거리는 목소리. 송장을 건네준 홍대리는 포장이 끝난 박스들을 문 앞으로 뭉그적뭉그적 날랐다. 문소리에 돌아보니 택배기사가 들어왔다. 기사는 포장이 끝난 박스들을 먼저 밖으로 나르기 시작했다.

전화벨이 시끄러운 소리로 울려댔다. 박실장이 쫓아가 수화기를 집어들었다. 통화를 끝낸 박실장이 돌아와 꼬맹이들 중 하나인 진희를 타박했다.

"넌 아직 그거 하나 못 끝냈니? 끝난 거나 얼른 저쪽으로 날라."

진희가 입을 비쭉 내밀었다. 박실장은 진희가 싸다 만 박스를 끌어다 빠른 속도로 포장했다. 그 사이 홍대리는 굼뜬 동작으로 박스들을 문 앞에 차곡차곡 쌓고 있었다. 덕분에 기사는 창고까지 오지 않고 바로바로 박스들을 집어 날랐다. 기사가 물건들을 옮기는 새 남은 포장을 서둘러 끝냈다.

"끝났다!"

또 다른 꼬맹이 수미가 한껏 기지개를 켰다. 그걸 보던 박실장이 어이없다는 듯 피식했다. 택배를 보내고 나서 커피를 한 잔 타 자리에 앉았다. 어수선하게 쌓여있던 택배상자가 빠져나가자 50평 지하 사무실이 더 썰렁해 보였다. 한숨을 돌린 듯 박실장은 손등에 로션을 바르고 있고 칸막이가 쳐진 홍대리 자리에서는 키보드를 두드리는 소리가 났다. 진희와 수미는 컴퓨터 앞에 바짝 달라붙어 있다.

평범한 사무실이지만 뒤쪽을 보면 풍경은 일순간에 달라진다. 언제든 포장작업을 할 수 있는 작업 테이블과 옷을 수납하는 선반들이 빽빽하게 차 있다. 사무실의 반이 창고다.

11시가 땡 하기 무섭게 수미가 벽시계를 올려다보며 재촉했다.

"런치 타임. 얼른 가요."

진희가 재빠르게 전화기를 돌려놓고 FM 라디오를 껐다.

"어디 갈까?"

"패밀리 레스토랑요."

꼬맹이들이 입을 모아 소리쳤다.

"또? 작작 좀 가자."

파우더를 꺼내 얼굴을 두드리던 박실장이 종알거렸다. 꼬맹이들이 배시시 거렸다. 홍대리는 그제야 칸막이에서 나와 화장실로 사라졌다. 다른 땐 보통 시켜 먹거나 하지만 발송 때문에 일찍 출근한 월요일만큼은 특별하다. 식당이 붐비지 않은 시간에 나가 느긋하고 한가롭게 먹고 돌아온다. 그래서 1시간을 앞당긴 출근에도 별 불만이 없다.

거리에는 봄 햇살이 가득 쏟아졌다. 연녹색의 잎사귀들이 물이 오른 채 빛나고 있다. 위에 걸친 니트 카디건이 부담스러워졌다.

"세월 빠르다. 이러다 금방 여름 오겠지?"

옆에서 걷고 있던 박실장이 울상을 지었다.

"캡틴. 시간 묶어놓을 수 없어요?"

박실장이 햇빛을 손으로 가리며 징징거렸다.

"나도 그러고 싶다만."

진희와 수미가 종종 걸음치며 패밀리 레스토랑의 나무계단을 뛰어 올라갔다. 둘 다 올해 대학을 갓 졸업한 꼬맹이들이었다. 홍대리는 뒤에서 혼자 어슬렁어슬렁 오고 있다. 회식이 아니면 좀체 사무실을 떠나지 않는 홍대리가 밖으로 나오는 날도 월요일이다.

입구의 와인 저장고를 지나 붉은 벽돌로 단장한 코너를 돌았다. 꼬맹이들이 창가 자리에서 손을 흔들었다. 우리가 다가가자 기다렸다는 듯 샐러드 바로 사라졌다. 둘이 킥킥대며 웃는 소리가 작게 들렸다.

각자 먹고 싶은 음식들을 들고 와 테이블에 내려놓았다. 가져오는 음식을 보면 그 사람의 성격을 알 수가 있다. 홍대리는 한 가지만 공략하는 스타일이다. 오늘도 언제나처럼 치킨에 피자였다. 그걸 보고 박실장이 그냥 넘어가지 않았다.

"넌 어떻게 맨날 같은 것만 먹니? 다른 것 좀 먹어라."

"…전 칼로리는 안 따져요."

홍대리가 포크를 놀리며 웅얼웅얼했다.

"어머, 내가 언제 칼로리 따졌어?"

박실장이 무슨 소리냐는 듯 눈을 치떴다.

"…박실장님이라고 한 적 없어요."

홍대리가 입가에 묻은 소스를 닦으며 웅얼거렸다. 박실장이 기가 막히다는 듯 홍대리를 쳐다보았다. 또 시작이다. 킥킥거리는 진희에게 물었다.

"누가 이길 것 같니?"

진희가 눈치를 보며 우물거리고 있는데 수미가 재빨리 말했다.

"뻔하죠. 홍대리님이죠."

"수미, 너!"

박실장이 발끈했다.

"사실이잖아요. 박실장님은 홍대리님 한 번도 못 이겼잖아요."

수미가 눈치 없이 종알거렸다. 박실장이 날 쳐다봤다.

"캡틴이 애들을 너무 풀어주니까 저렇잖아요."

못 들은 척 수미에게 고개를 돌렸다.

"수미야. 파스타 맛있어?"

"네."

"그럼 파스타나 먹어볼까."

"캡틴!"

등 뒤에서 박실장이 소리쳤다. 그러거나 말거나 샐러드 바로 향했다. 저도 나한테 대드는 게 애들 풀어준다고 뭐라 하기는. 접시에 수북하게 음식을 담아 돌아오는데 박실장이 훈제연어 앞에서 진주 목걸이를 만지작거리며 서 있었다.

"뭐하고 있니?"

"칼로리 계산요."

좀 전엔 발끈하더니 제 버릇 못 버린다. 박실장은 큰 키에 말라깽이다. 그러면서 늘 살에 파들거린다. 옷은 정장만 입는다. 오늘은 폭이 좁은 정장 스커트와 하이힐. 편한 옷을 입고 다니는 나에 비해 박실장이 더 오너처럼 보였다. 그게 항상 박실장의 불만이기도 하지만. 연어 카나페가 몇 개 올라간 접시를 보더니 진희가 물었다.

"실장님 그렇게 먹고 어떻게 견디세요?"

박실장이 날 흘끔 쳐다보았다.

"난 30대인 캡틴이 저렇게 먹고도 저 몸매 유지하는 게 더 신기하다."

"너도 얼마 안 남았잖아?"

"8개월요."

박실장이 한숨을 푹 쉬었다.

"그 생각만 하면 우울해요."

"나도 있잖아."

"캡틴은 동안이기나 하죠."

무테안경 속의 눈을 가늘게 뜨며 다시 한숨을 쉬었다. 그러거나 말거나 수미는 박실장의 접시를 보며 입맛을 다셨다.

"실장님. 하나만 먹어도 돼요?"

"안 돼. 네가 해먹어."

박실장이 뚱하게 대꾸하는데 테이블에 있는 휴대폰이 지잉 울렸다. 박실장이 얼른 휴대폰을 집어 들었다.

"페어리랜드입니다. 아, 네."

중요한 통화인 듯 박실장이 후다닥 자리를 떴다. 진희는 푸짐하게 담긴 내 접시와 앙증맞게 장식된 박실장의 접시를 번갈아 쳐다보았다. 누구 걸 따라 해야 할지 고민스럽다는 표정을 짓고 있다. 그 사이 수미는 박실장의 접시에서 카나페 하나를 집어먹고 있었다. 홍대리는 아직도 같은 음식이었다.

통화를 끝낸 박실장이 테이블로 왔다. 손으로 목걸이를 만지작거리며 날 쳐다봤다.

"소다인데요. 결재를 좀 당겨줄 수 있냐고 묻는데요? 자금회전이 꼬였대요."

"여유 되잖아. 오늘 해줘. 대신 신상은 우리에게 먼저 가져오라고 해."

"네."

"금요일이 촬영이지?"

휴대폰을 열고 일정을 뒤적거리고 있던 박실장이 어라, 하는 눈빛이 되었다.

"그날 캡틴 생일이네요?"

"그래?"

나도 잊어버리고 있던 생일이었다. 좀 잔소리가 심하긴 해도 사무실 일을 미주알고주알 챙기는 건 박실장이었다. 꼬맹이들이 신이 나서 소리쳤다.

"파티 해요."

"그냥 넘어가자."

꼬맹이들은 어림없다는 듯 고개를 흔들었다.

"안 되죠."

좀 전의 일을 복수하려는 듯 박실장도 도리질을 했다.

"나 그날 약속 있어."

"데이트요?"

모두들 빤히 쳐다보았다. 박실장이 안경 너머로 눈을 굴리며 배시시 웃었다. 같은 대학의 후배들과 4년이나 함께 일하다보니 웬만한 거짓말에는 속지도 않는다.

"캡틴. 우리 룰 알죠? 애인과의 데이트 외에는 페어리랜드가 우선이다."

박실장이 의기양양하게 소리쳤다.

"그런 룰이 어디 있었냐?"

"지금부터요. 그치?"

박실장의 말에 꼬맹이들이 기다렸다는 듯 머리를 주억거렸다. 하여간 이럴 때 보면 손발이 척척 맞는다. 하지만 홍대리만 별 관심이 없는 듯 보였다. 워낙 말수도 없고 행동도 굼떠 좀체 무슨 생각을 하는지 알 수가 없다. 생일 파티라. 그건 꼬맹이들 나이 때나 하는 거지 이 나이에 무슨 생일 파티? 고개를 돌리자 옆 테이블에서 커플이 다정하게 웃고 있다. 그 모습을 물끄러미 바라보았다.

2

사진 촬영이 있는 날이었다. 비가 온다고 해서 걱정했는데 다행히 내리지 않았다. 어제까지 진을 치고 있던 황사는 동해 너머로 빠져나갔고 그새 하늘이 흐려 있었다. 그래도 촬영에는 지장이 없을 듯 했다.

박실장은 출근하자마자 들고 갈 물품들을 챙기느라 바삐 돌아쳤다. 오늘은 간만에 정장을 벗고 스키니 진에 흰색 셔츠 차림이다. 머리도 질끈 묶었다. 그래서 몇 살은 더 어려 보인다. 모델들이 입을 옷들은 미리 준비한 행거에 걸려 있었다. 진희가 행거를 끌고 박실장을 따라 나섰다. 창고에서 배송할 박스를 포장하고 있다가 박실장을 불러 세웠다.

"야. 박은희."

"왜요?"

"키 가져가야지."

"아참."

박실장이 허둥지둥 돌아와 키를 건네받았다. 얘가 촬영 있는 날인데 정신줄을 놓고 있다.

"너 오늘따라 왜 그래?"

"뭐가요?"

"됐어. 수고하고 은주한테도 고맙다고 해라."

"싫어요. 이따 직접 하세요."

박실장이 허둥지둥 문 너머로 사라졌다. 오늘 촬영 날이 하필 내 생일과 겹치는 바람에 모여서 한 잔 하기로 했다. 택배를 보내고 나서 의자 등받이에 머리를 기댔다. 라디오에서 헤이, 주드가 흘러나왔다.

홍대리는 칸막이 너머에서 꼼짝도 안 했다. 다음 시즌에 업로드할 시안을 만드는지 틀어박혀 있었다. 벌써 두 번이나 퇴짜를 놨는데도 가타부타 말이 없었다. ㄷ자 모양의 칸막이가 둘러쳐진 홍대리의 자리는 튼튼한 요새 같았다. 위에는 웹캠이 달려있고 누군가와 얘기를 할 때도 그걸 쳐다보았다. 책상에는 컴퓨터 본체와 연결한 모니터가 두 대가 있다. 웹 디자인을 하지 않을 때는 게임과 채팅에 빠져 살았다. 칸막이 너머로 와삭, 하는 소리가 들렸다. 홍대리 책상에는 늘 커다란 마카로니 봉투가 있는데 그걸 먹는 소리였다.

"잘 돼가니?"

칸막이를 똑똑 두드리자 홍대리가 귀에서 이어폰을 잡아 뺐다.

"…아뇨."

"아직 시간 많으니까 쉬엄쉬엄 해."

"…네."

웅얼웅얼하며 고개를 떨궜다. 홍대리와 함께 일한 지도 벌써 4년이다. 언제나 칸막이 안에 처박혀 있어 잘 보이지도 않는다. 5년 전 혼자서 창업한 인터넷 쇼핑몰이 점점 커지자 같이 일할 사람이 필요해졌다. 의류학과 후배인 박실장이 가장 먼저 합류했다. 박실장은 그 즈음 다니던 회사를 그만두고 자리를 알아보고 있었다. 쇼핑몰 서버 관리할 사람으로는 동기한테 홍대리를 소개받았다. 홍대리가 원한 건 두 가지였다. 일을 하지 않을 땐 게임과 채팅을 보장해 줄 것. 두말없이 고개를 끄덕였다. 외골수라 사람들과 잘 어울리지 않지만 일 하나는 똑소리 나게 했다.

점심은 셋이서 먹었다. 식사가 끝나고 화장실에 가서 이를 닦고 돌아와 박실장에게 전화를 걸었다.

"날씨 어떠니? 거기 비 안 오지?"

"네. 좀 흐리지만 촬영은 문제없어요."

"별다른 일은 없어?"

"네. 근데 캡틴 사무실에 계속 있어요?"

"그건 왜?"

"그냥요."

또 무슨 꿍꿍인가 하며 수화기를 내려놓는데 순간 라디오에서 생일 축하 팡파르가 울려 퍼졌다. 무슨 소린가 해서 돌아보자 아까부터 그 앞에서 알짱거리던 수미가 재빨리 볼륨을 키웠다.

"축하합니다. 축하합니다. 오늘은 생일을 맞은 분들이 많은데요. 마포에 있는 '페어리랜드'의 차요정 씨에게 생일 축하 사연이 들어와 있네요. 같은 직장에 있으신 분들인가 봐요. 김진희 씨와 양수미 씨가 우리 캡틴 서른 세 번째 생일 너무너무 축하드려요. 그리고 저희 돌잔치도 해주실 거죠? 돌잔치 운운하는 거 보니 사회초년생들이신 거 같은데요. 오너를 캡틴이라고 부르나 봐요. 왠지 화기애애한 사무실 분위기가 확 떠오릅니다. 캡틴, 차요정 씨. 33살 생일을 축하드립니다. 행복하세요!"

수미가 방송을 탔다며 좋아라하고 있는데 홍대리도 칸막이 너머로 음흉하게 웃고 있었다.

"야, 양수미."

그 서슬에 수미가 얼른 자리로 돌아가 엉덩이를 묻었다.

"박실장 짓이지?"

"네. 실장님이 보내라고 시켰어요."

수미가 컴퓨터 옆으로 얼굴을 내밀고 외쳤다. 그럼, 그렇지. 아침부터 이상하더라니까. 그냥 웃음이 터졌다. 하여간. 태어나 한 번도 방송을 탄 적 없던 내가 오늘 33살이 된 것을 만천하에 알렸다. 그래서 뭐?

푸르스름한 조명이 켜진 바 한편에서 조지 윈스턴의 피아노 소리가 흘러나왔다. 벽을 따라 놓여 있는 테이블들은 아직 이른 시간이라 그런지 듬성듬성 비어 있다. 진동으로 해놓은 휴대폰이 울렸다.

"응. 어디니?"

"성산대교 건너고 있어요. 좀 밀리네요. 벌써 시작한 거 아니죠?"

창문을 열고 달리는지 박실장의 목소리 너머로 바람 소리가 들렸다.

"마시고 있는데."

"아이 그럼 안 되죠. 어디에 있어요?"

"루나."

홍대리는 아까부터 맥주를 홀짝이고 있는데 여길 나갈 때까지 다 비우지 못할 것이다. 20분쯤 후 박실장과 일행들이 들이닥쳤다. 남자 모델인 원준과 사진작가 은주, 그리고 진희가 테이블로 왔다. 여자 모델은 안 보였다. 페어리랜드는 여성 옷이 주력이라 여자는 전문모델을 쓰지만 남자 모델은 그때그때 필요할 때마다 아르바이트를 썼다.

"어서들 와."

"안녕하세요."

원준이 꾸벅 인사를 했다. 꼬맹이들이 얼이 빠진 얼굴로 원준을 쳐다보았다. 훤칠한 키, 흰 얼굴, 옆으로 가늘고 긴 눈. 잘생긴 건 맞는데 좀 약해 보이는 인상이라고 해야 하나.

"응. 수고했어."

"오빠. 이쪽에 앉으세요."

꼬맹이들이 앞다투어 제 옆자리를 권했다. 원준이 어떡할까 고민스럽다는 듯 웃었다. 박실장의 동생인 은주는 여느 때처럼 건빵 바지 차림에 주머니가 주렁주렁 달린 조끼를 입고 있다.

"여자 모델은 갔어?"

"네. 선약 있다는데요."

박실장이 무테안경을 밀어 올리며 대답했다.

"은주도 수고했다."

"수고는요. 불러주셔서 감사하죠."

짧은 커트머리를 쓸어 넘기며 생글거렸다.

"건질만한 것 좀 있어?"

"그럼요."

시원스러운 대답이 돌아왔다. 그러면서 건빵 바지 주머니에서 휴대폰을 꺼내 테이블에 내려놓았다.

"너 이뻐진 것 같다. 연애하니?"

가벼운 농을 건넸더니 은주가 눈꼬리를 내리며 배시시 했다.

"어? 티나요?"

은주가 손으로 제 얼굴을 토닥거렸다. 박실장이 그런 은주를 보며 흥, 하고 콧방귀를 뀌었다.

"오래 갈 것도 아니면서 그러네."

"박실장. 너 질투해?"

"뭐가요. 앤 석 달을 못 넘겨요."

특유의 새침한 표정을 짓더니 수미에게 고개를 돌렸다.

"사다났니?"

"네."

수미가 상자에서 케이크를 꺼내 테이블에 올려놓았다. 위에다 가져온 초를 꽂고는 불을 붙였다. 그리곤 진희와 수미가 내 양옆으로 달라붙었다.

"생일 축하드려요."

"만수무강하세요."

"너!"

아차, 하며 수미가 입을 틀어막자 한바탕 웃음이 터졌다. 촛불을 훅 불어 끄자 일제히 박수를 쳤다. 꼬맹이들이 케이크를 잘라서 한 조각씩 돌렸다. 원준에게는 서로 주겠다고 몸싸움을 벌이다가 박실장의 눈총을 샀다. 내 앞에도 블루베리 치즈 케이크가 놓였다. 한 입 떠서 맛을 보았다. 꼬맹이들도 맛있겠다하며 달려들고 홍대리도 접시를 끌어당겼다. 홍대리는 포크로 크림과 케이크를 듬뿍 떠서 먹고 있고 박실장은 블루베리만 깨작이고 있었다.

"나이 먹는 거 싫다."

박실장이 포크로 케이크를 쿡쿡 찌르며 한숨을 쉬었다.

"…그래도 생일은 와요."

홍대리가 입술에 크림을 묻히고 웅얼웅얼했다.

"캡틴도 나이 먹는 거 싫죠?"

"넌 내 생일날 꼭 그런 얘기해야 되니?"

"아참, 캡틴 생일이죠. 우리 건배해요."

박실장이 헤헤거리며 재빨리 맥주병을 높이 들었다. 모두들 병을 부딪쳤다. 한 모금 마시고 내려놓던 박실장이 꼬맹이들을 쳐다보았다.

"야, 캡틴 생일인데 뭐 특별한 거 없냐?"

진희가 수미를 돌아보았다.

"야, 넌 뭐 없어?"

"그러는 넌?"

둘이서 팔을 툭툭 치며 서로 떠넘기고 있었다. 그때까지 케익을 집중 공략하던 홍대리가 고개를 들었다. 원준을 한번 쳐다보고 나서 내게 고개를 돌렸다.

"…한물갔지만 펫 어때요?"

웅얼웅얼 말했다.

"펫? 펫?"

박실장이 소리치더니 눈을 굴리며 원준을 쳐다보았다.

"원준 씨 펫 해볼래?"

"그게 뭔데요?"

원준은 궁금한 표정이었다. 꼬맹이들도 멀뚱멀뚱 쳐다보자 박실장이 빙글거리면서 장난기 있는 목소리로 말했다.

"별거 아냐. 오늘 캡틴 잘 모시면 돼."

"예?"

원준이 눈을 둥그렇게 떴다.

"그냥 애완동물처럼 귀염 좀 떨고…"

눈을 찡긋 하더니 홍대리를 보고 소리쳤다.

"야, 홍대리 너 얼마 있어?"

"…얼마 필요하신데요?"

"10만원 줘 봐."

홍대리가 굼뜬 동작으로 옆에 내려놓았던 백 팩에서 돈을 꺼냈다. 박실장이 그걸 받아서 원준에게 건네주었다.

"원준 씨, 오케이?"

"아… 네. 재밌겠네요."

원준이 돈을 받아들면서 장난스럽게 대꾸했다. 그러자 한 손으로 턱을 받치고 있던 은주가 원준을 힐끔 쳐다보며 말했다.

"아직도 펫하면 나도 한번 해보는 건데."

그러면서 내 옆구리를 툭 쳤다.

"캡틴. 축하해요."

"야, 뭐하냐. 주인님하고 건배해야지."

박실장이 팔을 흔들며 소리쳤다.

"예. 주인님 잘 부탁드립니다."

원준이 맥주병을 내밀자 나도 장난스럽게 병을 부딪쳤다.

"오늘 잘해봐."

"예."

눈이 웃고 있었다. 그러자 꼬맹이들이 입을 비죽 내밀며 몸을 흔들었다.

"힝."

둘이서 투정을 부렸다. 그 모습이 귀여워서 피식 웃음이 나왔다.

"선배…"

돌아보니 박실장의 얼굴이 불그레했다. 얘가 또 맥주 한 병에 취한 모양이었다. 술이 약한 건 박실장이나 홍대리나 거기서 거기였다.

"저번에 학교 갔다가 진 교수님 뵀는데 심란한 거 있죠."

"진 교수님이 왜?"

"진 교수님도 30대 초반까진 잘 나갔다면서요. 따라다니는 남자들도 많았고 인기도 좋았다잖아요. 근데 중반 넘으니까 남자가 싹 자취를 감췄대요. 저도 그렇게 될까봐 무서워요. 내년이면 서른인데."

"진 교수님이 올해 몇이더라?"

"40대 후반요."

"너랑 진 교수님이랑 같니?"

"그러니까 더 무섭죠. 서른 넘어 남자가 없으면 그 나이 돼도 없다는 거잖아요. 그래도 진 교수님은 교수라도 됐죠. 전 아무 것도 해놓은 게 없는데 남자라도 없어 봐요. 어떻게 살아요?"

박실장이 어깨에 기댄 채 징징거렸다. 휴, 한숨이 나왔다. 생일파티 해준다고 할 때 알아봤어야 했는데. 홍대리를 보니 맥주병을 붙잡고 고개를 푹 떨구고 있다.

"박은희. 너 그만 마셔라."

"저 안 취했어요. 노래방 가요. 노래방."

박실장이 벌떡 일어나더니 휘청거리며 출구로 걸어갔다. 한숨이 나왔다. 하는 수 없이 위층의 노래방으로 올라갔다. 크림빛의 실크벽지를 바른 넓은 룸에 푹신한 소파가 놓여 있고 천장엔 조명이 번쩍였다. 박실장의 등쌀에 첫 곡부터 마이크를 잡았다. 꼬맹이들이 어느새 최신 댄스곡을 눌러놨다. 노래가 나오자 원준이 백댄서로 나섰다. 꼬맹이들이 소리를 지르고 난리법석을 피웠다. 원준 덕분에 분위기가 한껏 달아올랐다. 노래가 끝나 자리에 앉으려고 하는데 박실장이 옷을 붙잡고 늘어졌다. 귀찮아서 원준에게 마이크를 넘겨주었다.

"대신해."

"네. 주인님."

깍듯이 고개를 숙였다.

"징그럽다. 그냥 캡틴이라고 해."

마이크를 건네받은 원준이 노래를 시작하자 꼬맹이들이 살짝 맛이 간 눈으로 쳐다보았다. 그리곤 일어나 함께 춤을 추기 시작했다. 셋이 추는 모습이 그럴싸했다. 역시 젊음은 좋았다.

"근데 술 없어?"

박실장이 꼬맹이들을 쳐다보자 홍대리의 백 팩을 열었다. 안에 몰래 숨겨온 캔 맥주를 꺼내 테이블에 늘어놓았다. 박실장이 연신 건배를 부추겼다. 옆을 보니 홍대리는 졸고 있고 은주도 취했는지 소파에 늘어져 있었다.

"이번엔 내 차례."

박실장이 벌떡 일어나 잘 놀고 있는 꼬맹이들의 마이크를 빼앗았다. 둘이 입을 비죽거렸다. 박실장은 마이크를 쥐고 특기인 바이브레이션을 넣었다. 음정도 박자도 맞지 않은 채 꺽꺽 거리자 꼬맹이들이 귀를 틀어막았다. 수미가 박실장의 독주를 막으려는 듯 홍대리를 깨웠다. 게슴츠레하게 눈을 뜬 홍대리가 스테이지에 섰다. 그리곤 생전 들어보지도 못한 애니메이션 주제가를 부르기 시작했다. 다들 멀뚱멀뚱 홍대리를 쳐다보고

만 있었다. 나와 박실장은 숱하게 봤지만 처음 보는 꼬맹이들과 원준은 입을 아, 벌리고 있었다. 홍대리는 그러든 말든 끝까지 애니 주제가를 열창했다.

노래방을 나온 건 3시가 넘어서였다. 다들 목이 쉬고 눈이 풀려 있었다. 새벽의 거리엔 봄비가 내렸다. 목련의 둥근 꽃송이들이 세찬 비에 툭툭 떨어지고 있었다. 비틀거리는 사람들이 그걸 밟고 지나갔다. 빗줄기에 선뜻 나서지도 못하고 현관 앞에 있었다.

"박실장. 낼 당직이 누구야?"

"저랑… 진희…요."

박실장이 축 처진 눈으로 대답했다.

"발송할 거 많아?"

"좀… 되죠."

토요일 당직은 누구나 싫어했다. 하지만 택배 때문에 어쩔 수가 없다.

"진희는 쌩쌩하니까 나오고. 넌 그냥 쉬어라. 내가 나오지, 뭐."

집이 회사 근처인 게 죄였다. 박실장의 꼬라지를 보니 몇 시간 자고 나올 분위기가 아니었다. 박실장이 와락 끌어안았다.

"역시 선배밖에 없어요."

"홍. 이때만."

빗줄기가 가늘어진 틈에 차가 주차되어 있는 상가주택까지 모두들 뛰기로 했다. 물에 젖은 차도로 발소리가 울렸다. 쇼핑몰이 있는 상가주택은 불이 꺼져 있고 보도 옆 거주자 우선 주차구역에는 빨간색 SUV만 덩그러니 비를 맞고 서 있었다. 차에 올라타자 빗줄기가 굵어졌다. 서랍 속에서 대리기사의 명함을 더듬더듬 찾고 있는데 원준이 옆으로 올라탔다.

"제가 운전해 드릴게요."

"술 안 마셨어?"

"바에서 맥주 한 잔요. 벌써 깼어요."

"그래? 그럼 그러든지."

원준에게 키를 넘겨주고 네비게이션을 다시 세팅했다. 매번 대리기사에게 일일이 설명하는 게 귀찮았는데 홍대리가 네비게이션에 집과, 회사 기타 등등 코스를 저장시켰다. 원준이 차를 몰아 상가주택 앞을 떠났다. 긴장했는지 한 마디도 하지 않고 운전대를 잡고 있었다. 뒤가 조용해서 돌아보자 다들 퍼져 자고 있었다. 박실장은 핸드백을 끌어안은 채 얼굴을 묻고 있었다.

집이 가까운 진희와 수미부터 두들겨 깨웠다. 노래방에서 종횡무진 달리더니 지금은 둘 다 비몽사몽이었다. 수미가 창백한 볼을 손으로 문질렀다. 그 다음 박실장과 은주를 내려준 뒤 홍대리의 집이 있는 수서까지 들른 후 마포로 다시 차를 돌렸다.

"원준 씬 집이 어디야?"

"청주요."

"엥? 거기서 여기까지 오는 거야?"

그 소리에 씨익 웃더니 덧붙였다.

"웬걸요. 집이 청주고 전 학교 근처 고시원에 있어요."

"아, 그래?"

고개를 끄덕였다.

"은주하고 동기라면서?"

"네. 갠 졸업했고 전 군대 갔다 와서 이제 4학년요."

"난 더 어린 줄 알았는데."

원준이 백미러를 흘끔 보더니 말했다.

"다들 그렇게 보더라고요."

"오늘 펫인지 뭔지 수고했어."

"아뇨. 재밌던데요."

평소보다 많이 마셨는지 시간이 갈수록 속이 울렁거렸다. 창문을 조금 내리고 숨을 뱉는데 원준이 곁눈질했다.

"속 안 좋아요?"

"…응. 좀 그러네."

진정시키려고 심호흡을 하는데도 계속 속이 울렁거렸다. 갑자기 구역질이 올라왔다. 손으로 입을 틀어막았다. 그걸 보고 원준이 재빨리 차를 길가에 세웠다. 부리나케 문을 열고 몸을 차 밖으로 내밀어 토했다. 원준이 뒤에서 등을 두드려주었다.

"괜찮으세요?"

"…응."

몸을 일으켜 세우고 빗물이 묻은 머리카락을 귀 뒤로 넘겼다. 원준이 건네준 휴지로 입을 닦았다.

"출발할까요?"

"잠깐 속 좀 가라앉히고 가지."

의자 등받이에 기대어 눈을 감으며 말했다. 어느새 잠이 든 모양이었다. 눈을 떠보니 빌라 앞이었다. 자는 동안 원준이 차를 살살 몰아 빌라 앞까지 온 눈치였다.

"이거 드세요."

손에 숙취해소 음료를 건네주었다. 시계를 보니 시간이 꽤 늦어 있었다. 미안해서 차비를 건네주었다.

"늦었으니까 택시타고 가. 수고 많았어."

"예, 감사합니다. 아, 그리고 다시 한 번 생일 축하드려요."

원준이 꾸벅 인사하고 나서 차에서 내려 빗속을 달려갔다.

3

토요일 아침 내 잠을 깨운 건 전화벨 소리였다. 더듬더듬 머리맡으로 손을 뻗어 휴대폰을 집어 들었다. 흐리멍덩한 눈으로 시간부터 확인했다. 9시 10분. 집에 오자마자 토하고 자다가 다시 깨어 또 토했다. 몸에서 열도 나고 완전 다운이었다.

"수미 나오라고 해서 같이 발송 좀 해라."

"왜? 어디 안 좋으세요?"

"응. 어제 너무 마셨나봐."

"어쩐지 실장님이 계속 권하더라니."

"이따 맛있는 거 사 먹어."

휴대폰을 집어던진 뒤 다시 침대에 엎어졌다. 창문 밖은 해가 뜨지 않은 것처럼 흐릿했다. 비가 지금도 내리고 있는 모양이었다. 어쩐지 몸이 으슬으슬했다. 시트가 축축해 방바닥으로 내려와 이불을 끌어다 덮었다.

식은땀을 흘리고 있는데 거실에 있는 전화벨이 울리기 시작했다. 주말 아침부터 누구지? 몸이 아프니까 귀찮기만 했다. 그냥 무시하고 누워있는데 전화벨은 끈덕지게 울렸다. 다시 끊어졌다가 또다시 울리기 시작했다. 엉금엉금 기어 거실로 나갔다.

"여…보세요?"

간신히 전화기를 들고 말을 뱉었다.

"요정아."

소꿉친구 인수였다. 몸에서 기운이 주욱 빠졌다. 겨우 인수의 전화를 받으려고 무릎을 찧어가며 달려왔다는 게 분통이 터졌다.

"왜?"

입이 바싹 말랐다. 열은 점점 머리꼭지로 치달린다.

"비가 와서 말야."

그래서 뭐 어쩌라고? 아파 죽겠는데 한가롭게 비 타령이나 하고 있고.

"나 오늘 선본다."

"그래서?"

"뭐, 그냥 그렇다고."

"또 채였냐?"

"아니. 채인 거 아냐."

"성질부리는 거 보니까 채인 거 맞네."

내가 알기로 이번 선은 인수의 78번째? 선이었다.

"네 힘으로 해 좀 나오게 해줘라."

인수가 낄낄거렸다.

"내가 차요정이지, 비요정이냐?"

바싹 마른 입에 침을 묻히며 툴툴거렸다. 암튼 어렸을 때부터 한 동네에서 자란 남자들은 이래서 안 좋다. 시도 때도 없이 전화질에 자랑질에.

"나 지금 길게 얘기 못한다."

"왜?"

"몸 안 좋아."

"난 또. 나 선 본다고 그런 줄 알았지. 병원이나 가봐."

대번에 수화기를 내려놓았다. 지 선보는 날이라고 아침 댓바람부터 전화해서 비가 온다는 둥, 해를 뜨게 해달라는 둥, 쓸데없는 소리만 했다. 냉장고 문을 열고 물을 벌컥벌컥 마셨다. 속이 쓰려 뭘 먹으려고 해도 횅했다. 무가 잔뜩 들어간 칼칼하고 시원한 오징어찌개가 생각났다. 독립하기 전엔 술 마셨다고 욕은 먹었어도 해장국은 얻어먹었는데.

나가서 병원이나 가보기로 했다. 혼자 산다는 건 자기 몸은 자기가 챙겨야 한다는 것. 열에 들뜬 얼굴을 대충 씻고 트레이닝복으로 갈아입은 다음 땀에 젖은 머리칼은 모자에 쑤셔 넣었다. 밖으로 나와 계단을 천천히 내려왔다. 빌라의 내리막 골목이 오늘따라 히말라야의 하산 코스마냥 가팔랐다. 우산을 쓰고 후들거리는 다리를 억지로 끌었다. 괜한 후회가 밀려들었다. 이럴 줄 알았으면 진희에게 죽이라도 사다 달라고 할 걸.

내과는 2층에 있었다. 또 계단을 올라가야했다. 마포가 유별난 곳인지 아니면 이 동네가 별스러운지 빌라나 상가건물이나 5층 이하 건물들은 엘리베이터가 없는 곳이 태반이었다. 다행히 내과는 아직 진료를 보고 있었다. 현관 유리를 흘끔 보니 오후 3시까지 진료중이라는 안내문이 붙어 있다.

대기실에 앉아 잡지를 뒤적이고 있는데 주머니에 든 휴대폰이 진동했다. 엄마다. 아파 죽겠는데 잔소리 따위는 정말이지 듣고 싶지 않았다.

"왜?"

"뭐가 왜야? 넌 전화도 못해?"

"병원이야."

"그러니까 술 좀 작작 먹으라고 했지. 내가 그놈의 쇼핑몰 한다고 할 때부터 알아봤어. 나가 산다고 매일 술이지?"

뜨끔해서 가만히 있었다.

"그러니까 내가 뭐라던? 사업하는 게 쉬운 게 아니라고 했잖아. 이런 코딱지만한 미용실 하나 꾸리는 것도 골치 아픈데. 사업은 무슨 사업. 시집보다 더 중요한 게 어딨어. 그나저나 어디가 아픈데?"

한바탕 잔소리를 퍼붓고 나서야 물었다.

"감긴가봐. 열나."

"쯧쯧."

혀를 차는 소리 너머로 롯트가 달그락거리는 소리도 함께 들렸다. 엄마는 지금 전화기를 어깨에 걸치고 머리를 말고 있는 모양이었다. 엄마의 미용실은 주말도 없고 휴가도 없다. 1년 365일 풀 영업 중이다.

"차요정 씨."

데스크의 간호사가 손짓했다.

"이따 전화할게."

휴대폰을 주머니에 집어넣고 진료실로 들어갔다. 젊고 잘생긴 의사를 기대했지만 책상 앞에는 머리가 허연 할아버지가 앉아있었다. 의자에 앉자마자 입 속으로 기구를 밀어 넣고 이리저리 살폈다. 마지막으로 체온을 재었다.

"열이 높아요?"

"약간 있어요. 휴식하고 수분 듬뿍 섭취하세요."

할아버지 의사가 사무적인 말투로 대꾸했다. 한 층 아래에 있는 약국에 들러 약을 받았다. 다리를 질질 끌며 계단을 내려왔다. 옆에서 누가 날 부축해주었으면 좋겠다는 생각이 들었다.

빈속에 약을 먹을 수 없어 주위를 두리번거렸다. 횡단보도 건너편에 죽집이 보였다. 주머니 속의 휴대폰이 다시 울렸다.

"또 왜?"

볼멘소리를 내었다.

"뭐래? 죽을 병이라던?"

"응."

"이 지지배가."

횡단보도를 건너서 죽 집으로 들어갔다. 우산은 문 앞 통 안에 넣었다. 차림표를 훑어보고는 전복죽을 주문했다.

"참 너 어제 미역국 먹었어?"

참 빨리도 물어보네. 큰 딸 생일엔 전화 한 통 없더니 이제야 미역국 먹었냐니. 목소리가 퉁명스럽게 흘러나왔다.

"안 먹었어."

"내 그럴 줄 알았어. 한 그릇 사먹지, 왜?"

"귀찮아. 대신 직원들이랑 한 잔 했어."

"또 그놈의 술이지. 몸 축나는 건 생각지도 않고. 보약 지어놨으니까 와서 가져가."

"괜찮아. 안 먹어."

"아프다며? 내가 딱 맞췄네."

"괜찮다니까."

"민정이가 달라는 거 안 줬어."

"주지 그래."

"지금도 팔팔한데 그거 먹고 뭐하게?"

"또 핑계잖아."

"무슨 소리야?"

보약은 핑계고 집에 가면 다른 게 기다리고 있을 것이다. 미용실에 드나드는 아줌마들을 총동원해 찾아낸 남자들의 전화번호나 사진 같은 것들. 엄마의 미용실은 내가 태어난 날 심었다던 오동나무가 푸르게 자라고 있는 오래된 동네의 골목 어귀에 있다. 단골은 모두 그곳에 30년 넘게 살고 있는 동네 아줌마들이다.

"안 속아."

"얘가 아니라니까."

"또 선보라고 할 거잖아."

"아니라니까. 넌 엄마한테 속고만 살았니?"

"응."

"이 지지배가."

괜히 헛기침을 한다.

"다른 소리 말고 낼모레 들러."

"시간 될 때 가면 되잖아."

"언제?"

"몰라. 전화할게."

"너 인수 또 선보는 거 알아, 몰라?"

"몰라."

"그러니까 네가 이렇게 태평하지. 인수도 저리 난린데 네가 뭐가 모자라 아직 그러고 있는데?"

"이제 보니까 그것 땜에 전화했구나?"

"잔말 말고 낼모레 들러."

뚝 전화가 끊어졌다. 종업원이 죽을 가져왔다. 김이 모락모락 나는 죽을 한 숟가락 떴다. 약을 먹기 위해서라도 억지로 삼켜야했다. 수저질을 하면서 비가 내리고 있는 거리를 멍하니 쳐다보았다.

일요일은 다행히도 열이 내렸다. 외출할 수 있을 정도로 몸도 가뿐해졌다. 그 할아버지께서 약을 세게 쓰는 모양이었다. 저녁에 보라를 만나 영화를 봤다. 영화가 끝나고 출구를 빠져나가는 무리에 우리도 섞였다. 주말의 복합상영관의 로비는 사람들로 바글거렸다. 연인과 가족들이 뒤엉킨 어수선한 통로를 재빨리 빠져 나왔다. 보라의 등쌀이 아니라면 이런 시간에 이런 곳에 나오지도 않았을 거다.

보라는 2년 전 이혼하고 다시 솔로다. 그러니까 돌싱. 5년 전 의류회사를 그만두고 쇼핑몰을 시작할 때 보라에게 신세를 좀 졌다. 생각보다 돈 들어가는 곳이 많았다. 액수가 제법 큰돈도 있었는데 보라가 선뜻 빌려주었다. 그리곤 격려의 말도 잊지 않았다.

"세상에 요정이 못하는 일이 어디 있냐?"

보라는 고등학교 때까지 우리 동네에서 살았다. 제 엄마를 따라 툭 하면 미용실에 나타났다. 그리곤 비닐 소파에서 잡지를 끌어안고 '내 남자 만들기' 따위의 글에 얼굴을 박고 있었다.

우리는 엘리베이터를 타고 주차장으로 내려가 보라의 차에 탔다. 야시시한 보라의 분위기와 어울리지 않게 깜찍한 흰색 미니 쿠페였다. 이 차는 1년 전 보라가 춘천에서 돌아오다 경춘 가도의 가로수에 들이받고 부서져버린 크라이슬러 300이후에 몰고 다니는 차다. 그때도 보라의 옆에는 남자가 있었는데 그 교통사고 이후로 끝나버렸다. 보라에게 남자는 언제든 바꿀 수 있는 차와 같은 것이다.

보라가 운전해서 주차장을 빠져 나왔다. 복합상영관 앞 도로에 차들이 길게 줄을 서 있었다. 이 근처를 돌아다녀 봤자 차나 막히고 사람들에게 치어 피곤해질 게 뻔했다.

"저녁 뭐 먹을래?"

"스테이크 먹으러 갈까?"

보라가 맛있는 곳을 안다며 핸들을 돌렸다. 차가 신호를 받고 섰을 때 힐끔 내가 신은 운동화를 쳐다보았다.

"힐 좀 신어라. 난 네가 의류 쇼핑몰 한다는 게 안 믿어진다."

"나도 그래."

보라는 내가 외모에 별 신경을 쓰지 않는 게 불만이다.

"타고나지 않은 것들도 이뻐지려고 난린데 넌 왜 있는 것도 활용 못하냐?"

"무슨 활용?"

"그 외모 좀 쓰라고."

"됐네요."

"거울 좀 봐라. 그러고 다니면 남자가 꼬이냐?"

"안 꼬이면 말지, 뭐."

시큰둥하게 대꾸했다. 언제나 명품으로 휘감고 다니는 애가 오늘은 진에 셔츠 차림이었다.

"네가 웬일이냐. 수수하게 다 입고."

"너 만나는데 뭘 차려 입어. 아참 동창회에서 연락 왔더라. 심심한데 한 번 갈래?"

"관심 없어."

"인수 보러나 갈까?"

눈을 찡긋했다.

"걔 요새 선보러 다니느라 정신없는 것 같더라."

"누가 인수가 검사가 될 줄 알았냐? 그럴 줄 알았으면 내가 잡는 거였는데."

보라가 배시시 웃었다.

"지금도 안 늦었어."

"근데 걔 엄마 생각하면 영."

보라가 고개를 흔들며 깔깔거렸다. 차가 신호등 앞에 서자 내게 고개를 돌렸다.

"난 너랑 인수랑 될 줄 알았지."

"그냥 친구야."

"바보야. 친구가 연인되기도 하고 그런 거지, 뭐."

"됐네. 그나저나 너 집에 다시 들어갔는데 안 답답해?"

"답답은 무슨. 아무도 신경 안 쓰니까 너무 좋아. 엄마는 돈 쓰러 다니느라 바쁘고 아버진 벌러 다니느라 바쁘시다. 두 사람 다 난 안중에도 없어."

"좋겠네."

"그럼."

보라 집은 할아버지의 유산으로 하루아침에 부자가 된 케이스였다. 우리 엄마는 그걸 알고 보라네 엄마를 어찌나 부러워하던지. 백화점 앞에서 차들이 막히기 시작했다. 일요일 저녁의 봄 바겐세일과 맞물린 듯 차도는 북새통을 이루고 있었다. 차가 꼬리에 꼬리를 물고 늘어져 있었다. 백화점 직원들이 차도까지 나와 일일이 손짓을 하며 주차장 쪽으로 차들을 유인하고 있었다.

20분쯤 지나자 백화점 앞의 정체가 풀렸다. 보라는 로터리를 지나 우회전을 한 뒤 깔끔한 식당 앞에 차를 세웠다. 흰 테이블보가 씌워진 자리마다 은은하게 양초 불빛이 흔들렸다. 어딘가의 스피커에서는 잔잔한 음악이 흘러나왔다. 종업원의 안내를 받으며 자리로 가고 있는데 보라가 어떤 테이블을 힐끔 쳐다보았다. 종업원이 주문을 받고 돌아가자 다시 건너편을 쳐다보았다.

"왜 그래?"

"아는 사람."

"누군데?"

"남자친구."

고개를 돌리자 테이블에 한 가족이 보였다. 30대 중반쯤 보이는 남자가 젊은 여자와 어린 여자애와 함께 식사를 하고 있었다.

"유부남이네?"

"응."

보라가 콧잔등을 찡그리며 웃었다. 남자는 여자애의 입가에 묻은 소스를 냅킨으로 자상하게 닦아주고 있었다. 다정한 젊은 아빠의 모습이었다. 주문한 음식을 기다리고 있는데 보라의 휴대폰으로 문자가 들어왔다. 보라가 그걸 보더니 어딘가로 전화를 걸었다. 건너편의 남자가 귀에 휴대폰을 댄 채 서둘러 밖으로 나가는 모습이 보였다. 그쪽에서도 보라를 본 모양이었다. 잠시 후 보라가 휴대폰을 내려놓았다.

"뭐래?"

"여긴 웬일이냐고 해서 친구랑 저녁 먹으러 왔다고 했지, 뭐."

"근데 너도 그렇고 저 남자도 안 놀라냐?"

보라가 크흥, 콧소리를 냈다.

"남자가 뭐 저 남자뿐이니?"

"그래. 내가 말을 말자."

보라가 배시시 웃으며 머리카락을 쓸어 넘겼다. 그리곤 이내 다른 화제로 얘기를 돌렸다.

"너네 쇼핑몰 보니까 요새 당기는 옷들 많더라. 그 마린 룩 재킷 나 입으면 어떨까?"

"그거 애들이 많이 찾는 건데? 네가 입기엔 좀 그렇지 않냐?"

"내가 어때서? 너나 나나 액면은 이십대다. 그리고 넌 TV도 안 보냐. 서른 넘은 아이돌도 있는 세상에 뭐가 어때?"

"맘대로 해. 네가 옷 사주면 나야 좋지. 괜찮은 옷들 많이 들어왔으니까 팍팍 사라."

보라가 머리카락을 쓸어 올리며 빤히 쳐다보았다.

"너 요새 쇼핑몰 잘 되니?"

"그건 왜 물어?"

"나한테 돈 얘기 안 한 지 꽤 됐다. 너 잘 되면 한 턱 쏴야지."

"알았어."

"요정아. 내 피부 어때 보여? 좀 달라진 거 같지 않아?"

보라가 손으로 얼굴을 톡톡 두드리며 바꾼 피부 숍에 대해 말했다. 저녁을 먹는 내내 탱탱하고 탄력적인 피부를 유지하는 것에 대해 떠들었다. 모처럼 한가로운 주말 저녁이 천천히 흘러가고 있다.

4

중앙 통로에 서서 팔을 앞으로 죽 뻗으며 스트레칭을 했다. 새벽시장 특유의 설렘이 온몸 가득 밀려들었다. 가지각색으로 진열되어 있는 옷에서 나는 냄새와, 스낵코너에서 풍겨오는 커피 냄새와 핫도그 냄새. 그리고 스쳐 지나가는 사람들에게서 풍기는 생동감이 느껴졌다.

이곳에 오면 살아있는 느낌이 강렬해서 좋았다. 환하게 불을 밝힌 가게들과 분주하게 움직이는 사람들, 그리고 짐을 나르는 사람들이 섞여서 뿜어내는 소란스러움 같은 것들. 멀리서 온 듯한 한 떼의 사람들이 우왕좌왕하는 눈길로 지나쳐갔다. 약간 피곤에 전 눈으로 사방을 두리번거리는 사람들은 대개 이곳에 처음 온 사람들이다.

커피전문점에서 아메리카노를 한 잔 샀다. 왁자지껄한 속에서 혼자 커피를 마시고 있으니까 조금 허전했다. 누구를 끌고 올까 하다가 대번에 고개를 저었다. 새 식구가 들어오면 새벽시장에 한번쯤 데리고 나온다. 짐도 들어줄 겸 이곳 특유의 분위기도 느껴보라고 한 것인데 모두들 싫은 기색이 역력했다. 꼬맹이들은 힘들다고 징징거리더니 패스트푸드점에서 쉬었다 가자며 계속 귀찮게 굴었다. 박실장은 편한 복장으로 오라고 누누이 말했건만 힐을 신고 나타났다. 뒤축이 까져서 쩔뚝거리고 다니는 게 불쌍해 신발가게로 데려갔더니 거기 처박혀서 꼼짝을 안 했다. 그 중에서 제일 걸작은 홍대리였다. 한참 장을 보다 돌아보니 어디로 갔는지 없었다. 전화를 했더니 홍대리는 사람들에게 밀려 건물 구석 자리에 얼빠진 모습으로 서 있었다. 모두들 성가시게만 할뿐 별 도움이 되지 않아서 그 뒤론 아무도 데려오지 않았다.

1시가 조금 넘은 시각인데 벌써 파장 분위기인 곳도 있었다. 어디나 그렇듯 사람들이 몰리는 가게들이 빨리 문을 닫았다. 3층에 있는 팬츠 가게가 혹시 문을 닫았을까봐 빠른 걸음으로 서둘러 내딛었다. 평소에 틈틈이 운동을 한 때문인지 숨이 차거나 하지는 않았다. 다행히 아직 물건이 남아 있었다. 이번 시즌 히트 상품은 쇼트팬츠였다.

옷 가방들을 어깨에 메고 엘리베이터로 향했다. 주차장이 있는 층의 버튼을 눌렀다. 문이 열릴 때마다 물건을 한아름 든 사람들이 꾸역꾸역 올라탔다. 가방과 짐 보따리들이 사람들 틈으로 밀렸다. 뭐, 좀 꾸미고 다니라고. 킬 힐을 신으라고. 보라가 직접 내가 하는 일을 눈으로 보면 그런 말은 쏙 들어갈 텐데. 쇼핑몰은 어떤 물건을 떼 오느냐에 따라 매출이 달라진다. 그리고 매 시즌 인기 아이템을 최대한 많이 확보하고 있어야 한다. 그리고 앞으로 어떤 아이템이 뜰지 부지런히 돌아다니며 감을 잡아야 한다. 그냥 사무실에 앉아 물건만 파는 게 아니라는 소리다. 나 다음으로 박실장이 눈썰미가 있지만 아직은 부족했다. 정장 슈트는 잘 보지만 다른 쪽은 감이 아직 따라오지 못했다.

엘리베이터 앞에서 차가 주차된 곳까지 걸어야 했다. 트렁크를 열고 옷 가방들을 안에다 하나씩 부려놓았다. 어깨를 돌리며 근육을 풀어 주고 나서 손가락으로 꾹꾹 눌렀다. 이럴 때 남자직원이 없는 게 아쉬워진다. 그냥 한 명을 뽑을까. 몸도 쓰고 심부름도 하고 사무실에서 자잘한 일손도 돕는. 하지만 금세 머리를 저었다. 직원 한 명은 그걸로 끝나지 않는다. 월급에 4대 보험에 퇴직금에 대체 그걸 충당하려면 옷을 또 얼마나 팔아야 하는 걸까. 차에 시동을 걸 때는 벌써 아쉬운 생각은 저만큼 사라지고 없었다.

주차장은 가방 가득 물건을 실은 차들이 북새통을 이루고 있었다. 지방에서 올라온 관광버스들이 길을 잔뜩 메우고 있었다. 피로에 지친 얼굴들이 차를 운전해서 하나씩 출구 쪽으로 빠져나갔다. 빗방울이 후드득 앞 유리로 떨어졌다. 며칠 째 오락가락하던 비가 다시 내리고 있다.

카오디오를 켜고, 플레이리스트에서 자끄 루시에 트리오를 선택했다. 비가 내리는 거리가 옆으로 천천히 밀리듯 지나갔다. 늦은 시간이라 눈은 깔깔하고 근육은 당겨도 창 밖에 비는 내리고 카오디오에선 자끄 루시에 트리오가 연주하는 바흐의 골드베르크가 흘러나오고 있다. 그리고 문득 혼자 있다는 것이 감미롭게 느껴졌다.

혼자 있는 충만감을 느껴본 적이 있는지. 아무도 방해하지 않고 누구도 내게 뭐라고 하지 않는 새벽길을 달리는 차 속에 혼자 앉아 있는 기분이 어떤 건지. 그건 마음에도 없는 남자들을 만나 시시껄렁한 얘기를 늘어놓거나 같이 자는 것보다 훨씬 기분 좋은 거라고 얘기 할 수 있다.

"왜 그래? 또 민정이?"

점심을 먹고 나서 반품된 물건들을 살펴보고 있던 박실장이 인상을 쓰고 있었다.

"캡틴. 이번엔 정말 안 돼요."

박실장은 기분이 어지간히 상한 모양이었다. 그럴 만도 했다. 내 동생이지만 민정이는 우리 쇼핑몰의 요주의 인물이다. 툭 하면 반품을 해서 골치를 썩였다. 옷의 하자가 아니라 단순변심에 의해서 상습적으로 반품을 하는 사람들은 결제가 안 되도록 차단했다. 민정이도 결제를 막은 게 한두 번이 아니다. 사정사정해서 풀어줬더니 이번에도 얼마 못 가 또 시작이었다. 하는 짓이 꽤씸했다.

민정이에게 전화를 걸었지만 받지 않았다.

"박실장. 일단 막아 놔."

박스 안에는 서너 벌의 옷들이 들어 있었다. 구입한 날짜를 찾아보니 한 달도 전에 산 옷들이었다. 보나마나 입었을 게 뻔했다. 내가 짜증을 내면 민정이는 절대 입지 않았다고 울먹일 것이다. 그냥 반품시키고 싶으면 박스를 풀지 말라고 해도 소용이 없었다. 아무리 동생이라도 이 짓도 한두 번이지 직원들 보기에 민망했다.

"나도 이번엔 안 봐준다."

홈피를 보며 중얼거리는데 박실장이 물었다.

"요새 감기 지독하던데. 다 나은 거예요?"

"응."

"혼자 사는데 몸 아프면 진짜 서럽잖아요."

박실장이 안경을 벗어서 헝겊으로 유리를 문질렀다.

"캡틴. 기가 허해진 거예요. 제가 이렇게 튼튼한 것도 가족과 같이 있어서 그런 거죠."

저쪽 칸막이 안에서 부스럭거리며 마카로니를 씹는 소리가 들렸다. 이어서 홍대리가 웅얼웅얼하는 소리가 들려왔다.

"…지난번 워크숍 가서 등산할 때 박실장님이 제일 뒤에 처졌잖아요."

"내가 언제?"

박실장이 무슨 소리냐는 듯 펄쩍 뛰었다.

"…다 봤어요."

홍대리가 웅얼거렸다.

"사진은 어때?"

박실장에게 문자 화면을 열어서 은주가 보내준 사진을 띄웠다. 여름시즌에 선보일 커플 룩도 근사해 보였고 흰색 재킷과 팬츠의 매치들도 돋보였다. 약간 장난기가 어린 원준의 표정이 캐주얼한 옷들을 생동감 있게 살려주고 있다.

"잘 나왔네. 마무리해서 홍대리에게 넘겨."

박실장이 작업하던 손을 멈추고 내 쪽으로 고개를 돌렸다.

"지난번 원준 씨가 대리까지 했잖아요. 밥 한번 사야 되는 거 아니에요?"

"그럴까."

"다음 회식 때 부를까요? 캡틴?"

"맘대로 해."

사진 수정작업을 하고 있던 박실장이 문득 생각난 듯 덧붙였다.

"고시원에서 산다고 하던데. 되게 열심히 사는 친구더라고요. 성격도 좋고. 캡틴 생일날 보니까 싹싹하고 반듯하더라고요."

"그렇게 맘에 들면 네가 사귀어보든지. 맨날 외롭다고 징징대잖아."

"캡틴. 그건 범죄예요."

꼬맹이들이 양손을 휘저어대며 소리를 질렀다. 박실장이 휙 쳐다보더니 눈을 흘겼다.

"나도 연한 관심 없거든."

"…마카로니 더 깨지겠네."

홍대리가 한숨을 푹 쉬며 웅얼거렸다.

"야, 홍정희."

박실장이 꽥 하고 소리 지르자 웹캠이 지익 하고 딴 데로 돌아갔다.

"왜, 나만 갖고 그래? 캡틴도 연애 안 한 지 몇 년 됐는데."

박실장이 날 쳐다보며 불만스럽다는 듯 투덜거렸다.

"난 너같이 티 안내잖아."

"아, 저도 요즘 같아선 연애보단 빨리 독립하고 싶어요."

"언제는 가족과 같이 살아서 좋다며?"

"그건 그래도 독립이 더 좋죠."

박실장이 책상에 있는 탁상달력을 힐끔 쳐다보더니 한숨을 쉬었다.

"서른 넘으면 확 늙어버릴 텐데 어떻게 사나."

손으로 얼굴을 쓰다듬으며 우울하게 뇌까렸다.

"한 살 더 먹는다고 안 죽어."

"캡틴은 서른 됐을 때 기분이 어땠어요?"

"난 그때 이거 오픈하고 정신없었잖아. 한숨 돌리니까 서른하나던데?"

쇼핑몰을 처음 만들 때의 일들이 머리를 스쳐 지나갔다. 박실장이 다시 한숨을 푹 내쉬었다.

"이러다 혼자 늙어죽는 게 아닌가 하는 생각이 들어요."

그런 얘기를 하고 있는데 창고를 정리하고 있던 진희가 위로한답시고 떠들었다.

"박실장님. 아직 임잘 못 만나서 그래요. 누구나 임자가 있다잖아요."

"야, 김진희."

박실장이 버럭 소리를 질렀다.

"임자가 있긴 어딨어?"

박실장이 띄워놓았던 사진 창을 닫으며 머리를 절레거렸다.

"툭 하면 저 임자 소리. 캡틴도 듣기 싫죠?"

물론 별로다. 어쩌다 친척들 결혼식에서 만나는 이모나 고모들이, 오랜만에 동창회에서 얼굴 본 결혼한 친구들이 위로한답시고 그런 소리를 늘어놓았다. "네가 아직 임자를 만나지 못해서 그래. 임자를 만나야 결혼하지." 그러니까 자기들은 그 임자를 만나서 결혼에 골인을 했다는 표정들인데 진짜 가관이다.

"그게 어딨니? 웃긴 소리 말라고 그래."

"전요. 그 임자 만나면 왜 이제 나타났냐고 목조를 거라고요."

박실장이 콧김을 내뿜었다.

"그럼 남자가 도망치지."

"제 마음이죠, 뭐. 어차피 제가 책임질 건데."

박실장이 뾰로통해졌다. 민정이에게 다시 전화를 걸었다. 연결이 되지 않았다. 지금 대충 잠수 타다가 화가 가라앉을 즈음 전화를 걸어올 것이다. 그리곤 한 번만 봐달라는 둥, 다시는 그러지 않겠다는 둥 반품시킨 이유를 줄줄이 늘어놓을 테지. 그러기만 해봐라. 이번엔 그냥 안 넘어간다. 이놈의 지지배.

5

차에서 내려 오른손에 있던 가방을 바꿔 쥐었다. 대로변을 지나 골목으로 들어가자 갑자기 풍경이 올드한 분위기로 변했다. 이 동네는 내가 태어났을 때나 지금이나 별로 달라진 것이 없다. 몇 년 전 재개발 바람이 불었다가 금방 수그러들었다.

골목 입구에 느티나무가 밤바람에 가지를 흔들고 있었다. 중학교 때였나. 인수가 저 나무에 올라갔다가 떨어진 적이 있었다. 남자애들끼리 한참 담력 자랑을 하고 있었는데 그만 발이 미끄러져 땅으로 곤두박질을 쳐버렸다. 얼굴이 파리한 채 눈을 감고 움직임도 없어서 난 죽은 줄로만 알았다. 아이들이 달려가서 인수의 부모님을 모시고 왔을 때까지도 인수는 꿈쩍도 안 했다. 난 너무 놀라서 계속 울고 있었다.

나중에 인수 엄마는 내가 너무 섧게 울어서 정말 인수가 죽은 줄로만 알았다고 했다. 그러더니 이렇게 덧붙였다. "너 우리 인수 좋아하는구나?" 난 친구가 죽은 줄 알고 무서워서 울었던 건데 왜 이상한 소리를 하는 걸까. 아마 그때부터였을 것이다. 인수 엄마의 입에서 우리 인수랑 요정이를 결혼시키자는 말이 나온 건.

인수 엄마는 미용실에 올 때마다 엄마에게 의견을 타진했다.

"어때? 요정 엄마. 우리 둘이 사돈 맺는 거. 괜찮지?"

엄마는 손님의 머리를 매만지며 거울 속으로 인수 엄마와 눈을 맞추었다.

"인수 엄마 맘은 알겠는데 그게 우리 맘대로 되나. 그래도 지들이 좋다면 할 수 없는 거지만. 안 그래?"

인수 엄마가 말을 낚아챘다.

"내가 보니까 요정이가 우리 인술 좋아해. 나무에서 떨어졌을 때 우는 거 안 봤어?"

"내가 볼 땐 인수가 우리 요정일 좋아하던데, 뭘. 그리고 설령 그런다고

처. 애들 맘이야 수시로 변하는 거니까 두고 봐야지. 우리가 뭐 이래라 저래라 할 수 있어?"

두 엄마가 은근히 신경전을 벌이고 있을 때 미용실에 있던 아줌마들이 동조하고 나섰다.

"그래. 요정 엄마. 인수 엄마 말대로 사돈 맺어. 둘이 잘 어울린다."

"그래, 그거 괜찮겠다."

미용실의 소파에 앉아있던 아줌마들의 증인 하에 인수와 난 그 골목의 공식 커플이 되고 말았다. 인수 엄마는 그 후 엄마에게 '사돈'이라는 호칭을 썼다. 하지만 엄마는 내가 아깝다는 듯 그 말을 절대 입에 올리지 않았다.

하지만 5년 뒤 상황은 역전되고 말았다. 인수가 K대 법대에 합격을 하고 나자 인수엄마 쪽에서 요정이와 결혼시키자는 말이 쏙 들어가 버렸다. 그날 저녁 골목 입구에 축! 김인수 K대 법학과 합격!! 이라는 플래카드가 대문짝만하게 걸렸다. 그리고 인수 부모님은 동네 사람들에게 축하주를 돌렸다. 우리 엄마는 그 자리에서 인수 엄마가 더 이상 자신에게 '사돈'이란 말을 쓰지 않는다는 걸 발견했다. 동네 아줌마들도 두 사람의 기류가 서먹서먹하다는 걸 눈치챘다. 그날 밤 축하주를 먹으러 갔던 엄마는 잔뜩 골이 난 얼굴로 돌아왔다. "흥. K대 법대 좀 들어간 게 뭐 대수라고. 내가 언제 사돈하자고 그랬어? 정말 살다살다 별꼴 다 본다니까." 그렇게 골목의 공식 커플은 깨졌다.

인수 엄마는 미용실에 머리를 하러 오지 않았다. 대신 버스를 갈아타고 멀리 이대까지 나가 머리를 했다. 자기의 달라진 위상을 보이려는 행동이었다. 아직 보라네처럼 떼돈은 못 벌었지만 장차 인수가 집안을 활짝 피게 해줄 것이란 기대도 있었다.

이대에 나가서 머리를 하고 오면 보란 듯 동네 사람들에게 자랑을 늘어놓았다. 세련되었다든지, 역시 뭔가 다르다든지 하는 소리였다. 엄마한테는 다분히 영업 방해였다. 엄마는 부글부글 끓어오르는 마음을 가라앉혀야 했다.

인수가 사법연수원을 우수한 성적으로 졸업하고 검사시보로 발령이 나자 인수 엄마는 다시 미용실을 바꾸었다. 이제는 압구정동이었다. 보라 엄마가 단골이라는 미용실에 다녀온 인수 엄마가 나타나자 동네 아줌마들은 하나 둘씩 밖으로 고개를 내밀었다.

"뭐가 다르다는 거야?"

"난 모르겠네."

"글쎄. 다른 것 같기도 하고 아닌 거 같기도 하고."

"어떻게 저 머리가 그렇게 비싸?"

동네 아줌마들의 품평회를 듣고 난 엄마가 한 마디 했다.

"미친년 돈지랄한 거야."

인수는 부모의 바람대로 법대에 가고 사법고시에 패스하고 연수원을 우수한 성적으로 졸업하고 이젠 맞선시장에 나가서 칠십 몇 번째의 선을 보고 있다. 엄마는 그게 아니 꼬아서 볼 수가 없는 모양이었다.

미용실은 불이 꺼진 채 문이 닫혀 있었다. 말갛게 닦인 유리창 안으로 미용실의 집기들이 흐릿하게 서 있는 게 보였다. 올 때마다 느끼는 거지만 엄마의 미용실도 이 골목처럼 시간이 그대로 멈춰져 있다. 건너편 세탁소의 불은 아직 환했다. 인수의 아버지가 다림질을 하고 있었고 막 유리문 밖으로 나오던 인수 엄마와 부딪치고 말았다.

"안녕하셨어요?"

"응. 요정이구나? 집에 왔어?"

인수 엄마는 세탁소 앞에 늘어놓은 화분에 펌프로 물을 주었다. 받침대를 타고 물이 쫄쫄거리며 흘러내렸다. 인수 엄마의 머리에 눈이 갔다. 부드러운 웨이브가 물결쳤고 염색이 새치를 가려주고 있었다.

"네. 좀 볼일이 있어서요. 건강하시죠?"

"나야 늘 신경통 땜에 그렇지, 뭐. 넌 건강해 보인다. 장사는 잘 되니?"

인수 엄마가 굽혔던 허리를 펴며 물었다.

"네. 매출이 늘어나고 있어요."

"그러니?"

쳐다보는 눈빛이 넌 장사나 하지 내 아들은 검사다, 하고 얘기하고 있었다.

"일도 좋지만 너도 얼른 좋은 짝 만나야 될 텐데, 걱정이다."

인수 엄마가 날 훑어보며 고개를 저었다. 그런 걱정은 안 하셔도 되거든요.

"그럼 전 가볼게요."

바쁜 척 걸음을 떼었다.

"응. 그러렴."

골목을 돌자 상추나 야채를 심은 공터가 나왔다. 그곳을 지나치면 마당에 오동나무가 보이는 파란 대문이 눈앞을 가로막는다. 우리 집이다. 담 옆의 초인종은 고장이 난 채 아직도 그대로였다.

벨을 쳐다보며 혼자 피식거렸다. 어렸을 때 딩동, 하는 소리가 나서 나가보면 집 앞엔 아무도 없고 모퉁이에 인수나 다른 애들이 숨어 킥킥대고 있었다. "너 죽었어." 소리치곤 달려가면 애들은 금세 달아났다. 하지만 지금이나 그때나 독종이었던 나, 차요정은 죽을힘을 다해 쫓아갔다. 달리다 신발이 벗겨져도 이 악물고 남자애들을 뒤쫓았다. 나중에 인수가 애들이 그 맛에 초인종 놀이를 한다는 걸 알려줄 때까지 달리기는 계속 되었다.

대문을 밀고 들어가면 손바닥만한 마당 한편엔 내가 태어난 날 아버지가 심었다는 오동나무가 서 있다. 이젠 꽤 크고 무성하게 자라났다. 아버지는 내가 결혼을 하면 오동나무로 장롱을 만들어주겠다고 했다. 옛날 사람들은 딸이 태어나면 으레 오동나무를 심었다고 한다. 오동나무는 튼튼하고 벌레도 잘 먹지 않아 장롱으로 가장 좋은 나무다. 하지만 요새 누가 힘들게 나무를 베어 장롱을 만들까.

"요정이 왔냐?"

마루에 앉아있던 아버지가 반가운 듯 고개를 들었다. 엄마처럼 억세고 괄괄한 스타일과 살아선지 아버지는 조용하고 심약했다.

"일은 안 힘드세요?"

"쉬엄쉬엄하니까 걱정하지 마라."

아버지는 몇 년 전 동사무소 주임을 마지막으로 정년퇴직을 했다. 그리곤 소일거리로 통지서를 돌리고 무의탁 노인이나 독거노인에게 점심 밥 따위를 배달하는 일을 하고 있다.

"하는 일은 어떠냐?"

"잘 돼요."

"잘 되긴 개뿔."

마루에 두꺼운 프라이팬을 놓고 김치전을 부치고 있던 엄마가 콧김을 불었다. 빠글빠글한 파마, 헐렁한 티셔츠, 그리고 무릎이 나온 추리닝 바지. 엄마는 골이 잔뜩 난 얼굴로 김치전을 부치고 있었다. 아닌 게 아니라 그 이유는 금방 밝혀졌다.

"언니, 인수 오빠 결혼할지도 모른대."

민정이가 날 보자마자 호들갑을 떨었다. 그 태평한 얼굴에 대고 쏘아붙였다.

"너 앞으로 쇼핑몰에서 옷 사지마. 막아버렸으니까 그렇게 알아."

"마음에 안 드는 걸 어떡해."

"됐어. 얘기 끝났어."

"아흥, 언니."

민정이가 한번만 봐달라는 듯 손을 싹싹 빌었다. 못 본 척 외면했다. 항상 이런 식으로 대충대충 넘어가는 게 민정이 특기였다. 대꾸를 안 하자 볼을 부풀렸다.

"그럼 언니 장바구니에만 담아두는 것도 안 돼?"

"안 돼."

"치사하게. 그렇게만 해도 뿌듯한데."

"우는 소리해도 소용없어."

"훙, 언니 쇼핑몰만 있나? 딴 데 가면 되지."

"카드 좀 작작 쓰고 다녀."

민정이는 못 들은 척 아장아장 걷고 있는 애가 마루 끝으로 가자 얼른 달려가 붙잡았다. 그리곤 다시 인수 선 본 얘기를 끄집어냈다. 뭐든지 포기도 빠른 애였다.

"인수오빠 이번 선, 조건이 좋대. 저쪽에서도 좋다고 하니까 그 오빠 복 터졌지, 뭐."

"촐싹대지 좀 마라. 식장에 들어가기 전 까진 모르는 거야."

엄마가 프라이팬을 탕탕 두드리며 한소리 했다. 엄마는 그동안 인수 엄마와 통상 3번의 자존심 싸움을 벌였다.

1차전. 대학 : 난 서울의 4년제 대학, 인수는 K대 법대 — 1패.

2차전. 예전직업 : 난 의류회사, 인수는 고시 준비생 — 1승.

3차전. 현재직업 : 난 쇼핑몰운영, 인수는 검사시보 — 1무.

통상전적 — 1승 1무 1패.

이제 마지막 남은 게 나와 인수의 결혼이었다. 만일 나보다 인수가 먼저 식장에 들어간다면 엄마의 자존심은 여지없이 무너지는 것이다.

온 가족이 마루에 둘러앉아 저녁을 먹었다. 엄마는 미용실에서 주워들은 얘기를 꺼냈다.

"요새 부동산 사람들이 왔다 갔다 하는 거 보니까 다시 재개발 바람이 불려나."

잠투정하는 애를 어르던 민정이가 고개를 갸웃거렸다.

"그래? 뭔 낌새가 있어?"

"응."

모두의 눈길이 엄마에게로 쏠렸다. 몇 년 전 한차례 재개발 바람이 불어 동네가 들썩였다. 찬성하는 사람들과 반대하는 사람들로 갈라져 동네가 시끄러웠다. 하지만 조합이 만들어지기도 전에 재개발은 없던 얘기가 되고 말았다. 슬쩍 아버지를 쳐다보았다. 그냥 묵묵히 수저로 국물을 뜨고 있었다. 우리 집조차 의견이 엇갈렸다. 아버지는 반대, 엄마는 찬성. 엄마는 동네가 쌈박하게 바뀌기를 원하고 아버지는 그냥 이대로가 좋다는 쪽이다.

"세탁소 여편네가 왜 여직 안 뜨고 있겠냐. 그 음흉한 여편네가 붙어있는 거 보면 뭐 있어. 인수 통해서 뭔 말 들었겠지."

엄마가 머리를 주억거렸다.

"그러네. 엄마. 세탁소 아줌마가 왜 안 떠났겠어?"

민정이가 무릎을 치며 맞장구를 쳤다. 민정이도 재개발을 바라고 있었다. 결혼 전에 오서방을 인사시키러 올 때 쪽팔려서 죽는 줄 알았다고 했다. 드라마나 영화에나 나올 것 같은 구질구질한 골목에 집이 있다는 사실이 너무나 창피했다. 하지만 민정이가 대문을 열자 뒤따라오던 오서방이 그랬다고 한다. "아파트에 안 사는 사람도 있구나." 그러니 사람은 정말 끼리끼리 만난다.

"언니는 어느 쪽이야?"

민정이가 고개를 돌려 쳐다봤다. 나? 반대다. 비록 집에 올 때마다 독립한 게 다행이야, 하고 느껴도 이 골목이 사라지는 건 원치 않았다. 마음속에 바래지 않는 사진 한 장쯤 갖고 있는 것도 괜찮지 않을까.

상이 치워지자 아버지는 산책을 하러 대문을 나섰다. 칭얼거리던 애도 잠이 들었고 민정이도 그 옆에 드러누웠다. 엄마가 수납장 서랍에서 사진한 장을 꺼내왔다. 역시 보약은 미끼였을 뿐이다.

"이런 거 없다고 했잖아."

볼멘소리를 내었더니 대번에 안 좋은 소리가 날아왔다.

"쓸데없는 소리 그만하고 한번 봐. 네가 지금 몇 살 인줄 알아?"

또 시작이다. 엄마가 사진을 내 쪽으로 밀었다.

"오서방 회사 사람인데 인상 좋게 생겼어. 한번 봐봐."

"됐어."

"되긴 뭐가 돼? 한 번 보라니까. 내가 보니까 나이보다도 젊어 보이고 그 정도면 괜찮아."

힐끔 보았다. 나이보다 젊어 보이긴 무슨. 민정이가 돌아누우며 한 마디 거들었다.

"오서방 사무실에서 능력 있는 사람이래."

그래서, 뭐? 팀을 이뤄 일할 사람 찾는 것도 아니잖아.

"언니 사진 보여주니깐 저쪽에선 좋다고 했어. 언니 그냥 보면 스물여섯, 일곱? 그것 밖에 안 돼 보이잖아."

입이라도 다물고 있으면 덜 얄밉지.

"엄마가 어찌나 날 들들볶는 지 알아? 마침 오서방 회사에 총각이 있었으니까 다행이지 아니었으면…"

"차민정. 너 입 좀 다물어."

"왜 그래. 민정이한테 고맙다고 못하고선."

엄마가 눈을 치떴다. 퍽도 고맙겠네. 민정이가 전에 얼마나 속을 썩였는지 모두 까먹은 얼굴이었다. 결혼한 애가 지금도 걸핏하면 카드 값 갚아 달라고 손 내밀고 아버지에게 꾸지람을 들으면 다시는 그런 일 없다고 울먹였다. 그게 누구였더라. 쇼핑몰 오픈하고 손이 달릴 때 민정이를 데려다 잠깐 일을 시킨 적이 있다. 데이트하느라 시간 없다고 하는 애를 일당 줘가며 전화 받고 사무실을 지키게 했다. 하지만 그런 단순한 일도 힘에 부쳐했다. 그리곤 얼마 가지도 않아 때려치웠다.

그런 애가 툭 하면 돌을 갓 넘긴 애를 엄마에게 맡기고 외출했다. 어째

놀기 좋아하는 애가 빨리도 결혼한다 싶었다. 아니나 다를까. 친구 만나야지, 쇼핑해야지 등등 집에 잘 붙어있지도 않았다.

"다음 주로 날짜 잡는다."

"됐다니까."

"쓸데없는 소리 그만하고."

엄마가 재빨리 못을 박았다. 방바닥에 있는 사진을 슬쩍 당겨서 보았다. 흰 와이셔츠에 검은 넥타이. 약간 네모진 얼굴. 굵은 눈썹. 여권 사진이라도 찍은 듯 굳은 얼굴이 가관이다.

"서른일곱이면 너랑 차이도 좋네."

엄마는 흡족한 얼굴이었다. 나를 만나주겠다는 대한민국의 남자가 있다면 엄마는 그 모두에게 후한 점수를 줄 것이다. 37살. 아저씨 나이였다. 나, 차요정. 결국 여기까지 와 버렸다. 그러니까 내 얼굴이 민정이 말마따나 제 아무리 동안으로 보인다 한들 이제 내가 만날 수 있는 남자들은 이런 얼굴을 가진 아저씨들이거나, 아니면 낼모레 마흔이 되는 진짜 아저씨들밖에 남지 않았다는 사실이다.

갑자기 그 사실이 서글퍼졌다.

제2장 세상은 리얼 다큐

1

홍대리가 시안을 책상에 내려놓았다.

"좀 너무 산만한 것 같지 않니? 상품이 눈에 잘 안 들어와."

"…그럼, 어떻게…"

일정한 톤의 웅얼웅얼한 목소리.

"쓸데없는 것 쳐내고. 심플하게 가자."

없애버려도 될 부분들을 지적하자 홍대리가 무덤덤한 표정으로 듣고 있었다. 그리곤 뭐라고 구시렁거리며 돌아섰다. 홍대리는 자리에 앉자마자 마카로니를 한 주먹 집어 입에 털어 넣었다. 언제나 달고 살아서 살 안 찌냐고 물었더니 "…이건 안 쪄요"라고 웅얼웅얼 대답했다. 홍대리의 책상에 있는 마카로니는 사무실의 누구나 오며가며 집어먹었다. 좀 많이 먹었다고 생각되는 사람이 큰 봉지를 살 수 있는 돈을 올려놓기도 했다. 요샌 애인과 헤어진 박실장이 홍대리의 마카로니를 축내고 있다.

소리를 죽이고 쇼프로를 틀었다. 방송을 보는 게 아니라 아이돌 가수들이 입은 옷을 모니터하기 위해서였다. 화면에 비친 가수들은 대부분 흰색 재킷에 쇼트 팬츠를 입고 있다. 이번 시즌은 마린 룩이 강세였다. 어딘가와 통화중이던 박실장이 수화기를 막으며 내게 고개를 돌렸다.

"캡틴, 리베라인데요. 흰색 블라우스 납품 받아요?"

"얼마나 있어?"

"몇 장 없어요."

"50장 주문해."

통화를 끝낸 박실장이 옆으로 다가와서 팔짱을 끼고 들여다보았다. 20-30대 여자들의 흐름을 읽기 위해 쇼프로나 드라마는 될 수 있는 대로 챙겨 본다. 물론 홍대나 압구정동 같이 사람들이 많이 모이는 곳에도 가보지만 쇼프로나 드라마에 가수나 연기자들이 입고 나오는 옷들도 모니터를 해야 한다. 그런 옷들이 유행을 주도하는 메이저 회사들의 주요 아이템이기 때문이다.

우리처럼 작은 쇼핑몰들은 유행을 선도할 수도 없고 그럴 필요도 없다. 메이저들이 만드는 유행을 따라가면 그만이다. 어떻게 보면 메이저 회사들의 부스러기를 먹고 사는 것이다. 흐름은 그들이 만들고 우리는 그 작은 틈새시장에서 우리의 것을 챙기면 된다. 마린 룩이 유행을 하면 우리가 파는 것은 그 비슷한 분위기를 내는 옷으로도 족하다.

우리가 물건을 파는 대상도 몸매가 늘씬한 사람들만을 위한 것이 아니다. 그런 사람들은 사실 몇 프로에 지나지 않는다. 지금 화면에서 춤추고 있는 아이돌 가수의 몸을 가진 사람들이 아니라 보통 몸을 가진 사람들. 물론 개 중에는 박실장처럼 조금 말랐거나 홍대리처럼 조금 통통하거나 하는 차이만 있을 뿐이다.

화면을 가리키며 박실장에게 말했다.

"어깨가 저런 모양은 부담스럽지 않아? 좀 내려오는 게 낫겠어. 동대문 갔더니 벌써 저런 풍의 디자인들 꽤 나왔더라."

"좀 그렇네요."

박실장도 수긍한다는 듯 머리를 끄덕였다. 며칠 전 시장에 갔을 때 받은 명함이 생각나 서랍을 열었다. 박실장에게 명함을 건네주었다.

"거기 숍에 물건 있는 지 알아봐. 샘플 있음 보내 달라고 하고."

"네."

"나 나갔다 올게."

가방을 챙겨 일어나는데 뒤에서 박실장이 말했다.

"이따 회식 있는 거 아시죠?"

벌써? 왜 이렇게 회식 날과 월급날은 빨리빨리 돌아오는지. 예전에 내가 회사를 다닐 땐 한 달 내내 목 빠지게 기다려도 월급날은 오지 않았다. 이젠 통장에 잔고도 바닥나고 다른 사람에게 빈대 붙어서 다니다가 슬슬 눈총을 받기 시작할 무렵이나 돌아올까. 그때는 한 달이 이렇게나 길었나 했는데 지금은 채 3일도 되지 않는 것 같았다. 사람이 위치가 바뀌면 이렇게 생각하는 방식도 달라지는지 모르겠다. 그러니까 입장을 바꿔 놓고 생각해봐, 하는 말은 다 가짜다. 위치나 처지가 바뀌기 전엔 사람은 결단코 다른 사람의 마음을 알 수가 없다.

홍대리의 칸막이에 손을 대고 똑똑 노크를 했다.

"뭐 사다줄까?"

하고 물으니, 마카로니 봉투를 쓱 쳐다보며 낮게 구시렁거렸다.

"…마카로니요."

사다 준지가 얼마 되지 않은 것 같은데 그새 바닥을 보이고 있었다. 홍대리가 박실장이 있는 쪽을 턱으로 가리켰다.

"…실연했잖아요."

하고 웅얼거렸다. 그 소리를 들었는지 박실장이 자기 자리에서 소리쳤다.

"내가 얼마나 먹는다고?"

홍대리의 모니터 한쪽에 박실장의 얼굴이 붉으락푸르락하고 있는 게 보였다. 홍대리가 화면을 보면서 웅얼웅얼 말했다.

"…빨리 연애나 하세요."

"넌 좀 사람보고 얘기해라."

박실장의 말에 홍대리가 웹캠을 손가락으로 툭툭 쳤다.

"…전 다 보고 있어요."

박실장이 못 참겠는지 벌떡 일어나더니 또각또각 힐 소리를 내며 다가왔다. 그리곤 칸막이 안으로 얼굴을 쑥 들이밀었다.

"네 마카로니 땜에 연애하라는 소리가 말이 되니? 그리고 홍대리도 안 하잖아?"

"…전 남편이 둘이에요."

홍대리가 낮은 소리로 웅얼거렸다.

"사이버 남편도 남편이니?"

"…하나 더 생길지 몰라요."

"그래, 좋겠다."

둘이서 또 투닥거리기 시작했다. 수미가 진희에게 몸을 숙이고 쑥덕거렸다.

"또 홍대리님이 이기겠지?"

"야, 너희들."

박실장이 소리 지르자 내가 고개를 흔들며 사무실을 나갔다.

저녁 7시. 모퉁이를 돌면 일본식 선술집이 있다. 접이식 창을 활짝 열어 놓은 자리에 함께 둘러앉아 있었다. 테이블에는 케이준 샐러드, 새우튀김, 알탕 찌개, 그리고 초밥까지 네다섯 개의 음식들이 늘어져 있었다.

박실장을 쳐다보았다.

"톰슨엔 연락했어?"

"네. 거기 사람들 적극적이던데요. 샘플을 디자이너가 직접 가지고 오 겠대요. 언제가 좋을까요?"

"빠를수록 좋아. 내일 보자고 해."

"네."

홍대리는 샐러드의 치킨을 공략하는 중이었다. 홍대리는 업로드가 걸 렸을 때는 하루고 이틀이고 밤을 새울 때가 많았다. 사람들이 덜 접속하 는 시간에 해야 하기 때문에 주로 새벽에 일한다. 밤을 새운 날 사무실에 가보면 눈이 빨갛고 머리가 부스스한 홍대리가 문을 열어주었다. 그럼 등 을 떠밀어 찜질방으로 보내거나 바로 퇴근시켰다.

꼬맹이들이 제 시간에 출근을 하고 항상 사무실에 상주하는 반면 나 나 박실장, 홍대리는 출퇴근 시간을 자유롭게 해두었다. 그게 일의 능률 상 더 도움이 되었다. 원준도 불렀는지 건너편에 앉아 있다가 인사를 했 다.

"지난번 고마웠어."

"한 것도 없는데요."

원준이 서글서글하게 대답했다.

"아니, 원준 씨가 뭘 해줬는데요?"

박실장이 눈을 반짝거리며 되물었다.

"대리해줬잖아."

원준이 싱긋 했다.

"오늘은 그런 거 신경 쓰지 말고 그냥 놀다 가."

"예."

박실장이 날 물끄러미 바라보았다. 얼마나 마셨다고 벌써 귓불이 붉게 달아올라 있었다.

"캡틴. 외롭지 않으세요?"

"아니."

"왠지 싱숭생숭하고 허전하지 않아요?"

"별로."

"전 너무 너무 너무 외로워요."

박실장이 허공을 향해 눈을 깜빡거렸다.

"실연해서 그렇지."

"아뇨. 옛날엔 남자와 헤어져도 이렇게 외롭진 않았다고요."

박실장이 눈을 내리깔고 한숨을 쉬었다.

"이래서 결혼하나봐요. 외로워서. 캡틴은 결혼할 생각 없어요?"

요새 박실장의 머릿속엔 서른 살, 연애, 결혼, 이런 단어밖에 없는 듯 보였다.

"결혼을 혼자 하니?"

시큰둥하게 대꾸하는데 박실장의 눈이 반짝 했다.

"오호, 그럼 사람 있음 할 거예요? 캡틴 정도면 골드미스 아닌가?"

맥주잔을 내려놓으며 머리를 저었다.

"난 그런 소리 싫더라. 골드미스, 실버미스, 브론즈미스 같은 그런 말들. 나와 상관없는 말들을 만들어 마음대로 갖다 붙이잖아. 그리고 왜 뒤는 미스야? 왜 여자만 미혼, 기혼을 구분하냐고. 게다가 금이야 그렇다 치고 실버나 브론즈는 얼마 쓰이지도 않잖아. 도대체 동은 어디다 쓰니?"

"…전선은 다 구리로 만들어요."

홍대리가 웅얼웅얼 대답했다.

"굳이 붙이자면 스테인리스가 낫겠다."

"네? 스테인리스요?"

모두의 눈길이 내게로 쏠렸다.

"웅. 여길 한 번 둘러봐. 이 테이블만 봐도 포크, 수저, 냄비, 다 뭘로 만들었니?"

"스테인리스요."

"그럼 우리 생활에 골드, 실버, 브론즈가 쓸모 있겠니? 스테인리스가 더 쓸모 있겠니?"

"당근 스테인리스죠."

수미가 재빨리 고개를 끄덕였다.

"난 남들이 멋대로 부르는 골드미스 보단 그냥 실속 있는 대로 사는 스테인리스 우먼이 될란다."

"오호 그거 멋지다."

"역시."

진희가 외쳤다.

"스테인리스 우먼을 위하여!"

모두들 맥주잔을 든 채 합창했다. 원준만 혼자서 멀뚱한 표정을 짓고 있었다. 옆 테이블에서 이게 무슨 소린가 하는 눈빛으로 쳐다보았다.

"그럼 스테인리스 우먼께선 남자가 있으면 결혼할 생각이 있으신가요?"

박실장이 본래의 화제로 돌아갔다.

"글쎄, 뭐. 아직은…"

그러자 박실장이 물고 늘어졌다.

"이제 보니 캡틴도 무서워하는구나?"

"무섭다기 보단 엄두가 안 난다고 할까."

사업을 시작해 이제 슬슬 궤도에 올라 재밌어지고 있는 판에 결혼이 무슨 대수라고. 박실장이 샐러드의 치킨만 먹고 있는 홍대리의 팔꿈치를 툭툭 쳤다.

"넌 그런 데 관심 없지? 결혼?"

"…관심은 있죠."

"호 그래서? 왜 사이버 남편으론 부족해? 하긴 사이버 남편이 밥을 해주냐, 돈을 벌어다 주냐, 아플 때 죽이라도 끓여주겠냐?"

박실장이 머리를 흔들더니 원준에게 물었다.

"원준 씬, 죽 끓일 줄 알아?"

"라면은 좀 끓이는데 그거 말곤."

원준이 머리를 젓자 박실장이 얼른 편들었다.

"하긴 원준 씨 나이에 누가 잘하겠어?"

홍대리가 포크를 쥔 채 웅얼거렸다.

"…사이버 남편도 사이버 머니 벌어 와요. 선물로 아이템 바치죠, 몸빵 해주죠. 박실장님 생각보다 해주는 거 많아요."

"게임에서나 쓸 수 있는 거?"

박실장이 크홍, 코웃음을 쳤다.

"…저는 좋아요. 필요 없는 액세서리보단 나아요."

홍대리가 웅얼웅얼했다.

"그래. 퍽이나 좋겠다."

박실장이 검은 무테안경을 벗어들고 눈을 문질렀다. 접시에 샐러드를 조금 덜어놓고는 원준을 쳐다보았다.

"우리 알바 끝나면 뭐 해?"

"이것저것 해야죠."

"논문 쓰느라 바쁘지 않아?"

원준이 어깨를 으쓱 했다.

"할 수 없죠, 뭐. 등록금이 엄청나서요. 거기다 책값도 장난 아니고요."

"힘들겠다."

원준과 떠들던 박실장이 아참 하는 얼굴로 날 쳐다보았다.

"캡틴. 혜진 선배 아시죠? 이번에 파리에 숍 내고 얼마 전에 잠시 일보러 돌아왔대요."

"그래?"

"근데 열 살이나 어린 금발의 꽃미남을 데려온 거 있죠."

"에 정말요? 그 선배님 실력은 있지만 인물은 별로잖아요. 작년에 교수님이 파리 패션 위크 무대에 올랐다는 얘기는 하셨어요. 근데…"

수미가 놀랐다는 듯 반응하자 박실장이 말했다.

"야 그 선배 스타일이 글로벌로 먹히나 부지. 요샌 패션모델들도 그런 스타일 많잖아. 그게 서양 사람이 꿈꾸는 동양미인의 얼굴이란다."

"그 선배가 올해 몇이더라?"

내가 고개를 갸웃하자 박실장이 소리쳤다.

"서른아홉이잖아요. 선배 엄마가 결혼정보업체에 가입시키려고 갔는데 안 받아준다고 해서 선배 엄마가 충격 먹었거든요. 근데 밖으로 나가더니 어린애 물어서 돌아오는 거 봐요. 능력 있으면 이제 남자도 마음대로 골라잡을 수 있다니까요."

박실장이 부럽다는 듯 한숨을 푹 쉬며 맥주를 홀짝거렸다.

"선배…"

"왜?"

"저 보톡스 맞을까 봐요."

"네가 뭐 어때서?"

박실장은 살집이라곤 하나도 없는 제 얼굴을 손으로 쓸었다.

"이거 봐요. 눈가가 벌써 자글자글 하잖아요. 보톡스 맞으면 저도 서너 살은 어려 보일 거라고요."

"그냥 운동해. 헬스만 꾸준히 해도 괜찮아."

"그러다 근육 나오면 어떡해요? 여자가 근육 나오면 징그럽잖아요."

"내가 근육 나왔니? 네가 아무리 운동해도 근육 안 나와."

"정말 운동이라도 해볼까."

박실장이 취한 듯 몽롱한 눈을 깜박거렸다. 맞은편의 진희가 홍대리를 손가락으로 가리켰다. 어느 새 홍대리는 생맥주 잔을 붙잡고 고개를 푹 떨구고 있었다. 이제 슬슬 가방을 챙기고 일어날 시간이었다.

<h2 style="text-align:center">2</h2>

토요일 저녁. 커피숍에는 시크릿 가든의 피아노 소리가 흐르고 있었다. 건너편에 있는 상대를 바라보는 내 마음도 아까부터 구슬퍼지고 있었다. 오서방의 사무실 동료라는 남자는 나와 눈도 못 마주치고 땀만 삐질삐질 흘리고 있었다.

통성명을 하고 난 뒤 커피가 나왔을 때도 남자는 별로 말이 없었다. 내가 묻는 말에나 간신히 대답할 뿐 양복 주머니에서 꺼낸 손수건으로 연신 땀만 훔치고 있었다. 엄마 말대로 강 같고 바다 같은 남자가 아니라 땀이 강물처럼 바다처럼 흐르는 남자였다.

애초에 기대를 하지 않고 오길 잘했다는 생각이 들었다. 혹시 몰라 커피숍 앞에서 휴대폰의 알람을 맞추어 놓은 건 탁월한 선택이었다. 의자에 느긋하게 등을 기대고 앉아 알람이 울리기만을 기다렸다.

커피 잔을 집어드는 남자의 손이 부르르 흔들렸다. 정확히 15분 후 휴대폰의 알람이 꾀꼬리 소리로 울었다.

"죄송합니다. 전화가 와서요."

상대에게 양해를 구하고 휴대폰을 꺼내들고 전화가 온 것처럼 통화했다.

"사무실에 일이 생겼다고 하네요. 제 일은 주말도 없어서요. 죄송해서 어쩌죠?"

남자는 얼굴을 붉히며 땀만 닦고 있었다.

"아, 뭐, 그럼. 할 수…"

말조차 흐리멍덩하고 불분명해서 무슨 소리인지 알아들을 수가 없었다. 남자에게 정중하게 허리를 굽힌 다음 커피숍을 또각또각 걸어 나왔다. 엄마는 그렇다 치고 민정이 요것 만나기만 해봐라. 바로 제삿날이다. 어디서 저런 폭탄을 구해 와서 같이 죽자는 거야, 뭐야? 차로 돌아와 한참 열을 식힌 다음 출발했다.

한 시간 뒤쯤부터 조수석에 던져놓은 휴대폰은 쉬지 않고 울려대었다. 1번 타자는 당연히 성격이 급한 우리 엄마였다. 경과보고를 하라는 것이다. 뭐 할 게 있어야지. 그리고 2번 타자는 차민정. 핸즈프리를 귀에 꽂자마자 버럭 했다.

"넌 어떻게 해줘도 폭탄을 해주니? 말 한마디 못하고 땀만 삐질삐질."

"어어. 오서방 얘기하고 다르네. 사무실에서 말도 잘하고 유머도 있는 사람이라고 하던데."

"유머 좋아하시네. 입이 딱 붙었더라. 너 앞으로 누구 해주네, 어쩌네 그런 소리 하기만 해봐. 엄마 부추기는 짓도 그만 하고."

"부추긴 거 없어. 엄마가 나나 오서방 볼 때마다 언니 빨리 보내자고 난리지, 뭐."

민정이가 볼멘소리를 내었다.

"너 요새 왜 그렇게 엄마 집에 들락거리는 거야?"

"애 맡기려고 그러지."

민정이가 풀이 죽은 소리로 뇌까렸다.

"결혼했으면 독립 좀 해라. 어떻게 기지배가 결혼 전보다 더 집에 딱 붙어있니? 엄마한테 애 맡기고 어딜 그렇게 싸돌아 댕기는데?"

"그냥, 여기저기. 하루 종일 집에 있으려니까 답답하단 말야. 엄마는 언니 시집보내려고 안달인데 언니, 결혼하지마. 여잔 애 낳으면 끝장이야. 아무 것도 못하고 걔한테 매달려 있으려니까 미쳐버릴 거 같아."

"얼씨구."

결혼 3년차 전업주부가 하는 소리 좀 봐봐. 민정이는 졸업하자마자 결혼해서 이제 스물여섯밖에 되지 않았다. 3년 전엔 내가 뭐가 급하냐고 할 땐 귓등으로도 안 듣더니 이제서 딴 소리를 하고 있다.

"언니 말 들을걸 그랬어. 후회돼."

"그런다고 카드 긁고 갚아달라고 하는 거 정당화 안 되거든? 너 언제까지 그 짓 할 거야?"

"그럼 답답한데 어떡해? 나가면 갈 데도 없고 시집간 친구도 없어서 놀아줄 애도 없단 말야. 그나마 쇼핑하고 나면 스트레스 풀리니까 그렇지."

그냥 입을 꽉 다물고 있는 게 낫다. 이런 애한테 무슨 말을 하겠는가.

차는 주말 저녁 치곤 소통이 원활한 편이었다. 종로로 나오자 차가 슬슬 밀리기 시작했다. 차들의 꽁무니를 바라보고 있는 게 무료해서 카오디오의 볼륨을 최대한 올렸다. FM 라디오에서 색소폰으로 연주하는 카바티나가 흘러나오고 있다. 주말에는 보라가 한가하다는 걸 알고 있어서 볼륨을 줄이고 전화를 걸었다.

"별일 없으면 얼굴이나 보자."

"나 지금 멀리 나왔어."

이런 젠장. 오늘은 왜 이렇게 되는 게 없어.

"어딘데? 그럼 어디 중간에서 만날까?"

"여기 속초. 혼자 온 거 아냐."

수다나 떨면서 꿀꿀한 기분을 날리려고 했는데 그것도 여의치가 않았다.

"할 수 없지, 뭐."

"그러니까 연애나 해. 심심하지 않게."

그런 생각으로 할 마음은 별로 들지 않았다. 차라리 번지점프를 하러 가든지 아니면 패러글라이딩을 하러 가면 모를까.

"누구랑 갔어?"

"지난번 식당에서 봤던 그 남자. 기억나니?"

보라가 쾌활하게 말했다.

"주말에 집 떠난 거 보니까 그 남자 간 크다?"

"주말 낀 출장 온 거야. 내가 합류한 거지."

"강보라. 나 좀 전에 선봤어."

"또 엄마 등쌀? 너 보면 우리 엄마가 미용실 안 하는 게 얼마나 다행인가 싶어. 나한테 전화한 거 보니까 또 꽝이네?"

"응. 괜찮다, 능력 있다 해서 나가면 안 돼! 저 사람만은 싫어, 하는 사람만 꼭 나오니?"

보라가 큭큭 웃었다.

"원래 선이란 게 그렇잖아. 엄마 미용실 문 닫을 때까지 너 좀 피곤하겠다?"

"뭐 한두 번이니?"

체념한 듯 말하자 보라가 깔깔거렸다.

"요정아, 나 이제 끊어야겠다. 올라가서 전화할게."

보라가 전화를 끊자마자 다시 벨이 울렸다. 액정 화면에 인수의 이름이 떠 있다.

"김인수, 축하한다. 곧 장가간다며?"

"너 정보 빠르다."

인수가 일부러 놀란 듯한 목소리로 놀렸다.

"너 땜에 우리 엄마 방방 뛰고 난리 났어."

그 소리에 인수가 수화기 너머에서 킬킬거렸다. 오래된 그러나 귀에 익은 가요와 왁자한 말소리가 들려오는 걸 보니 밖인 것 같았다.

"데이트 하니?"

"아니. 나 지금 홍대에 있는데 나올래?"

어차피 이 기분으로 집에 돌아가 봤자 베개를 안고 뒹굴거나 맥주나 홀짝거리며 케이블 채널이나 돌리겠지. 소꿉친구 있으면 뭐하나 싶었는데 때때로 쓸모가 있긴 했다.

유리문을 밀고 들어가자 인수는 선술집 같은 곳에 앉아 있었다. 등받이도 없는 나무의자가 덩그러니 놓여있고 탁자 위는 칼로 패였는지 움푹 들어가 있었다. 실내를 둘러보자 턴테이블 뒤로 빽빽하게 꽂힌 LP판들이 수천 장은 되어 보였다. 스피커에서 나오는 음악도 고등학교나 대학시절에 들었던 오래된 노래들이었다.

"이런 집도 알고 너 제법이다."

건너편에 숄더백을 내려놓으며 앉는데 인수가 고개를 들었다.

"어, 왔냐."

"장가간다고 하더니 얼굴 좋아 보이네."

인수가 내 말을 듣더니 손으로 얼굴을 쓸었다. 그리곤 내 앞에 놓인 잔에 소주를 부어주었다. 혼자서 마신 듯 탁자 위에 빈 소주병이 여러 개였다. 플라스틱 그릇에 들어있는 안주는 콩나물과 미역무침이었다. 복고풍

집이라 안주도 복고적이었다.

"어떻게 지냈어?"

소주를 한 모금 삼키고 나서 인수를 바라보았다.

"사건 하나 마무리 짓고 숨 돌리는 중. 아니면 지금 이렇게 나와 있을 시간도 없다."

인수가 엄살을 부리며 손으로 얼굴을 문질렀다.

"나라 밥 먹는 게 쉬운 게 아니네. 날짜는 잡았어?"

"아직. 이것저것 처리할 일들도 있고…"

인수가 애매하게 말끝을 흐리더니 날 쳐다보았다.

"차요정. 연애 안 하냐?"

"그게 맘대로 되니? 너도 80번이나 선 봤잖아."

흥, 하는 소리를 내며 소주를 입 속으로 털어 넣었다. 인수가 날 물끄러미 보고 있었다.

"여기 있으니까 우리 고등학교 때 생각나더라. 독서실에서 같이 공부하던 거. 골목에 숨어서 너 몰래 따라가 놀래주던 일들. 눈 오던 날 골목에서 편 갈라 눈싸움하던 거 하며. 넌 무슨 여자가 그렇게 악바리냐? 어떻게 한 번을 안 져."

그때 일을 생각하자 약이 오른다는 듯 인수의 목소리가 커졌다.

"내가 왜 지는데? 여자라고 무조건 약해야 된다는 것도 편견이다."

팔짱을 끼고 허리를 꼿꼿하게 폈다.

"차요정이 좀 더 얌전했더라면 벌써 시집갔다는 데 건다."

인수가 붉어진 얼굴로 주인을 향해 빈 소주병을 들었다.

"뭐? 근데, 어쩌니. 난 지금이 좋아."

"요정아. 남자들 강한 여자 안 좋아해. 수컷은 말야. 자기가 감싸줄 수 있는 여자를 찾거든."

"왜 이러시나. 그것도 사람 나름이거든. 네가 감당할 수 없는 게 나 같은 여자라고 차라리 말해 보시지. 그게 더 솔직할 거 같은데?"

"누가 차요정이 감당이 되겠냐? 내가 봤을 때 너 시집가기 힘들다. 뭐 앞으로 10년이 가면 모를까."

인수가 많이 봐줬다는 듯 익살을 떨었다.

"야, 김인수. 너 그거 악담이다. 빨리 취소 안 해?"

"왜? 시집은 가고 싶냐?"

인수가 빙글거리며 쳐다보았다. 소꿉친구란 이토록 유치하다. 서로에 대해서 너무도 속속들이 알고 있어서 입씨름을 하더라도 봐주는 법이 없다. 그건 어렸을 때나 서른이 넘은 지금까지도 마찬가지였다. 또 서로의 연애의 역사는 물론 앞으로 행동까지 예측할 수가 있어서 인수가 대망의 선 시장에 처음 나갈 때부터 장기전이 될 거라고 예상했는데 그대로 맞아 떨어졌다. 인수가 결혼한다는 여자가 궁금해졌다.

"어떤 여자야?"

"부잣집에서 자기 잘난 줄 알고 큰 여자. 장인 될 사람이 건물을 꽤 많이 소유하고 있어. 고층 빌딩이 아니라 4, 5층 정도의 건물들 말야. 그런 애매한 부자들이 나 같은 사람을 원하지."

"뭐? 애매한 부자? 사람도 마음에 들어?"

인수가 어이가 없다는 얼굴로 쳐다보았다.

"너 아직도 사람 따지냐?"

"당연한 거 아냐?"

내 말을 인수가 반박했다.

"그러니까 네가 아직 시집을 못 간 거야."

인수가 가소롭다는 듯 말했다.

"김인수. 네가 날 어떻게 생각하든 내게 가장 중요한 건 사람이야. 지금도 그렇고 앞으로도 그럴 거야."

"다른 여자들은 우리 나이가 되면 너처럼 말 안 하는데. 넌 어째 어렸을 때나 지금이나 달라진 게 없냐?"

내가 젓가락으로 콩나물을 뒤적이며 시큰둥하게 대꾸했다.

"달라진 게 왜 없어. 손꼽을 수 없을 정도로 많은데."

"차요정. 넌 아직 여자들의 로망에 사로잡혀 있는 거 같다?"

인수만 그런 게 아니라 대체로 남자들은 그렇다. 현실적이지 않은 여자를 만나면 아직도 소녀 취향적인 꿈에 사로잡혀 있다고 생각하는 것이다.

"김인수. 네 일이나 걱정하셔."

인수가 설레설레 고개를 저었다.

"요정아."

인수가 눈썹을 찡그리며 말했다.

"너도 좀 변해라. 그럼 바로 남자들이 줄 선다."

"홍. 그럴 생각 없거든."

"나도 한땐 사랑만 이쓰면 된다고 생가해서. 근데 말야. 딸꾹. 아니더라고. 세상은 리얼 다큐자나…"

인수가 고개를 푹 떨궜다.

"야. 김인수. 너 취했어. 그만 마셔라."

"가자, 가자. 다른 데."

인수가 내 손을 잡아끌며 몸을 일으켰다. 오늘은 이래저래 일진이 안 좋은 날이었다. 폭탄을 만나면서부터 모든 게 꼬이기 시작했다. 인수가 휘청거리며 카운터로 다가가고 있었다.

3

취한 인수를 먼저 보내고 대리 기사가 운전하는 차를 타고 어두운 골목을 따라 올라왔다. 길은 조금씩 오르막으로 변했다. 빌라 앞은 이미 차가 가득 들어찼지만 다행히 거주자 우선 주차로 내 자리는 비어 있었다.

새벽시장에 나가야 하고 때로 많은 짐들을 날라야 하기 때문에 차는 날마다 필요했다. 그래서 큰 맘 먹고 짐 실을 공간이 넉넉한 SUV를 장만했다. 더구나 거의 밖에서 지내다보니 집에는 큰 욕심이 없었다. 겨울철에 그것도 반나절 만에 사무실 근처의 집을 구한 것은 운이 좋았다.

평수에 비해 집이 크게 빠진 스타일이었다. 방도 3개고 소파가 들어갈 넉넉한 공간도 있었다. 하지만 흠이라면 오르막 골목을 올라가야 하고 전철역에서 한참이나 떨어진 높은 지대라는 점이다.

대리기사가 가고 나서도 차안에 한참을 뭉그적거렸다. 발밑으로 캔 같은 게 굴러다녀서 등을 구부리고 손으로 휘저었다. 빈 맥주 캔이 딸려 올라왔다. 이게 왜 여기 떨어져 있을까. 인수가 많이 취해서 치다꺼리를 해주느라 마실 틈이 없었다. 빈 캔을 보자 오늘 하루의 피곤이 몰려왔다.

차의 문을 잠그고 큰길로 나가서 편의점으로 들어갔다. 바구니에 캔 맥주와 훈제 오징어를 집어넣고 입구의 계산대로 향했다. 아르바이트생이 계산해준 봉투를 들고 돌아섰다. 그리고 오르막을 거슬러 올라가 빌라 현관에 발을 디뎠다. 이곳은 갓 결혼한 사람들이 많이 사는 듯 보였다.

출근을 하려고 천천히 차를 몰아 골목을 빠져 나오고 있으면, 시간에 쫓긴 듯 종종거리며 신혼부부들이 손을 잡은 채 전철역을 향해 달음박질치곤 했다.

빌라는 반들반들한 3층의 건물이었다. 양쪽으로 6채의 집들이 한 동을 이루고 있고, 비슷한 건물들이 늘어서 있다. 동 표시는 벽면과 현관 입구에 작게 써진 가나다라마바로 구분했는데 밤에는 잘 보이지도 않아 이사 온 지 며칠 동안은 자꾸 다른 동으로 들어가곤 했다. 옥상은 언제나 개방이 돼 있어 빨래를 널거나 선탠을 할 수도 있었다. 그곳에 올라가면 동네가 한 눈에 내려다보였다.

분홍색으로 외벽을 칠한 탓인지 전체적으로 집이 붕 떠 보이긴 했다. 마당은 풀 한 포기도 자랄 수 없게 시멘트로 거칠게 발라져 있었다. 동과 동의 거리는 어른이 양팔을 벌리면 닿을 만큼 가까웠다. 여유공간이라곤 조금도 없었다. 그냥 돈을 벌기 위한 목적으로 지은 집다웠다.

마동 301호. 계단 끝에 이르기도 전에 마주보고 있는 302호에서 싸움이라도 하는지 고함치는 소리가 요란했다. 도어락을 누르고 재빨리 안으로 들어섰다.

삐릭. 문이 등 뒤에서 잠기는 소리가 들리자 그제야 안도감이 피어올랐다. 이제 아무도 방해하지 않는 나만의 공간으로 들어왔다. 구두를 하나씩 벗는데 이제야 길고 긴 토요일이 끝난 느낌이 들었다.

옷을 갈아입는 동안 차가워지라고 캔 맥주를 냉동실 안에 집어넣었다. 물을 꺼내 마시는데 어디선가 코를 자극하는 냄새가 몰려왔다. 냉장고 안을 살펴보니 범인은 언젠가 사놓고 잊어버린 순대봉지였다. 비닐봉투 안에서 곰팡이가 낀 채 썩어가고 있었다. 봉지 째 쓰레기통에 버리고 나서 냉장고 안을 물티슈로 닦았다.

휴대폰이 울리기 시작했다. 엄마였다. 시간도 늦었는데 기어코 내 입에서 오늘 선에 대한 보고를 들을 작정인 모양이었다.

"엄만 지금 몇 시야?"

"몇 시가 왜 문제야? 벌써 몇 번을 했는지 알아? 얼른 말해봐. 그 남자 어떻디?"

"폭탄이야."

신경질이 가득한 목소리로 쏘아붙였다.

"뭐라고? 단정하고 능력 있고 회사에서 평판도 좋다고 했는데 무슨 폭탄이야?"

"몰라. 끊어."

신경질이 나 전화를 끊어버렸다. 엄마가 다시 걸어올 걸 대비해 배터리를 빼놨다. 그리곤 거실에 있는 전화코드도 빼놓고 소파 위에 길게 누웠다. TV를 켜고 볼륨은 한껏 줄여놓았다. 드라마나 쇼프로를 휘릭휘릭 넘기며 옷들을 보기도 했고 채널을 돌려 홈쇼핑 옷들도 모니터 했다. 머릿속에 옷 팔 생각밖에 없는데, 남자가 없으면 어때, 조용하고 좋네. 그리고 지금 혼자 오롯이 누릴 수 있는 이 자유와 편안함을 무엇과도 바꾸고 싶지 않았다.

엄마가 자꾸 성화지만 그건 그쪽 사정이고 내 사정은 아니다. 몇 년 동안 고생고생해서 이제 매출도 오르고 일하는 재미도 쏠쏠해지고 있다. 거기다 뭔가 이뤄간다는 자신감이 현실로 나타나고 있는데 이걸 접고 누가 결혼을 하겠는가. 더구나 인수처럼 조건 따지며 하는 결혼은 더더욱 생각이 없다.

하지만? 거실을 한 바퀴 휘둘러보았다. 똑딱똑딱 돌아가는 시계 소리
가 오늘따라 유난히 신경이 쓰였다. 폭탄을 만나서 그런 걸까, 아님 인수
가 곧 결혼한다는 얘길 들어서일까. 그것도 아니면 보라가 애인과 함께
속초에서 밀월여행을 즐기고 있어서 그런 걸까. 소파에서 몸을 뒤집어 납
작 엎드렸다.

쓸쓸하고 차가운 기운이 스멀스멀 등을 따라 기어 내려왔다. 다시 옆
으로 돌아누웠다. 소파가 몸에 짓눌려 뽀드득 뽀드득 소리를 냈다. 눈길
이 천장을 따라 배회하다가 할일 없이 벽의 모서리를 따라 맴돌았다.

시계를 보았다. 고작 5분이 흘러갔을 따름이었다. 오늘따라 시간은 더
디고 잠은 오지 않고 맥주도 미지근했다. 허전하고 고적하다. 이 자유를
포기하지 않고 쓸쓸함만 채울 수 있다면 뭐든지 기꺼이 그렇게 하고 싶
다.

톰슨의 디자이너가 가져온 샘플이 책상에 가득 쌓여 있다. 망고바지,
핫팬츠, 배꼽티, 셔츠, 마린 룩 풍의 쇼트 팬츠와 흰색 재킷, 그리고 진까
지. 디자인이나 품질은 마음에 들었다. 하지만 피팅감이 제일 문제였다.
내가 입어보겠다고 했더니 여자는 선선히 "그러세요" 했다.

탈의실에 들어가 옷을 하나씩 입어보았다. 여름옷은 피부에 직접 닿기
때문에 입었을 때 소재가 어떤 느낌인지가 중요했다. 보기엔 괜찮아도 입
었을 때 까끌까끌하거나 알레르기를 일으키는 원단도 있다. 이 정도면 괜
찮았다. 밖으로 나오자 톰슨의 디자이너가 다가와서 옷매무새를 살폈다.

"몸매가 볼륨이 있으시네요."

디자이너가 조금 놀란 듯 내 몸을 살펴보고 있었다. 몸에 딱 맞는 옷

을 입고 나오자 박스 티에 가려졌던 큰 가슴과 잘록한 허리가 더 강조되어 보였다. 옆에 있던 박실장이 톰슨의 디자이너에게 말했다.

"운동광이시거든요."

뭐 요새는 바빠서 운동을 할 짬이 없었다. 쇼핑몰을 열기 전엔 레포츠클럽에 가입해서 패러글라이딩, 스키, 급류 타기까지 주말마다 산이고 바다를 쫓아다니곤 했었다. 하지만 요새는 통 시간을 낼 수가 없었다. 시간이 되는대로 피트니스 클럽에 나가 몸을 푸는 게 전부다.

다음으로 박실장과 홍대리에게도 샘플들을 하나씩 입어보게 했다. 박실장은 말랐고, 홍대리는 퉁퉁한데다가 나까지 넣으면 한 사무실에 다양한 몸매의 표본들이 살고 있다. 박실장이 캐주얼을 입으면 지나치게 헐렁하게 보이는 편이었다. 그래서 본인 스스로도 정장을 고집하는지도 모른다.

"홍대리."

칸에 가려져 얼굴은 보이지 않지만 웹캠으로 보고 있는 게 분명했다.

"…네."

웅얼웅얼 대답하는 소리가 들렸다.

"이쪽으로 좀 와봐."

의자를 미는 소리와 구시렁거리는 소리가 함께 들리며 잠시 후 홍대리가 이쪽으로 건너왔다.

"가서 이 옷들 좀 입어봐."

또 뭐라고 구시렁거리며 옷을 받아들고 돌아섰다. 홍대리가 탈의실에서 나오자 톰슨의 디자이너가 시침핀으로 즉석에서 옷들을 잡아주었다.

"이러면 자연스럽거든요."

홍대리가 입은 걸 보니 꽉 낀 듯한 느낌은 없었다. 몇 가지 수정사항을 얘기했더니 여자는 적극적인 성격인지 "해드릴게요"라며 흔쾌히 대답을 했다. 더불어 필요한 사항들도 얘기했다.

"저희가 라벨 작업 안 하는데 그쪽에서 해주실 수 있죠?"

"라벨 보내주시면 저희가 작업해서 보내드릴게요."

"물량 정해서 바로 발주 넣을게요. 납기는 꼭 맞춰주셔야 해요."

"당연하죠. 저희 옷들 좋게 봐주셔서 감사합니다."

디자이너가 서글서글하게 웃으며 머리를 숙였다. 내가 박실장을 향해 돌아섰다.

"세부적인 것들 좀 같이 의논하고."

디자이너는 회의용 테이블에서 박실장과 함께 납품에 관련된 것들을 상의했다. 잠시 후 디자이너가 문을 나서며 인사했다.

"사장님이 너무 시원시원하세요."

오후가 되자 수미가 "캡틴, 오늘은 뭐 사올까요?" 하면서 벌써부터 간식을 채근하기 시작했다. "먹는 것처럼 일 좀 열심히 해" 하고 눈을 흘기면 헤헤거리고 뒤통수만 긁었다. 점심이 부실하면 그날은 반드시 간식을 해야 직성이 풀리는 애였다. 피자를 사온다 길래 "커피도 사와라"라고 선심을 썼더니 진희도 "무슨 커피 사다드려요?"라며 엉덩이를 들썩거렸다.

"둘 다 가면 어떡해? 한 사람은 전화 받아야지."

내 말에 진희와 수미가 할 수 없다는 듯 가위 바위 보를 했다. 진희가 졌는지 입술을 삐죽이며 의자로 주저앉았다. 수미가 문을 나서기 전에 다시 한 번 확인을 했다.

"캡틴은 에소프레소, 박실장님은 카페라떼, 홍대리님은 카라멜 마끼야 또, 그리고 나와 진희는 카페모카, 다 맞죠?"

말이 끝나자마자 문을 열고 콩콩 뛰었다. 박실장이 뒤통수에다 대고 소리쳤다.

"저건 커피 사오라면 왜 저렇게 좋아해?"

홍대리가 웹캠을 돌리며 웅얼거렸다.

"…그건 커피전문점에서 노닥거릴 수 있으니까 그렇죠. 보너스로 스탬프도 챙기고."

"홍대리. 사람 좀 보고 얘기하라니까."

홍대리가 카메라를 손으로 톡톡 두드리는 소리가 들렸다.

"…전 다 보고 있어요."

"어휴, 잘났어."

박실장이 머리를 혼들며 책상 위에서 지이잉 소리를 내는 휴대폰을 집어 들었다. 통화를 하면서 얼굴이 싱글벙글해졌다. 전화를 끊고서 기분이 좋은 듯 라디오에서 흘러나오는 노래를 흥얼흥얼 따라 부르기까지 했다. 간식을 먹으려고 모두들 테이블에 둘러앉았다.

"박실장. 뭐 좋은 일 있어?"

"없어요."

입이 근질근질해 보이는 박실장이 애써 손을 내저었다.

"얼른 말해봐."

"실은요. 소개팅 들어왔어요."

"우와, 박실장님. 축하드려요."

꼬맹이들이 수선을 피우자 박실장이 살짝 눈을 흘겼다.

"누가 들으면 애프터 받은 줄 알겠네."

박실장이 약간 고민스런 표정으로 날 쳐다보았다.

"지난 주말 친구들한테 죄다 전화 돌렸어요. 근데 막상 연락 오니까 망설여져요. 아직 마음의 정리가 안됐는지 좀 그러네요. 캡틴. 해야 돼요, 말아야 돼요?"

눈을 깜박이며 쳐다보았다. 그동안 애인과 헤어져 살맛 있네, 없네 할 때가 엊그제 같은데 다시 생기가 넘쳐흘렀다. 박실장을 보니 과거의 남자들은 하나도 중요하지 않다. 내가 현재 만나고 사랑하는 남자가 중요할 뿐이다. 그러다 헤어지면? 무슨 걱정인가. 또 다른 사람이 나타날 텐데.

"그걸 왜 나한테 물어? 알아서 해."

피자를 우물거리던 홍대리가 웅얼거리며 말을 보탰다.

"…하시는 게 좋아요. 내 마카로니를 위해서도요."

박실장이 기가 막힌 표정을 지었다.

"안 먹는다, 안 먹어. 내가 앞으로 마카로니 먹으면 홍씨다, 홍씨야."

박실장이 식식거리며 팔을 흔들었다.

퇴근 무렵 책상 정리를 하던 박실장이 생각난 것처럼 말했다.

"아참. 원준 씨 좀 다친 거 같던데요."

"어쩌다가?"

"어디 공사장 알바 갔다가 그랬나 봐요."

"그런 것도 해?"

"요새 대학 다니는 게 장난 아니게 들잖아요. 알바거리는 없고 하니까 그런 것도 하나 봐요."

"많이 다쳤대?"

"자세한 건 모르겠어요."

"전화번호 줘봐."

"왜요?"

"어디 알바 거리 있으면 연결시켜 주려고 그런다."

원준의 번호를 저장하고 사무실을 나왔다. 홍대리는 산만하다고 지적받은 시안 작업을 다시 하느라 이어폰을 꽂은 채 몰두하고 있었다. 뒤에서 박실장이 소리쳤다.

"캡틴, 같이 가요."

계단을 달려 올라와 팔짱을 끼었다. 박실장을 전철역 앞에 내려주고 피트니스 클럽을 향해서 차를 몰았다. 어디를 다친 걸까. 조금 안 됐다는 생각이 들었다. 그런 고된 일은 안 할 줄 알았는데 의외였다. 약간 신경이 쓰였다. 피트니스 클럽의 건물 주차장에 차를 세울 때까지도 그 생각을 하고 있었다.

4

피트니스 클럽의 한쪽 벽을 차지한 거울은 사람들의 움직임을 반사시키고 있다. 빠른 템포의 음악이 쿵쿵 실내를 울리고 있다. 탈의실에서 옷을 갈아입고 뒷머리는 흘러내리지 않도록 묶어 올렸다. 오늘밤도 러닝머신은 사람들로 복작거렸다. 뚱뚱한 아줌마들이 대부분의 벨트 위를 선점하고 있었다.

거울 앞에서 다리를 옆으로 뻗은 채 스트레칭을 시작했다. 뭉친 근육들을 차례로 풀고 있으면 흘끔거리는 눈길과 마주치기도 했다. 여자들은 곁눈질로 살짝 쳐다보고 말지만 남자들은 좀 더 노골적으로 흘끔거렸다.

벨트 위로 올라가 속도를 맞춘 뒤 천천히 달리기 시작했다. 안에서 땀이 배어들 때쯤 기분이 상쾌해지고 다리도 가벼워졌다. 옆 라인에서 헉헉거리는 숨소리가 귀에 거슬리게 들렸다. 눈만 살짝 돌려 옆을 바라보았다. 얼굴이 벌개진 여자가 가까스로 손잡이를 붙잡은 채 뛰고 있었다. 달리는 게 아니라 벨트에 끌려가는 형국이었다. 보기 안쓰러울 정도로 가쁜 숨을 내쉬면서도 여자는 악착같이 손잡이를 붙들고 있었다.

달리기로 충분히 몸을 풀어준 후 웨이트트레이닝을 하려고 자리를 옮겼다. 양쪽 어깨를 기구에 올려놓은 후 가슴을 모아주듯 잡아당겼다. 어깨 근육과 가슴이 팽팽하게 긴장하며 단단해지는 게 느껴졌다. 동작은 무리가 가지 않게 천천히 반복했다. 3세트를 끝낸 후 무게를 조금 올렸다. 그리고 잠시 쉰 다음 새로운 기구 앞으로 가서 앉았다.

잠시 후 온 몸에서 촉촉이 땀이 배어 나왔다. 수건으로 얼굴을 닦으며 다리 마사지기가 있는 곳으로 움직였다. 이미 그 앞은 좀 전의 러닝머신처럼 아줌마들로 장사진을 이루고 있었다. 긴 줄 앞에서 그만 발길을 돌려야 했다. 이쪽이 이 정도면 허리 마사지 벨트 쪽은 가보나 마나 였다.

저녁 무렵 피트니스 클럽에서 만나는 아줌마들은 대체로 세 부류다.

첫 번째 부류 : 러닝머신 손잡이를 붙든 채 헉헉거리는 아줌마.
두 번째 부류 : 마사지 벨트 앞에서 진을 치고 있는 아줌마.
세 번째 부류 : 정수기 앞에서 수다 삼매경에 빠져 있는 아줌마.

세 부류는 한결같이 통통한 몸매를 자랑했다. 저녁마다 얼굴을 마주치니 열심히 나오고 있는 건 맞는데 체중의 변화는 별로 없었다. 마사지 기구들은 포기한 채 샤워실로 발길을 돌렸다.

탈의실에서 옷을 갈아입고 있는데 휴대폰이 진동했다.

"왜?"

"언니. 오늘 초복이래."

"그래서?"

"엄마 집으로 닭죽 먹으러 오래."

"생각 없어."

단칼에 거절했다.

"아빠가 언니한테 연락하라고 했단 말야."

민정이가 아킬레스건을 건드렸다. 이상하게도 아버지의 말은 거스를 수가 없다.

건너편 세탁소의 불은 꺼져 있었다. 하지만 반대로 미용실은 환하게 불이 켜져 있었다. 간유리 사이로 소파에 무리 지어 있는 뽀글이 파마들이 어른어른 비춰 보였다. 선풍기가 달달달 돌아가고 있었다. 엄마는 닭죽 때문에 미용실을 비웠을 터.

아줌마들을 피하고 싶지만 달리 차를 세워 둘 곳이 없었다. 차에서 내려 평상을 치우고 주차를 했다. 아니나 다를까. 차 소리를 듣고 소파에 있던 아줌마들이 밖으로 고개를 내밀었다. 마치 레이저빔을 쏘아 올리듯 번득이는 안광들이 일제히 날 향해 있었다. 무료하고 따분한 동네에서 내 출현은 아줌마들에겐 호기였다. 모른 척 그냥 지나가고 싶었는데 이제는 그럴 수도 없었다.

긴 시간동안 어떤 곳을 떠나지 않고 산다는 건 자신의 집안 내력과 사생활, 연애과정까지 낱낱이 공개할 각오가 있어야 하는 것이다.

미용실로 들어가자 이제는 어룽어룽 해진 오래된 거울과 머리 마는 롯

트들과 소리만 요란한 헤어드라이기와 엄마가 한사코 가죽 소파라고 우기는 비닐 소파, 그리고 벽이고 바닥이고 늘어붙어 있는 파마약 냄새가 날 반겼다. 소파에는 엇비슷한 파마머리를 한 아줌마들이 둘러앉아 수다를 떨고 있었다.

"요정아, 더 예뻐졌다?"

먼저 입을 뗀 것은 만수엄마였다. 미용실 옆에서 엄마처럼 오랜 세월을 꿋꿋이 속옷가게를 하는 아줌마였다. 물론 몸에 관련된 내 성장변천사를 다 꿰고 있다. 가슴은 언제 나왔는지 초경은 언제 시작했는지. 엄마가 브래지어나 위생팬티를 사러 다니며 열심히 알려준 덕분이다.

만수 엄마가 파마머리를 흔들어대며 이렇게 운을 떼자마자 이번엔 상철이 엄마가 생글거렸다.

"정말. 우리 동네에서 요정이 만큼 똑똑하고 예쁜 앤 없는데 말야…"

그러니까 아직도 짝을 만나지 못한 게 너무 아까워 죽겠다 기타 등등 그런 말이 숨어 있는 것이다.

"잘 지내셨어요?"

"우리야 늘 그렇지, 뭐."

아줌마들이 똑같이 머리를 주억거렸다. 소파에 둘러앉아 삶은 옥수수를 먹고 있었다. 소쿠리에서 하나를 꺼내 상철이 엄마가 내밀었다.

"요정아. 너 올해도 그냥 넘기면 우리가 '미용실 첫째 딸 결혼시키기'그런 계 하나 만들려고 하는데."

"관둬. 요정이처럼 예쁘고 똑똑한 애가 제 짝 하나 못 찾을까봐?"

"원래 중은 제 머리 못 깎는다잖아. 요정이하고 인수하고 참 잘 어울리는데. 아주 아까워 죽겠어."

"쉬! 큰일 날 소리. 인수엄마가 아까 초저녁에 사돈 될 사람들 만난다고 갔잖아. 그런 소리 들었다간 우리에게 알은 체도 안 할걸?"

"뭐 지금은 알은 체 해? 인수가 검사되니까 동네 휘젓고 다니는 꼴 좀 봐."

"그러게? 그렇게 잘났으면 좋은 데로 가지 왜 여기 눌러 붙어 살아?"

"재개발될지도 모르니까 그러지."

내 의사와는 상관없이 멋대로 사람을 들었다 났다 하더니 이내 아줌마들의 관심은 재개발 쪽으로 흘러갔다. 내가 떠나올 때도 아줌마들은 그 얘기에 열을 올리느라 파마머리들을 붙인 채 열심이었다.

집의 대문은 활짝 열려져 있고 안에서 음식 냄새가 솔솔 풍기고 있었다. 오동나무 아래 평상에는 닭다리를 뜯고 있는 오서방과 민정이가 보였다.

"엄마, 나왔어."

엄마는 날 흘끔 쳐다보더니 그냥 주방으로 들어가 버렸다. 할 수 없이 뒤따라 들어갔다. 엄마는 날 본 척 만 척 음식을 담느라 여념이 없었다.

"나 왔다고. 이럴 거면서 왜 불렀어?"

"닭죽 먹으라고 불렀다."

엄마가 하얗게 눈을 흘겼다.

"넌 애가 어떻게 된 게 선을 보러 갔으면 사람을 만나서 찬찬히 살필 생각을 해야지 어떻게 10분 만에 일어서?"

엄마는 팩 돌아서더니 도마 위의 파를 종종종 썰었다.

"폭탄이라고 했잖아. 뭘 더 설명해야 돼?"

"폭탄이면 오서방이 소개해줬겠어? 그리고 설령 마음에 안 들어도 그래. 사람을 만나서 진득하게 말도 하고 밥도 먹고 차도 마시고 영화도 좀 보고 그래야 알지. 10분도 안 돼 일어서는데 그 사람이 괜찮은지 아닌지 어떻게 알아?"

"알아."

엄마가 도마 위의 칼을 쾅 소리 나게 내려놓았다. 그냥 마당으로 나와 버렸다. 부엌은 원래 바깥에 있었는데 몇 년 전에 마루 옆의 공간을 터 주방을 들였다. 하지만 지금처럼 여름엔 평상에서 먹을 때가 많아 엄마의 무릎에 무리가 가곤 했다.

"언니 이리 와."

엄마의 조수가 되기로 작정한 것 같은 민정이가 생글거리며 제 옆자리를 가리켰다. 오서방이 꾸벅 인사를 했다.

"처형. 오셨어요."

"네. 제부도 잘 지내셨어요?"

오서방은 쑥스러운 듯 머리를 숙였다. 아마도 선의 여파인 듯 싶었다. 아버지의 옆으로 가서 앉았다.

"오늘이 초복인 줄도 몰랐어요."

"네가 일하느라 정신이 없을 거다. 우리 요정이 보양하라고 불렀다."

아버지의 말에 민정이가 "맨날 언니만 챙기지"라며 입을 비쭉 내밀었다. 스테인리스 양푼에 닭죽을 가득 떠서 가지고 나오던 엄마가 상위에 내려놓으며 말을 보탰다.

"네 아버지가 우리 요정이 요정이 하는 거 하루 이틀이냐?"

"엄마도 참. 제부 있는데 민망하게."

엄마는 내 말은 들은 척도 안하고 오서방의 대접에 닭죽을 듬뿍 떠주며 많이 먹으라고 덕담을 했다. 오서방은 나와 눈이 마주칠 때마다 안절부절못하는 것 같았다. 오서방이야 무슨 잘못인가. 오로지 괄괄한 장모와 와이프의 등쌀에 떠밀려 사람을 소개해 준 것뿐인데. 엄마가 오서방을 힐끔 보더니 내게 말했다.

"그 선 본 사람이 한 번 더 만날 수 없냐고 묻더란다."

"됐어. 바빠."

내 말에 오서방이 민망한 듯 눈길을 돌렸다. 엄마에게 다신 그 얘긴 꺼내지도 말라고 눈총을 주었다.

닭죽을 다 먹고 난 뒤 오서방이 사왔다는 수박을 민정이가 쟁반에 받쳐 들고 나왔다. 오서방이 수박을 써는 옆에서 민정이가 종알거렸다.

"언니, 낮에 세탁소 들렀는데 인수 오빠 곧 날짜 잡는대."

민정이를 새초롬하게 쳐다보았다. 지가 무슨 연락병이라도 되는 듯 인수네 집 사정을 물어다주고 있었다. 이제 보니 인수 말고도 민정이도 엄마를 자극하는 요인이었다.

적어도 민정이가 결혼할 즈음까진 엄마가 날 이 정도까지 못살게 굴진 않았다. 민정이가 애를 맡기러 엄마에게 들락거리면서 부작용이 생기고 있었다. 벌써 애가 동네 아줌마라도 된 것처럼 시시콜콜 집안일에 끼어들고 있었다. 욕바가지로 얻어먹어도 카드 값을 갚아주는 친정엄마에 대한 충성일까.

"차민정. 나 좀 보자."

슬쩍 눈짓을 했다.

"왜? 여기서 말해."

"잠깐 할 얘기 있어서 그래."

"싫어. 나 수박 먹을 거야."

민정이는 고개를 흔들며 오서방 옆에 찰싹 달라붙어 있었다. 지금은 제 남편 옆이 안전하다고 본능적으로 아는 것 같았다. 민정이가 눈을 깜박이며 날 쳐다보았다.

"여자 쪽이 엄청 부자래. 잠실과 반포, 양재, 또 강북 어디더라? 동마다 건물 하나씩 갖고 있대 나봐. 전부 7채래. 그럼, 그게 다 얼마야? 검사가 좋긴 좋네. 인수 오빠 봉 잡은 것 좀 봐."

인수가 봉을 잡든 말든 너랑 무슨 상관인데?

"졸부가 뭐가 좋아? 만수 엄마가 그러는데 땅 투기해서 돈 번 집안이란다. 손에 땀 안 묻히고 번 돈 다 쓸데없어."

엄마가 콧방귀를 뀌었다.

"땅 투기로 돈을 벌었든 그게 뭐? 부자라는 게 중요하지."

민정이가 수박씨를 퉤퉤 뱉으며 부러워 죽겠다는 표정을 지었다. 빈 그릇을 들고 가는 엄마를 따라 주방으로 가서 문을 닫았다. 엄마는 차를 끓이려고 하는지 잘 꺼내지도 않는 비싼 찻잔을 꺼냈다.

"엄마, 진짜 그런 얘기를 왜 꺼내? 폭탄이라고 했잖아. 내가 그런 사람을 만난다면 엄마가 말려야지 대체 왜 그래?"

"오서방이나 민정이 얘기 들어보면 이상한 사람도 아니더라. 네가 유별난 거야. 그렇게 눈이 높은데 어떤 남자가 너한테 오겠냐."

"없으면 혼자 살면 되지. 무슨 상관이야. 결혼하려고 마음에도 없는 남자를 내가 만날 거라고 생각해?"

"남자 별다른 놈 없다. 다 그놈이 그놈이야. 어떤 놈이고 자꾸 보면 정들어. 사람 한 번 봐 가지곤 몰라. 자꾸 만나다보면 정도 들고 진면목도 보이고 그러는 거지. 너처럼 달랑 한 번 보고 단칼에 자르면 인연이 어떻게 생기냐. 일단 씨앗을 뿌려야지 싹이 나오든 말든 할 거 아냐."

엄마가 달래는 것처럼 돌아서더니 목소리를 누그러뜨렸다.

"그래서 한 번 더 만나 보라고 한 거야. 인수는 곧 날짜 잡는다고 하는데. 넌 어쩔 거야?"

끓는 물을 식혔다가 녹차 다기에 부었다.

"그래 그놈의 인수 얘기 또 나왔네. 엄마가 인수 엄마한테 안 지려면 내 짝으론 인수보다 더 좋은 남잘 만나야지. 오서방 사무실에 있는 남자는 인수 발뒤꿈치도 못 따라가. 알아?"

엄마가 찔끔, 하듯 눈을 피했다. 그리곤 화가 나는지 목소리를 높였다.

"인수는 저렇게 장가간다는데 넌 뭐가 모자라서 혼자인데? 그럴 거면 인수라도 잡든지 뭐했냐."

엄마가 날 노려보았다. 대체 딸을 위해서 이러는 건지 아니면 인수 엄마를 이기고 싶어 이러는 건지 모르겠다.

"몰라, 나 갈 거야."

숄더백을 홱 들고 대문을 박차고 나와 버렸다. 미용실 앞에 세워둔 차의 운전석으로 올라가 쾅 문을 닫았다. 미용실에 있는 아줌마들이 이쪽을 쳐다보았다. 꾸벅 머리를 숙이고는 거칠게 차를 몰아 그 자리를 떠났다.

신호가 파란 불로 바뀌자 엑셀을 힘껏 밟았다. 차는 요동치듯 앞으로 미끄러져 나갔다. 내 삶이 이렇게 파란 불만 있어서 쭉쭉 달려 나가면 좋겠지만 때로는 정지신호를 받아야 한다. 하지만 정지신호는 언젠가 파란 불로 바뀐다.

문제는 정지신호 앞에 섰을 때 불안과 초조를 어떻게 견디느냐 하는 것이다. 언젠가는 다시 파란 불이 들어올 거라는 걸 알고 있지만 막상 정지신호 앞에 서 있는 사람에겐 그다지 위로가 되진 않는다. 불안과 초조는 현실이고 미래는 아직 오지 않았으니까.

그렇다면 나, 차요정은 지금 파란 불일까, 아니면 정지신호 앞에 서 있는 것일까. 초복 날 닭죽 먹으러 갔다가 엄마랑 한바탕 싸우고 나왔으니 정지신호가 틀림없겠지. 삶은 때로 내가 원하지 않는 대로 흘러간다. 내가 아무리 당당하게 살고 싶어도 그걸 방해하는 장애물들은 도처에 깔려 있다. 33살 솔로에겐 가족이 가장 위협적인 존재들인 것처럼.

하지만 그래도 난 내가 원하는 대로 살아갈 것이다. 남이 원하는 대로가 아니라.

차가 붉은 신호등 앞에 멈출 때마다 그 생각을 곱씹고 있었다.

5

문을 열고 거실로 나가다가 건넌방 문이 열려 있는 것을 발견했다. 안에서 부스럭거리는 소리가 들리자 일순 몸이 뻣뻣하게 긴장을 했다. 무슨 소리지? 귀를 쫑긋거리며 가까이 다가가는 찰나 안에서 나오던 사람과 부딪힐 뻔했다.

"어, 여기 왜 있어?"

"저 어제 여기 들어왔잖아요?"

도리어 원준이 어리둥절한 눈으로 되물었다. 그제야 아직 물러가지 않았던 잠이 확 깨서 달아났다. 그렇다. 어젯밤 원준과 난 3개월 기한의 펫 계약서를 작성했고 축하주를 진탕 마신 다음 각자의 방으로 들어가서 골아 떨어졌던 것이다. 숙취로 뭉근한 머리를 흔들며 원준에게 물었다.

"지금 몇 시야?"

"8시요."

"그럼 얼른 씻고 나가자. 차에 실어놓은 물건 내려야 돼."

"아침은 안 드세요?"

"나가서 떼우자."

술을 마셔서 그런지 입안이 깔깔했다. 평소에도 아침은 사무실에 나가서 해결했다. 진희가 사다주는 샌드위치나 김밥으로 간단하게 요기를 하는 편이다. 옷을 갈아입고 나오니 원준은 벌써 현관 앞에 서 있었다. 동작이 빠른 건 마음에 들었다. 원준에게 다시 한 번 도어 락의 비번을 알려준 뒤 계단을 내려왔다.

마당에 세워놓은 차 유리창으로 아침 햇살이 튕겨 오르고 있었다. 초복이 지났을 뿐인데 벌써 더웠다. 하지만 아직 에어컨을 켤 정도는 아니었다. 원준이 운전석으로 올라앉은 다음 시동을 걸었다. 차는 내리막길을 달려서 골목을 빠져 나온 뒤 미끄러지듯 도로로 들어섰다. 5분 뒤 쇼핑몰이 있는 상가건물 앞에 차를 세웠다.

사무실 문은 활짝 열려 있었다. 라디오에서는 교통 상황을 알리는 빠른 말투의 리포터의 목소리가 흘러나오고 있었다. 여느 날과 비슷한 사무실의 풍경이었다. 하지만 30분 일찍 출근한 월요일답게 더 피곤했고 더 분주한 아침이었다.

"굿모닝."

송장을 뽑고 있던 홍대리가 굼뜨게 고개를 들었다.

"…같이 오셨네요?"

옷상자를 들고 걸어오는 원준을 보며 웅얼거렸다.

"…고시원이 꽤 멀다고 했었는데…"

홍대리가 웅얼웅얼하며 송장을 집어 들었다. 창고 쪽으로 바삐 걸어가 포장 작업에 합류했다. 작업 테이블에서 부지런히 박스 포장을 하고 있던 박실장의 눈이 휘둥그레졌다.

"아니, 원준 씨 여긴 어떻게?"

"짐도 많고 월요일 일도 바쁘고 해서 잠깐 도와 달라고 불렀어."

내가 서둘러 말했다.

"아, 네."

박실장이 고개를 끄덕이며 반갑게 원준과 인사를 주고받았다. 꼬맹이들은 신이 나서 원준에게 쪼르르 가더니 옆에 달라붙었다.

"오빠, 반가워요."

"응, 앞으로 잘 부탁해."

"네에. 히히."

꼬맹이들이 좋아서 벌린 입을 다물지 못했다. 다시 부지런히 움직였다. 모두들 박스 포장에 총력을 기울이고 있었다. 송장을 다 뽑은 홍대리는 포장이 끝난 박스들을 문 앞까지 뭉그적거리며 나르고 있었다. 손이 느려서 포장 작업은 못해도 자기 딴에는 열심히 돕고 있는 것이다.

원준은 차에서 내린 물건들을 창고 한쪽에 쌓고 있었다. 다 끝나자 옆에서 포장작업을 잠시 지켜보더니 팔을 걷어붙였다. 아르바이트를 다양하게 섭렵해서인지 눈썰미가 있고 손이 빨랐다. 원준이 가세하자 다른 날보다 더 속도가 붙었다.

배송 기사를 보내고 점심을 먹으러 밖으로 나갔다. 샐러드 바가 있는 피자집의 테이블에 둘러앉았을 때 꼬맹이들이 신이 나 떠들었다.

"확실히 남자가 있으니까 좋아요."

"아, 진짜 원준 오빠가 오니까 너무 좋아요."

꼬맹이들이 손뼉을 쳤다.

"그건 그래. 일도 빨리 끝나고."

박실장도 머리를 끄덕이며 맞장구를 쳤다.

"캡틴. 원준 오빠 정식 직원으로 뽑으면 안 돼요?"

수미가 칭얼거리며 날 쳐다보았다.

"응, 상황 봐서… 얼른 주문하자."

종업원이 가져온 메뉴판을 훑어보는 척 하며 말을 돌렸다. 홍대리만 별 관심이 없는 듯 포크를 만지작거리고 있었다.

느긋하고 한가로운 점심을 먹고 돌아와 창고에서 바로 분류 작업에 돌입했다. 옷상자를 풀어서 팬츠, 셔츠, T, BL, 원피스, 티, 스커트를 하나하나 추려서 선반에 정리했다. 박실장은 내가 불러주는 대로 입고를 잡으면서 쉬지 않고 재채기를 하고 있었다. 새 옷 알레르기가 있어 물건 박스를 열 때마다 연신 기침을 했다. 하지만 내게 옷 냄새는 향긋하고 좋은 냄새였다. 언제까지라도 맡을 수 있는 기분 좋은 향기다.

일이 끝나고 빈 박스들을 구석으로 치운 뒤 허리를 폈다. 머리에 옷에서 묻은 실밥이 하나 묻었는지 박실장이 떼어주었다. 그리곤 다시 뒤돌아서 연속적으로 재채기를 터트렸다.

"박실장 물 좀 마셔."

"그래야… 엣취!"

문 옆에 있는 정수기로 다가가던 박실장이 곤란한 듯 중얼거렸다.

"어 없네."

흘끔 정수기를 보니 빈 통만 얹어져 있었다. 하지만 아래쪽엔 언제나 여분의 생수통이 놓여 있었다. 문제는 박실장이 그걸 들지 못한다는 데 있다. 비쩍 마른 데다 언제나 하이힐만 신고 있어서 할 수도 없다. 박실장이 신속하게 꼬맹이들을 호출했다. 진희와 수미가 양쪽에서 생수통을 붙잡은 채 낑낑대며 들어올렸다. 둘이서 하는 걸 보고 있으려니 속이 터졌다. 차라리 내가 하고 말지. 하지만 버릇되면 안 되니까 그냥 참고 있었다. 꼬맹이들이 생수통을 든 채 서로를 타박하느라 바빴다.

"김진희. 힘 좀 줘."

좀 더 빤질거리는 수미가 먼저 상대를 탓했다.

"너도 안 주고 있잖아."

"내가 할게요."

원준이 성큼성큼 걸어가더니 꼬맹이들에게서 생수통을 받아들고 위로 번쩍 들어 올렸다. 진희와 수미는 손을 모으고 눈을 반짝거리며 쳐다보고 있었다. 사무실에 나온 첫날부터 톡톡히 식구들의 환심을 사고 있었다. 수미가 또 칭얼거리기 시작했다.

"캡틴. 우리도 남자 직원 뽑아요."

"봐서."

대충 얼버무리는데 수미가 기대에 찬 눈짓을 진희에게 보내고 있었다. 원준에게로 몸을 돌렸다.

"이제 가서 볼일 봐."

더 이상 사무실에서 시킬 일도 없고 앞으로 필요한 일이 있으면 그때그때 부르면 되었다.

"아르바이트 뭐 한다고 하지 않았어?"

"예. 그만 가봐야겠네요."

"그래, 수고했어."

원준이 인사를 하고 사무실을 떠났다. 진희와 수미가 부리나케 문까지 따라 나갔다. 아쉬운 얼굴로 손을 흔들며 배웅을 했다.

엄마 집에서 닭죽을 먹고 온 다음 날 동대문에 있는 숍들을 돌았다. 디자인 숍마다 유행분위기가 비슷한 옷들이 얼마나 있나 살펴보기 위해서였다. 한 번 일에 몰두하면 잠깐 쨈을 내 쉬는 것조차 까먹었다. 발바닥이 따끔거리고 종아리가 시큰시큰해서 그제야 시간을 보니 오후 5시였다. 사무실에 다시 들어가기에도 어중간했다. 가까운 커피숍에 들어가서 일단 좀 쉬기로 했다.

커피를 마시며 방금 메모를 해온 것들을 정리하며 앉아있었다. 휴대폰을 들고 뒤적이다가 원준의 번호에 눈길이 머물렀다. 잠시 생각을 하고는 전화를 걸었다.

"바빠? 아르바이트 땜에 상의할 일이 있는데."

"어디세요?"

"여기 동대문."

"저 전철 안인데요. 20분쯤 후면 도착할 수 있어요."

디자인 숍에서 찍은 옷들을 살펴보고 있는데 입구로 원준이 들어섰다. 손을 들었다. 원준이 날 보더니 이쪽으로 걸어왔다. 이주 전 회식 자리에서 봤을 때보다 얼굴이 반쪽이 되어 있었다. 원준이 건너편에 앉으며 옆으로 메고 있던 가방을 풀어 내려놓았다.

"어디 가던 중 아니었어?"

"일 보고 돌아가는 길이었어요."

"어디 다쳤다며?"

"다친 건 아니고 좀 아팠어요."

"무슨 일 있었어?"

원준은 고개를 끄덕이며 얘기를 털어놓았다. 알바사이트에서 일당 15만 원짜리 일이 있어 갔다. 지하주차장에서 페인트를 칠하는 일이었다. 마스크 하나 쓰고 작업하는데 속이 메슥거렸다. 8시간을 채워야 일당을 주니까 이 악물고 참았다. 그러다 갑자기 머리가 핑하고 돌더니 정신을 잃었다. 깨보니 사무실이었다. 작업반장이라는 사람이 시간 못 채웠다고 일당 7만원을 주었다. 몸이 약한 것 같으니까 내일부터 나오지 말라고 했다. 3만원 더 줄 테니까 약이나 사먹고 어디 가서 이상한 소리 하지 말라고 덧붙였다. 나중에 찾아보니 시너로 인한 문제였다. 원준은 말을 끝내고 나서 참았던 숨을 길게 내쉬었다.

"알바사이트엔 얘기했어?"

"할 수 없잖아요. 아쉬운 건 저니까요."

머리를 흔들었다.

"하긴 문제를 삼자면 지하주차장이겠지. 거길 관리하는 회사가 있을 텐데?"

볼펜으로 톡톡 테이블을 두드렸다.

"있긴 하겠지만 알바까지 챙기겠어요? 그 다음 알바도 못 가서 잘렸어요."

"알바 많이 하는구나?"

"군대 막 제대했을 땐 지금보다 더 했어요. 편의점 야간 타임 끝내고 아침엔 마트 창고, 점심까지 일하고 오후까지 잔 다음 일어나 저녁엔 호프집에서 일했어요. 그거 끝나면 편의점 야간 타임이 기다리고 있었고요."

"엄청 했었네."

말만 들어도 어처구니가 없어 머리를 저었다.

"그래도 등록금 모자라서 학자금 대출 받았어요."

"힘들겠다?"

원준이 머리를 끄덕였다. 커피를 한 모금 마시고 어떻게 말을 꺼낼까 생각했다. 그냥 맨숭맨숭한 상태에서 얘기하려니 쑥스럽기도 했다.

"응, 있잖아. 지난번 해봤던 펫 어떻게 생각해?"

"어, 재밌던데."

"그래?"

"예."

원준이 말똥말똥한 눈으로 쳐다보고 있었다.

"사무실에 남자가 필요하긴 한데 정식 직원으로 쓰기에는 부담이 되고. 자잘한 집안일과 심부름, 바쁠 때는 사무실 일도 도와주는 걸로… 보수는 150 줄게."

"예?"

보수를 듣더니 원준이 눈을 커다랗게 뜨며 커피 잔을 내려놓았다.

"집안일 해야 하니까 들어와야겠지? 방에 여유가 있으니까 쉐어하우스식으로 생각하고 같이 사는 것도 괜찮을 거 같은데."

"예, 그래도 돼요?"

"응. 혼자 사는데 익숙하지만 가끔 불안할 때도 있어. 어때, 괜찮아?"

"예. 재밌겠는데요."

웃으면서 고개를 주억거렸다.

"그럼, 언제부터 할 수 있어?"

"다음 주 일요일이 고시원 만기니까 그때로 하죠."

"좋아. 계약 된 거다."

이야기는 그렇게 일사천리로 흘러갔다. 원준은 고시원을 정리하고 일요일에 가방을 들고 빌라로 들어왔다.

꼬맹이들은 전화기를 붙든 채 배송 상담을 하고 있었다. 말투는 사근사근했지만 눈길이 마주치자 얼굴을 찡그렸다.

"네, 고객님."

수미는 모니터를 살펴보고는 다시 설명을 시작했다.

"지금 출고 준비중에 있습니다. 모레쯤 도착 예정입니다. 네, 조금만 기다려주시겠어요?"

수미가 전화를 끊으면서 짜증스럽게 투덜거렸다.

"방금 주문해놓고 벌써부터 전화질이야."

매장 없이 온라인으로 물건을 팔아도 가장 많이 부딪치는 부분이 사람과의 문제였다. 그 중에서 배송과 반품, 상품의 하자 처리 등이 클레임의 대부분을 차지했다. 사무실에서 대부분의 전화는 꼬맹이들이 받아서 처리를 했다. 진희와 수미가 감당하지 못하는 것들은 박실장이 마무리를 지었다.

하지만 때로 박실장이 처리를 하지 못하는 문제들도 있다. 상황이 애매하다거나 단정짓기 힘들다거나 하는 것들은 대개 내게로 넘어온다. 지금의 경우도 마찬가지였다. 진희가 전화를 받더니 그 전화를 박실장에게 넘겨주었다. 잠시 후 통화를 하던 박실장이 곤란하다는 표정을 지었다.

"고객님. 그럼 저희가 수선을 해드릴 순 있는데요. 그건 좀…"

저쪽에서 뭐라고 하는지 박실장이 눈을 찡그렸다.

"캡틴. 전화 좀 받으실래요?"

마시던 물 컵을 내려놓고 자리로 돌아가 앉았다. 프린터가 돌아가는 소리가 들리며 종이 한 장이 출력되어 나왔다. 진희가 일어나더니 그 종이를 집어다 내게 내밀었다.

"대리님이 갖다 드리래요."

모니터에 홍대리가 보낸 메신저가 올라왔다.

- 고객 자료예요.

눈으로 고객의 정보를 훑으며 수화기를 집어 들었다. 이 고객은 한 달 전에 19만 9천원 짜리 쉬폰 블라우스를 구입했다. 지금까지 제법 많은 옷을 산 단골고객이었다. 나긋나긋한 음성으로 대화를 시작했다.

"네, 고객님. 한 달 전에 블라우스를 구입 하셨네요."

"네. 어제 보니까 겨드랑이 솔기 있잖아요. 그게 터져 있더라고요."

상품의 하자를 발견한 건 좋은데 너무 늦게 전화를 한 게 탈이었다. 상품의 교환이나 하자 발생 시 반품은 15일 안에 하기로 약관에 되어 있다. 여자에게 부드럽게 말을 건넸다.

"솔기가 터진 부분을 수선하시면 어떨까요? 비용은 저희가 부담하고요."

"전 수선이 아니라 교환을 원하거든요."

상황이 조금 난감하긴 했다. 내가 잠시 생각을 하고 있는데 여자가 말을 이었다.

"그동안 페어리랜드에서 옷을 사서 잘 입어서 이번에도 믿고 그냥 입던 거라고요. 어제 겨드랑이가 허전해 보니까 밑이 터져 있는 거예요. 수선이 아니라 교환을 해주시면 안 될까요?"

자료를 보면 이 고객은 고가의 상품을 주로 사는 스타일이었다. 당장 눈앞의 손해가 아니라 이 고객이 우리 쇼핑몰을 계속 애용해주는 게 더 이익이었다. 더구나 하자가 있는 물건들은 손질을 해서 빅 세일로 돌리고 있으니 전혀 손해만 보는 것도 아니었다.

"네, 알겠습니다. 그럼 고객님. 옷을 반품해주시면 교환해드리겠습니다."

"지금 통화하시는 분이 어떻게 되세요?"

여자가 궁금한 듯 물었다.

"예. 저는 차요정이고요. 제가 페어리랜드를 운영하고 있습니다."

"역시 높은 사람하고 얘기를 해야 된다니까. 고마워요."

"예. 고객님. 앞으로도 많이 이용해주세요."

수화기를 내려놓자 박실장이 다른 때와 달리 불만이 있는 얼굴로 바라보았다.

"교환까지 해줄 필욘 없잖아요. 한 달이나 입은 걸 수선해주는 것도 많이 생각해 준 건데."

입을 뽀로통하게 내밀었다. 소탐대실. 사업을 할 때는 당장 눈앞의 작은 이익보다는 몇 년 후의 장래성을 생각해야 된다.

"내가 항상 얘기했잖아. 모든 걸 약관대로 처리해선 안 된다고. 사소한 손해를 감수하더라도 지금은 이 고객을 잡는 게 더 중요해. 박실장. 우선순위가 뭘까, 하는 생각을 먼저 해."

"네."

박실장이 뚱한 표정을 짓고 밖으로 나가버렸다.

"박실장 오늘 왜 저러니?"

진희가 문을 힐끔거리며 재빠르게 속삭였다.

"소개팅 본 거 깨졌잖아요."

칸막이 안쪽에서 홍대리가 웅얼거렸다.

"…제 마카로니도 왕창 줄었어요."

박실장이 들어오자 모두들 모른 척 입을 다물었다. 수미가 수화기를 내려놓으며 숨을 거칠게 몰아쉬었다. 종일 배송 문의 전화나 반품 전화와 씨름을 하다보면 별의별 고객들을 다 만나게 된다. 이젠 면역이 생겼을 법한데 꼬맹이들은 자주 흥분하고 감정이 흔들렸다.

"수미야. 우리 아이스크림 먹자."

기분이 다운되어 있을 땐 밖으로 내보내는 게 나았다.

"정말요?"

금세 기분이 풀린 듯 의자에서 발딱 일어섰다.

"슈퍼가지 말고 베스킨라빈스 갔다와."

"어떤 걸로 사와요?"

"제일 큰 사이즈로. 아이스크림 케익을 사오든지 알아서 해. 박실장도 바람 쐬고 올래?"

"전 됐어요."

박실장이 뚱한 표정으로 모니터를 들여다보았다.

제3장 친구,
남자 사람친구,
그리고

1

새벽시장은 여느 날처럼 번잡하고 소란스러웠다. 빠진 아이템들을 보충할 겸 시장조사차 겸사겸사 나온 중이었다. 원준은 적응이 안 된다는 듯 새벽시장의 번잡스러움과 사람들의 움직임을 눈으로 좇고 있었다. 그래도 날 놓치지 않고 잘 따라 다녔다. 물건을 구입한 뒤 원준에게 넘겨주고 자동판매기 앞으로 빠르게 걸어갔다.

"커피 마실래?"

"네."

원준이 옆으로 와서 옷 가방을 내려놓고 얼굴을 문질렀다.

"한 달에 몇 번이나 나와요?"

"대중없어. 그때그때 마다 달라."

통로 저 끝에서 얼굴을 아는 상인이 지나가며 우리 가게도 들려? 하면서 인사를 했다. 네, 라며 답례를 보냈다. 커피를 마시며 잠시 쉰 다음 위층으로 올라갔다. 요새 물건이 없어 못 파는 팬츠 가게들이 모여 있는 곳이었다. 인기 있는 아이템이라 늦게 가면 없는 경우도 종종 있다. 늦게 온 것도 아닌데 물건이 별로 없었다. 큰손이 와서 싹쓸이를 해가면 이런 일이 생겼다. 남아있는 대로 핫팬츠와 쇼트 팬츠를 거둬서 옆으로 내려놓고 다른 걸 살피고 있을 때였다.

뚱뚱한 여자가 옆으로 오더니 내가 골라놓은 옷들을 슬쩍 가로채려고 했다. 그때 원준이 여자의 손을 재빨리 막았다.

"아, 뭐예요?"

여자가 손을 내리더니 황급히 사라졌다. 혼자일 때는 다른 짐들도 있고 해서 당한 적이 있었다. 그런데 원준과 같이 있으니까 그런 점은 편했다. 단골가게에서 옷을 사는데 주인이 원준을 쳐다보았다.

"차사장, 남자직원이야?"

"네."

웃으면서 고개를 끄덕였다.

"어, 잘생겼다."

주인이 외쳤다. 원준이 쑥스러운 듯 딴 데를 쳐다보았다. 주인이 넘겨주는 물건을 받아들고는 예의바르게 인사했다. 원준을 재촉해 얼른 그 자리를 벗어났다. 북적이는 사람들 사이를 헤치며 지나가는데 양손에 짐을 든 원준이 바짝 뒤를 따라붙었다.

"힘들지?"

뒤를 돌아보며 물었다.

"아뇨, 괜찮아요."

가지런한 이를 내보이며 씩 웃었다.

"체력이 좋네?"

"평소 운동을 해서요."

"아, 그래?"

"알바도 체력 있어야 하죠. 편의점 야간 알바해서 늦은 시간까지 일하는 거 힘 안 들어요."

원준이 싱긋 웃으며 말했다.

"몇 군데 더 돌자."

"예, 좋아요."

고개를 끄덕이며 얼른 바짝 따라붙었다. 한 시간쯤 더 시장을 돌았다. 원준이 있어서인지 평소보다 물건을 더 많이 했다. 새로운 디자인과 감각의 옷들을 보면 욕심부터 났다.

이제 새벽시장도 슬슬 파할 기미가 보였다. 통로 바깥에 내놓았던 물건들을 집어넣고 있는 상인들도 눈에 띄었고 문을 닫는 가게들도 있었다. 예비로 사둘 물건은 이 정도면 충분할 것 같았다.

"그만 철수."

차에 짐을 실어놓고 포장마차로 갔다. 야식으로 곱창볶음과 잔치국수를 먹었다. 혼자일 때는 고작 핫도그나 샌드위치 정도였는데 둘이라 그런지 푸짐한 걸 먹을 수 있었다. 또 물건도 더 많이 하고 일도 빨리 끝날 수 있었다. 열심히 먹고 있는 날 원준이 쳐다보았다.

"여자들은 살찐다고 늦은 시간에 잘 안 먹던데. 캡틴은 신경 안 쓰나 봐요?"

"뭐, 잘 먹고 열심히 움직이면 되지."

그 소리에 원준이 씨익 웃었다.

주차장으로 가서 차에 올랐다. 물건을 실은 차들이 하나둘씩 빠져나가고 있었다. 토요일 새벽이라 지방에서 올라온 관광버스들이 부쩍 많아 보였다. 멀리 부산에서 올라온 버스들도 눈에 띄었다. 끼익. 요란한 파열음을 내며 차바퀴가 밀리는 소리들이 간헐적으로 들렸다. 운전석에 앉은 원준을 쳐다보며 말했다.

"바쁘면 평일에도 와야 돼."

"그런 날은 어떻게 해요?"

눈을 끔벅거리고 있다.

"그냥 잠깐 눈 붙였다가 출근해."

"안 힘들어요?"

"힘들다고 생각하면 못 하지. 내 사업인데."

"정말 날아다니던데요. 그거 재능이죠?"

"노력보다 더한 재능은 없다. 후천적인 거야."

원준이 조금 놀란 듯한 표정을 지었다.

"안 졸려? 운전할 수 있겠어?"

"괜찮아요."

고개를 끄덕이며 다 마신 커피 컵을 홀더에 걸었다. 그리곤 백미러를 보며 천천히 주차장을 빠져나왔다. 느긋하게 등받이에 머리를 기대고 창밖을 보았다. 밤거리가 휙휙 스쳐 지나갔다. 지금 가는 코스가 집까지 최단 코스다. 홍대리를 데려와서 좋은 점은 새벽시장에는 도움이 안 됐지만 한번 온 뒤로 네비게이션에 안 막히고 빨리 오는 코스를 세팅시켜 준 것이다. 혼자 다닐 때는 피곤해서 빨리 들어가려는 생각밖에 없었다. 하지만 다른 사람이 운전하는 차에 타고 있으니 느긋해졌다. 바깥경치를 볼 여유도 생긴다. 음악을 들으며 조용하고 적막한 거리를 내다보았다. 도로변의 가로등들이 하얗게 빛났다. 가로수들도 활짝 팔을 벌리고 있는 것 같았다. 왠지 새벽의 거리가 낭만적으로 느껴진다.

오후에 집을 나와 운동 가방을 들고 피트니스 클럽으로 향했다. 탈의실에서 옷을 갈아입고 나왔다. 클럽에서 주는 벙벙한 티셔츠와 반바지가 아니라 페어리랜드에서 파는 분홍색 쇼트 팬츠와 흰색 민소매 셔츠였다. 타이트하고 심플한 스타일을 주로 운동복으로 입었다. 옆에서 라커룸을 열고 있던 여자가 흘끔흘끔 쳐다보았다.

"옷이 예뻐요. 어디서 샀는지 물어봐도 돼요?"

이 여자처럼 간혹 내가 입은 옷에 흥미를 보이는 사람들이 있다.

"페어리랜드라고요. 포털에 들어가 치면 곧바로 나와요."

"아, 그래요."

여자가 내 옷을 훑어보며 미소를 지었다. 포털의 배너광고나 세일 광고에는 미치지 못하더라도 이런 기회가 오면 적극 활용하는 편이다. 내가 입은 옷으로 홍보를 할 수 있는데 뭘 망설이나.

거울 앞 체중계 앞에 서있던 여자들이 푸념하는 소리가 들렸다.

"뭐야, 또 늘었잖아?"

"나도 그래. 헬스장 다니는데 왜 살이 안 빠지는지 몰라."

여자들은 허리에 한 손을 짚은 채 이곳의 시설이 안 좋다는 둥, 강사가 제대로 가르쳐주지 않는다는 둥 집단성토에 들어갔다. 흘끗 보니 러닝머신 위에서 손잡이를 붙잡고 헉헉거리거나 마사지기를 독점하고 있는 아줌마 군단이었다. 쓴웃음을 지으며 탈의실을 빠져 나왔다.

스트레칭을 하고 나서 러닝머신 위로 올라갔다. 천천히 뛰고 있는데 원준이 옆의 러닝머신으로 왔다.

"등록 했어?"

귀에 꽂은 이어폰을 빼며 물었다.

"예, 3개월요."

원준이 천천히 걸으며 대답했다. 입고 있는 옷을 쳐다보았다. 쇼핑몰에서 파는 옷을 챙겨줬는데 역시 잘 어울렸다.

"잘 어울리네."

"그래요?"

원준이 씩 웃었다. 거울로 여자들이 원준을 힐끔힐끔 쳐다보는 게 보였다. 또 쓴웃음이 나왔다. 원준이 뛰기 시작했다. 벨트를 가볍게 차며 팔을 내젓는다. 많이 뛰어봤는지 힘든 기색이 없었다. 점점 스피드가 빨라진다. 힐끔 보니 나보다 더 빨리 달렸다. 운동을 했다고 하더니 빈 말이 아니었다.

한바탕 땀을 뺀 뒤에 웨이트하는 데로 갔다. 원준이 옆의 기구를 들고 있었다. 팔의 어깨 근육이 꿈틀거렸다. 옷을 입고 있을 때는 몰랐는데 근육이 장난이 아니었다.

"어, 운동 많이 했네?"

"학교 체육관에서 좀 했어요."

원준이 기구를 내려놓으며 손으로 땀을 훔쳤다.

"아, 그래?"

"예. 평소에 관리해야죠."

"맞아. 운동은 꾸준히 해야 돼."

"그럼요."

원준이 당연하다는 듯 고개를 끄덕였다. 둘이서 마주 보고 웃었다. 박실장하고 홍대리는 운동, 운자만 꺼내도 관심 없어하는데 모처럼 얘기할 사람이 있어서 신이 났다. 문득 안을 휘둘러보는데 평소에 한가하던 웨이트 하는 곳이 부쩍 붐비고 있었다. 아줌마들이 힐끔힐끔 원준을 쳐다보았다.

샤워하고 나오자 원준이 먼저 나와서 기다리고 있었다. 등을 돌리고 있다가 발소리를 들었는지 몸을 돌렸다. 한 손으로 방금 샤워한 젖은 머리를 쓸어 넘겼다. 이제 막 사위어가는 노을이 그 머리카락에 내려앉아 반짝반짝 빛났다.

"어, 벌써 나왔어?"

"예. 나오셨어요?"

"아, 배고프다. 맛있는 거 먹으러가자."

내가 쾌활하게 말했다.

"예."

원준이 고개를 끄덕였다.

2

보라는 영화관 안에 있는 카페테리아에 다리를 꼬고 앉아 팸플릿을 건성으로 보고 있었다. 소라색 블라우스와 재킷, 타이트한 스커트 사이로 보라의 탄력적인 허벅지가 드러나 있다. 까무잡잡한 피부의 보라가 한결 섹시하게 돋보이는 차림새였다. 내가 늦은 탓에 영화는 이미 시작된 뒤였다.

"나가서 밥이나 먹자."

팸플릿을 내려놓으며 보라가 일어났다.

"뭐로 할래?"

"매콤한 거."

우리는 한 층 아래에 있는 쌀국수 집으로 들어갔다. 카운터를 지나쳐 창가에 있는 자리에 앉고 나자 보라의 달라진 헤어스타일이 눈에 들어왔다. 긴 생머리가 껑충 짧아져 있었다.

"너 무슨 일 있지?"

"누가 요정 아니랄까봐."

보라가 재스민 차에 입술을 적시며 중얼거렸다. 보라와 나처럼 23년 동안 만난 사이는 유리지갑이나 다름없다. 서로의 속내가 훤히 들여다보이는 것이다.

"그 속초랑 헤어졌구나?"

그냥 넘겨짚은 건데 보라가 순순히 인정했다.

"응."

각자의 테이블 위에 뜨겁고 매운 쌀국수가 놓여졌다. 매운 국물을 들이키던 보라의 콧잔등으로 땀이 송글송글 맺혔다.

"이번엔 얼마나 만난 거야?"

"한 3개월?"

"제법 만났네."

보라의 변덕에 비하면 그리 짧은 시간이 아니다.

"그런가?"

"근데 머리는 왜 바꿨어?"

"그냥 좀 싱숭생숭해서. 집에서 키우던 개가 없어져도 좀 그렇잖아."

보라가 고른 치열을 내보이며 웃었다. 테이블의 벨을 눌러 맥주를 주문했다. 싱숭생숭할 때는 술이 최고다. 보라의 잔에 한 잔 가득 따랐다. 맥주잔을 기울이는 보라의 뺨에 긴 속눈썹이 드리워졌다.

"이유가 뭐야?"

사실 들어보나 마나였다. 마음 내키는 대로 행동하는 애한테 딱히 이유가 있을까. 보라를 보면 인생을 밝고 화사하게 사는 거 나쁘지 않다고 생각한다. 진지하고 무겁게 사는 것만이 인생이 아니니까. 하지만 대부분의 사람들은 인생은 진지한 거라고 생각한다. 그래서 보라 같은 타입을 만나면 거부반응부터 한다. 정작 본인은 신경도 쓰지 않는데 말이다. 그런데 사람들은 죽을 때가 되면 "내가 왜 이렇게 살았을까. 좀 더 재미있고 가볍게 살 걸." 하고 후회한다고 한다. 하지만 다시 한 번 시간이 주어진다면 사람들은 어떻게 살까? 또 후회하던 사람들은? 정말 가볍고 재미있게 살까? 문득 궁금해진다.

재스민 차를 한 모금 마시던 보라가 말했다.

"침대에 같이 누워있는데 어느 순간 권태로운 거 있지. 그래서 헤어졌어."

"그래?"

"그쪽도 나도 그냥 즐기는 거였는데, 뭐."

보라가 머리칼을 손으로 쓸어내리며 별일 아니라는 듯 대꾸했다. 까무잡잡한 피부에 가느스름한 눈, 키는 작아도 호리병 같은 몸매, 그리고 도톰한 입술. 자신이 섹시하다는 걸 알고 있고 또 그걸 십분 활용할 줄 아는 애다.

식사를 마치고 보라가 단골인 바로 갔다. 입구의 두툼한 양탄자가 발소리를 소리 없이 빨아들였다. 오크나무 벽에 붙은 알텍 스피커에서는 빌리 홀리데이의 목소리가 나지막하게 흘러나오고 있다. 바로 가서 앉자 바텐더가 친근한 미소를 지으며 가볍게 머리를 숙였다. 보라가 맡겨둔 코냑을 달라고 하자 금세 꺼내 왔다. 병의 삼분의 일쯤이 줄어 있었다.

보라가 재킷을 벗어서 옆의 의자에 올려놓았다. 홀터넥 뒤로 매끈하고 윤기 있는 등이 훤하게 드러났다. 바에 있는 남자들의 시선이 흘끔흘끔 보라를 향하고 있었다. 보라가 내 잔에 코냑을 따랐다.

"너 남자 생겼지?"

"내 내가 무슨."

나도 모르게 말을 더듬고 있었다.

"저번에 새벽에 전화하니까 너 차 안이라고 하는데 운전하는 거 같지 않던데."

"아, 그때 운전하고 있었어."

코냑이 하마터면 목에 걸릴 뻔했다.

"저번에 통화할 때는 옆에서 남자 목소리가 들리더라."

보라가 잔을 빙글 돌리며 쳐다보았다.

"아, 무슨."

펄쩍 뛰었다. 보라가 쓱 다가앉았다.

"그리고 너 오늘 유난히 시간 자주 본다."

"내가 그래?"

"응."

보라가 빤히 쳐다보며 머리를 끄덕끄덕했다.

"너 평소 나 만나면 시간 안 보는 거 모르지?"

"그…그래…"

또 버벅거리고 있었다.

"요즘 따라 얼굴도 좀 폈고 말야."

보라가 하나하나 뜯어보는 시선으로 날 쳐다보았다. 왠지 얼굴이 확 달아올랐다.

"이건 아무래도 연애하는 여자의 느낌인데."

보라가 내 쪽으로 얼굴을 기울이며 킁킁 냄새를 맡았다.

"네가 생각하는 그런 거 아냐."

"그럼 뭔데?"

보라가 한 손으로 턱을 받치고는 생글생글 웃었다.

"아니 그게 집안일이든 사무실이든 여자들만 있으니까 힘든 게 있더라. 그래서 우리 피팅 모델 하던 애 하나 그냥 펫으로 그냥. 이상한 거 아냐."

손을 내저으며 빠르게 말했다.

"그냥 일 때문에. 펫, 그거."

"나도 알아. 펫. 나도 다 해봤어. 근데 난 나중에 다 사귀게 되더라."

보라가 생글거리며 휴대폰을 들고 뒤적거렸다. 그리곤 내 앞으로 쓱 내밀었다.

"얘야?"

"응."

끄덕끄덕했다.

"잘생겼네. 얼른 나오라고 해."

"뭐 하러?"

"주인님 술 마시니까 나와서 운전하라고 해."

"운전은 핑계고 네가 보고 싶어서 그렇지?"

"당연한 거 아니니?"

보라가 키득거리며 쳐다보았다. 연락을 받고 원준이 온 것은 한 시간쯤 뒤였다. 도서관에서 전철을 타고 오기 때문에 시간이 좀 걸릴 거라고 했다.

원준은 바 안을 둘러보며 천천히 다가왔다.

"왔어? 얘는 내 친구, 보라."

원준에게 보라를 소개시켜 주었다.

"안녕하세요?"

"반가워요. 얘기 많이 들었어요."

보라가 헤실헤실 눈웃음을 치며 빤히 쳐다보았다.

"운전해야 되니까 술은 안 되고 뭐 주스라도 마실래요?"

보라가 손짓으로 바텐더에게 주스 한 잔을 청했다. 원준 앞으로 파인애플 주스가 담긴 글라스가 놓였다. 스피커에선 은은한 색소폰 소리가 흘러나오고 있었다. 코냑의 향기를 맡으며 음악에 귀를 기울이고 있는데 보라가 원준에게 묻고 있었다.

"여자친구 있어요?"

"없는데요."

"최근에 있었던 게 언제예요?"

"음…1년 전요."

저렇게 꼬치꼬치 묻는다는 건 보라가 관심이 있다는 뜻이고, 그건 곧 원준을 잠자리 상대로 본다는 것이다.

"보라야. 그만 가자."

숄더백을 집어 들며 몸을 일으켰다.

"왜? 시간도 많고, 분위기도 좋은데."

"늦었어."

내가 말했다.

"알았어. 알았어."

보라가 마지못한 듯 일어서는데 조금 비틀했다.

"아. 오늘 좀 많이 마셨나? 어지러워."

그러면서 살짝 원준에게 몸을 기댔다. 원준이 조금 당황한 표정을 지었다. 보라의 시커먼 속이 훤히 보였다.

"차까지 부축해 줄래요?"

보라가 쓰러지듯 원준에게 기댔다.

"어, 예에…"

원준이 보라를 부축했다. 내가 보라의 핸드백을 들었다. 엘리베이터를 타고 내려가는 동안 보라는 취한 척 계속 원준에게 몸을 기댔다. 일단 미니 쿠페의 문을 열어 보라를 조수석에 앉히고 내가 물었다.

"대리 불러야지."

"응. 원준 씨가 해주면 안 될까?"

보라가 게슴츠레한 눈으로 원준을 바라보았다. 원준은 어찌할 바를 모르는 표정으로 서 있었다.

"그럼 난 어떡하고?"

"요정이 넌… 대리 부르면 되지."

"됐어."

보라의 말을 무시하고 휴대폰으로 대리 기사를 호출했다. 그 사이 보라는 코맹맹이 소리를 내며 머리를 흔들었다.

"갈증 나."

옆에 있던 원준이 바로 물었다.

"음료수라도 사다 드려요?"

"네. 그래 줄래요?"

보라가 지갑을 꺼내려다가 바닥에 떨어뜨렸다. 짧은 스커트 아래로 보라의 늘씬한 다리가 드러나 있었다. 원준이 얼른 허리를 굽히고 지갑을 주워 건네주었다.

"여기. 페리에 플레인으로."

원준은 급히 몸을 돌리고 엘리베이터가 있는 곳을 향해서 달려갔다. 원준이 멀어지자 보라는 백에서 담배를 꺼내 라이터를 당겼다.

"귀여운데."

보라가 담배 연기를 허공에 후 하고 뿜으며 말했다.

"하여간 못 말려."

머리를 절레절레 흔들었다.

"왜 탐나니?"

"응. 너 계약이 언제까지라고?"

"왜?"

"끝나면 내가 데려가게."

"데려가선?"

"데려가면 뭐 뻔하잖아."

보라가 실실거렸다.

"네가 몇 달을 기다린다고?"

"하긴 그건 그렇다."

보라가 배시시 웃는데 원준이 주차장 저쪽에서 모습을 드러냈다. 보라는 담배를 끄고는 게슴츠레하게 눈을 내리떴다.

대리 기사가 도착했는지 연락이 왔다. 두런두런 말소리가 가까워지고 주차장 한편에서 차를 찾는 듯 두리번거리고 있는 대리기사의 모습이 보였다. 손짓으로 부르자 전화를 끊고는 이쪽으로 다가왔다.

"원준 씨. 고마워."

"뭘요. 그럼 잘 들어가세요."

"응. 다음에 또 봐."

보라가 창 너머로 손을 흔들며 우리에게 작별 인사를 했다. 대리기사가 차를 출발시켰다. 보라의 차가 주차장을 빠져나가자 우리도 SUV로 향했다. 원준이 운전석에 올라타 시동을 걸었다. 천천히 주차장을 빠져 나왔다. 운전에 집중하던 원준이 신호에 걸리자 날 돌아보았다.

"친구 분 많이 취하신 거 같아요."

"취한 거 아냐. 장난친 거야."

"예?"

옆을 보면서 눈을 둥그렇게 떴다.

"원준이가 잘생겨서 장난한 거야. 악의는 없어."

"아…"

원준이 벙 찐 표정을 지었다.

"장난이 심해서 그렇지 나쁜 친구는 아냐. 나 사업하면서 힘들고 할 때 많이 도와줘서 고마운 애야."

"아아…"

"신호 바뀌었다. 나 피곤하니까 눈 좀 붙일게."

"예."

원준이 라디오 소리를 줄였다. 등받이에 머리를 기대고 좌석 밑으로 두 다리를 죽 뻗었다. 아, 편하다. 서른이 넘는다는 건 이런 걸까. 남의 눈 신경 쓰지 않아도 되는 집이 좋고, 남이 보기에 좋은 옷이 아니라 내가 편한 옷을 입는 나이. 그리고 시끌벅적한 자리가 아니라 마음에 맞는 사람 한 둘을 만나 얘기를 하는 나이. 그리고 그런 사람이 없으면 차라리 혼자 있는 게 나은 나이.

차가 마포대교를 건너가고 있었다. 열어놓은 창으로 밤바람이 들이쳤다. 불빛이 반짝이는 강물이 사이드 미러로 조금씩 멀어져갔다. 졸음이 밀려오는 눈에 반짝이는 강물은 내내 머릿속을 떠나지 않았다.

3

누군가와 함께 살게 되면 혼자서 독점하던 시간과 공간은 사라져 버린다. 그리고 당연하게 생각했던 행동이나 말, 기분, 분위기, 심지어 소리까지 평소에 의식 않던 일들마저 수면 위로 떠오르게 된다.

주말 저녁에 화장실 변기에 앉아 혼자라면 신경 쓰지도 않았을 소리를 의식하고 있는 지금처럼 말이다. 밖으로 소리가 새어나갈 까봐 수시로 레버를 눌러 물을 내렸다. 그리고 방향제도 연거푸 누르고 있었다. 샤워를 할 때도 마찬가지였다.

원준은 거실에서 쿠션에 등을 기대고 영화를 보고 있었다. 나와 교대하듯 원준이 화장실로 들어가 문을 닫았다. 변기로 물 떨어지는 소리가 적나라하게 들렸다. TV의 볼륨을 높였다. 거실에서 화장실까지는 대여섯 발자국이었다. 조금 뒤에 원준이 화장실에서 나왔다.

"원준아. 잠깐만."

"예."

화장실로 데려갔다. 한동안 같이 살 거니까 미리 가르치는 게 나을 것 같았다. 위로 모두 올려져 있는 변기 커버를 손으로 가리켰다.

"일 보면 저기 중간 커버는 내려 줘."

"아, 중간 거만요. 다 덮지는 않고요?"

"응. 깔고 앉는 것만."

원준은 잘 모르겠다는 표정이었지만 이내 머리를 끄덕였다. 소파에 앉아 얼굴에 마스크 팩을 하고 있는데 건넌방에서 원준이 얼굴을 내밀었다.

"혹시 알콜 같은 거 있어요?"

"…왜?"

목소리가 웅얼거렸다.

"어디 좀 쓰려고요."

"…없는데."

"그럼 물 티슈는요?"

테이블 아래에 있는 걸 집어줬더니 그걸 들고 사라졌다. 마스크 팩을 붙인 채로 있는데 원준이 노트북을 들고 나왔다. 집에서 쇼핑몰을 모니터하려고 작년에 산 물건이었다.

"깨끄해졌네?"

목소리가 홍대리의 말소리처럼 웅얼거리며 흘러나왔다.

"그렇죠?"

전원을 켜보니 화면도 선명해져 있었다.

"처음엔 화면도 잘 나오곤 했는데 언제부턴가 뿌옇게 되더라."

"얼핏 봐선 모르는데 모니터에 먼지가 잘 껴요."

부팅이 끝나고서 인터넷에 접속했다. 페어리랜드 홈피에 들어가 게시판에 올라온 질문에 답글을 쓰는데 키보드가 한결 부드러웠다. 커피를 한번 쏟은 뒤로 뻑뻑하던 'ㅅ'도 가볍게 눌러졌다.

"키보드도 닦은 거야?"

"예. 어때요?"

싱글거리며 쳐다보았다.

"야, 펫 들인 보람 있네."

"이것도 같이 써보세요."

어디서 가져왔는지 마우스를 노트북에 연결했다.

"그거 잘 안되던데."

"패드가 없어서 그렇죠."

원준은 둥근 패드를 가져와 마우스 밑으로 깔았다. 사용해보니 사무실에서 쓸 때처럼 마우스가 부드럽게 움직였다.

"꼭 이거 깔아야 돼?"

"굳이 패드가 아니라도 편편하고 매끈하면 돼요. 그림이나 글자가 있으면 마우스가 튀는 경우도 있어요."

"많이 안다."

"이 정돈 기본이죠."

원준이 별일 아니라는 듯 말했다. 그래도 남자라고 기계에 대해선 좀 아는 눈치였다. 노트북 옆으로 먼지 뭉치가 굴러다니고 있는 게 눈에 띠었다.

"청소기 좀 돌려."

"그러죠."

거실 구석에서 충전중인 로봇 청소기의 전원 버튼을 눌렀다. 이제는 물건들이 어느 곳에 있는지 익숙해진 모양이었다. 한바탕 집안을 휘젓고 다니던 청소기가 끝났는지 제 자리로 돌아갔다. 바닥을 손으로 쓸어보니 먼지가 조금 묻어났다.

"처음엔 잘됐는데 저것도 오래되니까 잘 안 돼. 낼 A/S나 받을까봐."

원준이 로봇 청소기로 다가가더니 이리저리 살펴보았다. 버튼을 누르자 뚜껑이 열렸다.

"먼지봉투 언제 갈았어요?"

"글쎄. 그거 갈아야 되는 거야?"

안에서 먼지가 가득 차 부풀어 오른 먼지봉투를 끄집어냈다.

"이거 갈아야겠는데요. 새 봉투 어디 있어요?"

"글쎄. 어디 서랍 안에 있을 건데."

싱크대 서랍을 뒤지던 원준이 머리를 내젓더니 이번엔 다용도실 문을 열고 구석구석 찾았다. 그러더니 먼지봉투를 꺼내 보이며 싱긋 했다. 봉투를 갈아 끼우고는 다시 작동시키자 로봇 청소기가 힘찬 소리를 울리며 먼지를 빨아들였다. 청소기도 제대로 못 쓰는 걸로 보여 얼굴이 화끈거렸다.

그러고 보니 일주일 전 처음 집에 왔을 때 원준이 하던 소리가 생각났다.

"여자가 사는 집이라 깨끗하네요. 제가 살던 고시원은 난장판이었는데."

원준이 집안을 이리저리 둘러보며 감탄했다. 모르시는 말씀. 이 집도 엉망이었다. 초인종을 누르기 두어 시간 전부터 초스피드로 움직였다. 로봇 청소기의 전원을 켜놓고 눈에 보이는 것만 대충 치우기 시작했다. 굴러다니는 걸 쑤셔 박고 감추고 나자 집안은 그런 대로 말끔해 보였다.

원준은 집안을 둘러보고는 냉장고로 가서 문을 열었다.

"왜 목말라?"

원준이 멍한 표정으로 냉장고 문을 닫았다. 뭐 이상한 게 있나 해서 가봤더니 생수병과 내 화장품밖에 보이지 않았다.

"나 집에서 음식 안 해먹어. 아침과 점심은 사무실, 저녁도 먹고 올 때가 많아. 원준인 음식 잘해?"

"라면 하난 자신 있어요."

그 말에 피식 웃음이 나왔다.

"안 해도 돼. 같이 저녁 먹게 되면 시켜 먹자. 근데 냉장고 보고 왜 그렇게 놀라?"

"텅 비어서요. 여자들 냉장고는 과일이나 군것질거리가 잔뜩 있는 줄 알았거든요."

원준이 멋쩍은 듯 귀를 긁었다.

로봇 청소기가 소파 밑으로 더 들어가지 못하고 끽끽거리는 소리를 내고 있었다. 원준이 바닥으로 납작 엎드려서 더듬더듬 안으로 손을 밀어넣었다. 그리곤 청소기에 걸린 돌돌 말린 검은 레깅스와 브래지어, 팬티 몇 장을 끄집어냈다. 속옷들은 먼지를 듬뿍 뒤집어쓴 채 뒤엉켜 있었다. 그러니까 일주일 전 소파 위에 있던 속옷을 뭉뚱그려 처박아놓고 잊어버린 것이다.

"왜 그게 거기 있지?"

재빨리 속옷들을 낚아채 세탁바구니 속으로 던져 넣었다. 다행히 마스크 팩이 당황하는 얼굴을 감춰주고 있었다. 하는 김에 소파 밑에 처박혀 있던 것들도 끄집어냈다. 행방을 알 수 없던 슬리퍼 한 짝과 녹이 슨 포크와 마요네즈 소스가 묻은 크래커 봉지 따위가 줄줄이 나왔다. 원준이 웃는데 눈가로 살짝 주름이 잡혔다.

주의를 돌릴 겸 얼른 말했다.

"피부는 좋은데 웃으니까 눈에 주름 있다."

"어, 그래요?"

원준이 손으로 얼굴을 쓸었다.

"나 방금 팩한 피분데 보기에 어때?"

"모르겠어요."

머리를 흔들었다. 기계에 대해선 남자들이 잘 알지 몰라도 피부에 대해선 여자가 잘 안다. 좀 전의 마이너스를 만회할 찬스였다. 원준의 피부를 손가락으로 쓸어보았다. 보기와 달리 조금 거칠었다. 턱 근처는 면도를 하다가 베인 듯 엷은 생채기 자국이 보였다.

"여기 누워 봐."

거실 바닥을 탕탕 두드렸다. 원준이 어리둥절한 표정으로 바닥에 누웠다. 화장대에 있던 에센스 병을 들고 와 얼굴에 듬뿍 발랐다. 잘 먹지를 않고 겉돌았다. 기초공사가 돼 있지 않은 것이다.

"마사지 한 적 있어?"

"아뇨."

"있어봐. 좋은 거 해줄게."

뭐든 시작을 하면 마음에 들 때까지 하는 게 내 스타일이다. 서랍에서 헤어밴드를 찾아와 원준의 머리칼을 모아 정리했다. 수건을 물에 적셔 전자레인지에 돌려 핫 팩을 만들었다. 그걸 얼굴 위로 덮자 원준이 몸을 움찔 했다.

"왜, 뜨거워?"

"괜찮아요."

말은 그렇게 하면서도 뜨거운지 연신 주먹을 쥐었다 폈다 했다.

"참아. 모공을 열어주는 거야."

마사지 크림을 덜어 얼굴에 궁글리기 시작했다. 볼과 이마를 따라 손가락을 놀리다 턱 밑으로 내려왔다. 원준이 따분한지 몸을 계속 꼼지락거렸다. 가만히 있으라고 연신 주의를 줬다. 마사지를 끝내고 나서 스팀 타월로 얼굴의 크림을 닦았다. 피부를 만져보니 좀 전보다 부드러워지고 말랑말랑해져 있다. 그 상태에서 스킨과 로션을 바르고 에센스로 두드려주었다. 화장품이 피부로 쏙쏙 스며들었다. 눈 밑에 아이크림을 톡톡 찍어 바른 후 영양크림으로 마무리를 한 다음 손으로 가볍게 터치했다.

"어때? 많이 좋아졌지?"

원준이 일어나 앉자 내가 거울을 내밀었다.

"어, 잘 모르겠어요."

거울을 보며 고개를 갸웃했다.

"만져봐. 얼마나 촉촉하고 부드러워졌는데…"

"그런 것 같기는 한데."

손가락으로 볼을 누르며 긴가 민가 하는 표정을 지었다. 이것 봐라. 오기가 스멀스멀 일어났다.

"이것 봐. 마사지하기 전엔 모공도 크고 피부 톤도 거칠었어."

"에이, 그 정돈 아니었어요."

원준이 절대 아니라는 듯 고개를 흔들었다.

"맞다니깐. 완전 아저씨 피부였어. 지금 봐. 촉촉하고 탱탱한 게 살아났잖아."

원준이 머리를 갸우뚱거리며 거울을 코앞으로 바싹 당겼다.

"자세히 보면 좀 달라진 것 같긴 한데."

"넌 젊은 애가 그렇게 눈이 나쁘니? 여기 모공을 봐. 피지랑 각질이 싹 없어졌잖아."

"이게 좋은 건가요?"

"그럼. 좀 전과 비교하면 하늘과 땅 차이네."

내가 팔짱을 끼며 고개를 끄덕였다.

"그래요?"

"응. 그러니까 계속 관리해야지. 너 하는 거 봐서 오늘처럼 기특한 일 하면 해줄 수도 있어."

원준이 그런가 하는 표정으로 거울을 들고 이리저리 얼굴을 비춰 보고 있었다. 그걸 보고 있는데 왠지 뿌듯해지는 기분이었다.

일요일은 날씨가 맑고 화창했다. 아직 기온은 오르지 않았지만 햇빛의 강도로 보아 무덥고 더운 날이 될 것 같았다. 원준이 바깥 날씨를 보더니 이불 빨래를 하겠다고 나섰다.

"힘들 텐데. 빨 수 있겠어?"

"그럼요. 고시원에선 오늘 같은 날엔 이불 말렸어요."

옷장 안의 여름 이불을 다 꺼내주었더니 세탁기에 넣고 세제를 풀었다. 빨래가 돌아가는 동안 침대의 시트를 벗겨냈다. 그리곤 거실 커튼과 주방의 레이스 커튼도 떼어 들고 갔다.

"하는 김에 이것도 빨아."

"그러죠."

선선하게 대답했다. 이불이 다 돌아가자 원준이 대야에 담아들고는 옥상으로 올라갔다. 옥상에는 손잡이가 떨어지거나 살이 부러진 우산들과 해변에서나 쓸 법한 파라솔이 쌓여있었다. 반들반들한 시멘트 난간 밑으로 동네의 풍경이 수채화처럼 펼쳐져 있었다. 단독주택과 빌라들이 반반씩 섞여 있었다.

아담한 주택의 마당에 어린아이용 자전거가 세워져 있었다. 황토색 화분에는 튼실하게 자란 상추와 고추 모종도 보였다. 지붕과 마당과 골목길에 여름햇살이 갈치비늘처럼 튀어 오르고 있었다. 바람이 빨랫줄에 널린 이불을 흔들고 지나갔다. 침대 시트와 커튼들을 가져다 널어놓자 그 아래로 넓은 그늘이 만들어졌다.

"빨래하느라 수고했어. 점심은 나가서 먹자."

"그냥 여기서 먹어요."

"여기서?"

시큰둥하게 옥상을 한 바퀴 휘둘러보았다. 이런 곳에서 음식을 먹는다는 게 좀 구질구질해 보였다.

"가스레인지로 라면 끓여 먹어요. 제가 준비할게요."

원준이 계단을 달려 내려가 다용도실에서 돗자리를 꺼내와 그늘에 깔았다. 나가서 먹으면 편할 텐데 왜 귀찮은 일을 하는 걸까. 내키지 않은 마음으로 돗자리 위에 앉았다. 자리가 날아가지 않도록 슬리퍼로 귀퉁이를 눌러놓았다. 원준은 등을 돌리고 가스레인지 위에 냄비를 올려놓고 물을 끓기를 기다리고 있었다.

원준이 준비를 하는 동안 동네의 풍경을 물끄러미 보고 있었다. 다른 집들의 옥상에 심어놓은 화초들과 화분들. 그 위를 날아다니는 나비들을 눈으로 좇았다. 이곳에 산 지 몇 년이 되었지만 옥상에 올라와 본 적이 없었다. 하지만 이렇게 앉아 한가로운 풍경을 보고 있자니 마음이 헤실헤실 풀어졌다.

"다 됐어요."

원준이 구슬땀을 흘리며 냄비를 두 사람의 가운데에 내려놓았다. 꼭 어린 시절의 소꿉놀이를 하는 기분이었다. 라면 국물을 한 숟가락 떴다.

"맛있다."

"제가 이거 하난 자신 있어요."

칭찬을 들어 으쓱한 얼굴이었다.

"옥상에서 뭐 먹는 거 색다른 경험인데. 어떻게 이런 생각했어?"

"고시원이 답답하거든요. 그래서 자주 옥상으로 올라갔어요. 컵 라면도 먹고 커피도 마시고. 지금 여기 있으니까 가슴이 탁 트이지 않아요? 학교에 가면요. 어느 구석에 놓인 자판기 커피가 맛있는지 꿰고 있어야 낭만생활을 즐길 수 있어요."

"낭만이라. 정말 간만에 듣는 단어다."

맑고 푸른 여름 하늘을 쳐다보았다.

"그래요? 조금만 여유를 가지면 되는 건데."

"그게 맘대로 안 되거든."

한숨을 내쉬었다. 바람에 펄럭이는 이불 그늘에 앉아 이렇게 라면을 먹고 있으니 어린 시절의 풍경이 떠올랐다. 여름날 저녁이면 일찍 퇴근한 아버지가 미용실에 있는 엄마를 대신해 옥수수를 한 소쿠리씩 쪄주곤 했다. 그럼 밤바람이 살랑살랑 불어오는 오동나무 밑 평상에 앉아 나와 민정이는 발장난을 하며 삶은 옥수수를 먹곤 했다. 우릴 흐뭇하게 바라보는 아버지의 눈길. 그것도 낭만적인 한 시절이 아니었을까.

"낭만적인 점심을 먹었는데 상을 하나 줄게."

"마사지요?"

눈이 반짝거리고 있었다.

"아니. 이번엔 다른 거. 일단 밖으로 나가자."

집으로 돌아와 외출 준비를 했다. 가벼운 산책에 어울리는 옷을 입었다. 몸에 달라붙는 민소매 티셔츠에 핫팬츠를 입고 머리엔 야구모자를 썼다. 선글라스는 위에 테처럼 둘렀다. 그리고 얼굴엔 파우더만 살짝 누르고 방을 나섰다.

원준은 그 사이 라면 그릇들과 냄비를 닦아서 선반에 차곡차곡 올려놓고 있었다.

"뭐해?"

"설거지요."

원준의 복장으로 눈이 갔다. 마트 세일 상품으로 보이는 단품 티셔츠에 아저씨 스타일의 펑펑한 반바지를 입고 있었다. 옷이 스타일을 망치고 있었다.

"이리 와봐."

원준을 옷 방으로 데려가 맞는 옷이 없는 지 찾아보았다. 새벽시장에서 물건을 떼오거나 재고 남은 거 혹은 땡 처리를 한 뒤 팔리지 않은 상품들을 넣어둔 방이다. 옷걸이에 있던 타이트한 검정 셔츠와 밀리터리 룩의 경쾌한 팬츠가 눈에 띄었다.

"이걸로 갈아입어."

원준이 옷을 입으러 간 동안 옷 방을 이리저리 둘러보았다. 다음 주에 한 번 시간을 내서 이곳에 있는 옷들을 정리해야 될 것 같았다. 원준이 도와주면 수월하게 일을 마칠 수 있을 것이다. 원준은 처음 우리 집에 와서 옷 방을 둘러보며 고개를 갸우뚱거렸다. "생각보다 옷이 없네요. 의류 쇼핑몰을 해서서 옷이 무지하게 많을 줄 알았는데." 그러고 보니 집에는 편하게 입는 옷들밖에 없었다. 정장을 입을 일이 생기면 사무실에서 적당한 물건들을 골라 입다보니 굳이 사 입을 일이 없었다. 내 설명에 원준이 그렇구나 하는 얼굴로 고개를 주억거렸다.

선반에 개켜놓은 옷들을 살펴보고 있는데 원준이 돌아왔다.

"어때요?"

"이제야 페어리랜드 모델답네. 나가자."

마당에 세워 둔 차에 올랐다. 원준이 운전대를 잡았다. 시동을 걸기 전 흘끔흘끔 곁눈질을 했다.

"왜?"

"그 옷들 혹시?"

"우리 쇼핑몰에서 파는 물건들이잖아. 왜?"

"잘 어울려서요."

"운전 중엔 앞만 봐라."

골목을 빠져 나오자 원준에게 가야 할 장소를 알려주었다. 집에서 제법 떨어진 근교의 공원이었다. 공원에 도착해 차를 주차장에 세웠다. 그리곤 나무들 사이로 난 산책로를 따라 느릿느릿 걸었다. 일요일이라 가족을 동반한 사람들이 많았다. 잎이 크고 무성한 나뭇잎들 사이로 햇빛이 어른거렸다. 공원을 한 바퀴 돌고 나자 멀리 번지점프대에 사람들이 서 있는게 보였다.

"우리 저거하자."

손으로 번지점프대를 가리켰다.

"예, 좋아요."

"해봤어?"

"아니, 저 처음이에요."

"생각보다 무서울 텐데."

"아, 뭐 전부터 해보고 싶었는데 비싸더라고요."

"오늘 하면 되지. 가자."

원준의 어깨를 툭 쳤다. 입구에서 씩씩하게 표를 끊고 안전장비를 장착하고 엘리베이터를 탔다. 유리로 된 창 너머로 호수의 물이 일렁이고 있는게 보였다. 번지점프대 밑에서 구경하는 사람들도 제법 있었다.

높은 곳에 올라오니 바람이 세게 불었다. 멀리 호수 위를 오리들이 떼지어 다니고 있었다. 철근이 음산한 소리를 내며 삐걱거렸다. 막상 위에 올라오자 살짝 겁이 났다.

"어, 밑에서 보다 높다."

내가 난간 바깥을 내려다보며 말했다.

"높기는 한데 유격훈련 할 때 레펠 보다는 덜 무서운데요?"

둘이서 점프대 쪽으로 걸어갔다. 거기 있던 안전요원이 물었다.

"어느 분이 먼저 뛰실래요?"

그 소리에 내가 멈칫하자 원준이 앞으로 나섰다.

"제가 먼저 할게요."

그러면서 날 돌아보았다. 내가 고개를 끄덕였다. 원준이 점프대 앞에 서자 안전요원이 카운터를 세기 시작했다. 쓰리. 투. 원. 번지하고 외치자 원준이 바로 몸을 날렸다. 조금의 망설임도 없었다. 그걸 보고 속으로 멋있네, 하고 생각했다. 아래를 보았다. 원준이 쭈욱 떨어져서 호수의 수면까지 갔다가 다시 튕겨 올랐다. 그 순간 원준이 팔을 뻗으며 신이 나서 크게 소리 지르며 웃었다. 두어 번 통통 거리며 줄을 내리자 원준이 어정쩡한 자세로 내려갔다. 밑에 있던 보트에서 사람들이 받아주었다. 그걸 보며 머리를 저었다. 난 저렇게 어정쩡한 자세로 내려가면 안 되는데.

"다음 분."

안전요원이 로프를 연결해주고 점프대 끝까지 안내해줬다. 점프대에 서서 아래를 쓱 내려다보았다. 보트에서 원준이 손을 흔들었다.

"파이팅!"

하고 외쳤다.

"자, 카운터합니다. 쓰리, 투, 원. 번지!"

안전요원이 외쳤다. 그 소리와 함께 뛰어내렸다. 물속으로 다이빙을 하듯 몸을 쭉 폈다. 호수의 수면이 시야를 덮칠 듯 빠른 속도로 다가왔다. 나도 모르게 입에서 탄성이 터졌다. 팔을 앞으로 뻗자 물이 손에 잡힐 듯 어른거렸다. 손이 막 수면을 스치려는 찰나 허리에 연결된 줄이 몸을 허공으로 잡아당겼다. 마치 새처럼 다시 공중으로 솟구쳐 올라갔다. 양팔과

다리를 활짝 펴서 바람의 흐름을 탔다. 환희와 자유의 느낌이 온몸을 휩쓸고 지나갔다. 아아, 입에서 다시 탄성이 터져 나왔다.

아래로 내려가자 원준이 다가와서 몸을 받아주었다. 몸에 닿는 팔의 근육이 단단하게 느껴졌다. 보트가 천천히 번지점프대로 돌아갔다. 바람이 불어와 머리카락을 휘날렸다. 멀리서 오리가 무리를 부르는 듯 소리 높여 울었다. 꽥꽥꽥. 그 소리에 화답하듯 몇 마리가 물에 젖은 날개를 세차게 퍼덕거렸다. 호수 위로 잔물결이 술렁술렁 퍼져나갔다.

안전장치를 풀고 밖으로 나오면서 원준을 돌아보았다.

"우리 맥주 한잔 하자."

"좋아요."

호수 옆의 산책길을 따라 녹음이 한창이었다. 그 길을 둘이서 걸어갔다.

4

점심 식사를 마치고 돌아오자 자잘한 일들이 기다리고 있었다. 창고에는 주말에 해온 물건들이 박스에 차곡차곡 들어 있었다. 재고정리를 기다리고 있는 박스들도 한쪽에 수북했다.

하루 날을 잡아서 재고정리를 조만간 해야 할 것 같았다. 일단 새 옷들을 분류하고 정리하는 일에 돌입했다. 꼬맹이들은 일은 안 하고 수선만 피워서 쫓아버리고 나와 박실장, 원준 셋이서 손발을 맞췄다.

평소라면 나와 박실장이 했을 일을 원준이 도와주고 있으니 일에 스피드가 생겼다. 옷 박스를 열 때마다 재채기를 터트리는 박실장은 오늘은 아예 마스크를 쓰고 있었다. 원준이 박실장을 돌아보며 말했다.

"제가 할게요. 가서 쉬세요."

"어, 원준 씨. 그럼 부탁해."

박실장이 콜록거리며 코를 문질렀다.

"너도 운동 좀 해라. 체력이 그렇게 약해서 어떡하니?"

내가 박실장을 쳐다보았다.

"나중에요."

박실장이 코를 팽 풀더니 자리로 가서 책상에 엎어졌다. 그걸 보고 머리를 저었다.

창고에서 분류작업을 마친 다음 화장실에 가서 손을 씻었다. 거울 속으로 얼굴을 들여다보았다. 엷게 화장한 얼굴이 땀에 지워져 있었다. 휴지로 얼굴을 누른 다음 흘러내린 머리카락을 매만졌다.

회의용 테이블에 앉아 잠시 숨을 돌리며 커피를 마셨다. 수미가 원준에게 커피를 가져다주며 생글생글 웃고 있었다. 진희는 수화기를 귀에 붙이고 앉아 원준을 빤히 쳐다보고 있었다. 애들이라 좋으면 좋다는 티를 팍팍 냈다.

노크 소리가 나며 안면이 있는 영업사원이 함박웃음을 짓고 들어왔다. 동대문의 크고 작은 디자인 숍에는 이렇게 발로 뛰는 영업사원들이 제법 있다. 디자이너가 한둘만 있는 작은 숍은 사장이 직접 영업을 했다.

"사장님 안녕하세요?"

영업사원은 활짝 웃으며 예의바르게 인사를 했다. 이 남자도 처음 세일 하러 왔을 땐 박실장에게 "사장님, 안녕하세요?"라고 인사했었다.

"네. 어서 오세요."

상냥하게 말을 건넸다.

"다음 시즌에 유행할 것 같은 제품들인데 좀 보시겠어요?"

영업사원은 붙임성이 있는 미소를 지으며 테이블 위에 가지고 온 카탈로그를 펼쳐놓았다. 원준이 궁금한 눈으로 그것들을 구경하고 있었다.

"진희야. 여기 커피 한 잔 가져와."

잠시 후 테이블 위로 진희가 커피를 가져다 놓았다.

"드세요."

"아, 예."

남자는 컵을 기울여 한 모금을 마신 후 테이블에 내려놓았다.

"올 가을엔 체크무늬가 강세일 것 같아요. 그래서 말인데요."

영업사원은 체크무늬가 들어간 다양한 가을 옷들을 보여주었다. 체크무늬의 스커트, 카디건, 남방셔츠가 눈길을 잡아끌었다.

"카디건과 남방셔츠가 괜찮네요. 체크라서 스코틀랜드풍의 느낌도 나고요."

"역시 사장님은 바로 알아보시네요. 저희도 이게 제일 잘 나가지 않을까 생각했는데."

"단가는요?"

남자가 프린트해 온 단가표를 내밀었다.

"카탈로그는 두고 가실 거죠? 보고 연락드릴게요."

"그럼 연락 주십시오."

남자가 가방을 들고 일어섰다. 내가 테이블에서 일어나자 원준도 창고로 가서 바닥에 흩어져 있는 박스들을 치우기 시작했다. 박실장의 책상으로 가서 단가표를 내려놓는데 서류를 코앞으로 디밀었다.

"캡틴. 이거 좀 봐주세요."

광고 기안서였다. 어느 포털에 배너광고와 팝업을 내느냐, 시기는 언제 쯤 할 거냐, 비용은 얼마나 쓸 거냐 하는 것들이다.

진희가 우편물을 한아름 들고 와 책상을 돌며 내려놓았다. 기안서를 들여다보고 있는데 박실장이 발작적으로 비명을 내질렀다.

"왜 그래? 놀랐잖아."

박실장은 거칠게 숨을 몰아쉬더니 하이힐 소리를 내며 밖으로 나가버 렸다. 수미가 재빨리 박실장의 책상으로 가서 책상에 놓인 우편물을 집 어 들고 흔들었다.

"청첩장인데요. 남자가 보냈어요. 옛날 애인인가 봐요."

문소리가 나자 재빨리 청첩장을 내려놓고 자리로 돌아갔다. 박실장은 세수라도 하고 왔는지 앉자마자 가방에서 파우치를 꺼냈다. 박실장은 콤 팩트 거울로 자기 얼굴을 한참이나 들여다보고 있었다. 결혼까지 생각했 던 남자가 자기가 아니라 딴 여자하고 결혼한다는 걸 알고 심란해져버린 걸까.

어쩌면 지금 박실장의 머릿속으론 자기가 놓친 결혼식 장면, 괌의 신혼 여행, 전세아파트, 집들이 등이 빠르게 스쳐지나가고 있을지도 모른다. 거 울을 닫으며 박실장이 혼잣말로 푸념을 늘어놓고 있었다.

"결혼 얘기만 나오면 좀 있다 하자, 뭐가 급해, 이러더니 나랑 헤어지고 6개월도 안 돼 결혼을 해? 그러니까 결혼이 싫었던 게 아니고 나랑 하기 가 싫었던 거다, 이거지? 거기다 청첩장까지 보내. 나쁜 자식."

박실장이 이를 바드득 갈았다.

"그냥 무시해."

"하는 짓이 괘씸하잖아요. 안 그래도 소개팅도 깨져서 짜증나는데!"

"그렇게 짜증나면 찢어버리든지."

맞아, 내가 이걸 왜 보고 있지, 하는 얼굴로 박실장이 청첩장을 움켜쥐었다. 풀이 죽은 모습을 보니 어떤 생각이 머리를 스쳤다.

"박실장. 잠깐만."

박실장이 막 찢으려던 손을 멈추고 울적한 얼굴로 쳐다보았다. 꼬맹이들도 말리는 이유가 궁금한 지 나와 박실장을 번갈아 봤다.

"왜요?"

"결혼식이 언제야?"

"다음 주 주말요."

기운이 하나도 없는 목소리로 대답했다.

"가보는 게 어때? 원준이 데리고 가."

창고에서 일하고 있는 원준을 턱으로 가리켰다. 박실장은 아직 말귀를 못 알아듣고 멀뚱멀뚱 쳐다보기만 했다.

"가서 그놈에게 너보다 더 젊고 잘생긴 남자랑 잘 지내고 있다는 걸 보여주란 말야."

나를 보고 있던 세 사람의 입이 쩍 벌어졌다.

"대박."

수미가 킥킥거리며 소리쳤다. 박실장이 내게 물었다.

"캡틴, 어떻게 그런 생각을 했어요?"

"그냥. 왜 기분 좀 풀리니?"

"그럼요. 굿 아이디어네요. 통쾌하게 복수해주고 올게요."

박실장이 불끈 주먹을 쥐었다.

"가서 잘해봐."

그 말에 박실장이 한껏 고무된 표정을 지었다.

"원준 씨 보면 아마 그 자식 한 방에 갈 걸요. 그 생각만 하면."

"그렇게 좋아?"

"그럼요."

박실장이 컴퓨터 앞으로 의자를 당겨 앉으며 부산스럽게 손을 움직였다. 근래 들어 이렇게 열심히 일하는 모습을 보지 못했던 터라 슬쩍 들여다보았다. 화면 가득 신상품의 옷들을 띄워놓고 장바구니로 퍼 나르고 있었다.

"뭐하니?"

"결혼식장에 입고 갈 거 골라야죠. 원준 씨 것도 이참에 하나 사줄까요?"

박실장이 안경테를 밀어 올리며 방긋 웃었다.

"고객님. 네, 잠시만요. 박실장님."

진희가 재빨리 수화기의 입구를 틀어막으며 박실장을 불렀다.

"이틀 전부터 택배 안 왔다고 전화하던 그 여자 분이세요."

박실장이 밝은 목소리로 전화를 받았다.

"네, 고객님. 좀 전에 배송이 끝난 것으로 확인되는데 상품은 받으셨어요?"

통화를 하는 박실장의 얼굴이 조금씩 어두워졌다. 그리곤 다시 어쩔 줄 몰라 하는 얼굴로 바뀌더니 당황한 표정으로 나를 쳐다보았다.

박실장이 다시 한 번 머리를 저었다.

"고객님, 죄송합니다. 배송이 늦어진 점은 사과드립니다. 네, 고객님 진정하시고요. 말씀을 해주시면 저희가 빨리. 여보세요? 고객님? 저 진정하시고요."

박실장이 계속 설득을 해도 저쪽에서 듣지를 않는 모양이었다. 박실장은 날 쳐다보며 머리를 저었다. 그리곤 수화기를 틀어막은 채 빠르게 설명했다. 배송이 이틀 정도 늦어져서 계속 연락해온 고객인데 좀 전에 박스를 열자마자 바로 전화를 해서 흐느끼고 있다고 한다.

"돌려봐."

진희가 종종 걸음으로 다가와 출력한 고객의 자료를 놓고 갔다. 52만원짜리 아이보리색 쓰리 피스를 주문해 배송이 이틀 늦은 오늘 정오에 끝난 것으로 되어 있다. 도착지 주소는 부산.

"고객님 먼저 배송이 늦어진 점 사과드립니다. 하자가 생긴 것 같은데 말씀해주시면 바로 조치해드리겠습니다."

여자는 내 말은 들은 척도 않고 짜증스럽게 흐느꼈다.

"난 몰라. 난 이제 어쩌면 좋아."

"고객님. 일단 화를 가라앉히시고 차근차근 설명해주시면…"

"내가 지금 차근차근 설명하게 됐어요?"

여자가 버럭 소리를 질렀다.

"고객님 옷에 어떤 하자가 생겼나요?"

그냥 두었다간 하루도 더 갈 것 같았다. 부드럽게 말을 자르며 대화를 시도했다.

"얼룩이 묻었잖아요. 그것도 엉덩이에 대문 짝하게."

여자는 숨을 들이마신 다음 커다랗게 소리쳤다.

"정말 죄송합니다. 배송에 문제가 생긴 것 같네요. 반송하시면 바로 교환해 드리겠습니다. 혹 급해서 입으시려면 얼룩은 세탁소에 가져가 제거

하시고 영수증을 우편이나 팩스로 보내주시면 바로 입금해 드릴게요. 그 뒤에 반송하시면 됩니다."

배송 기사들이 바쁘다고 박스를 던지거나 함부로 다루는 경우가 간혹 있다. 상자가 찢어져 시스루나 망사, 레이스가 달린 옷들이 망가지거나 색상이 연한 옷들은 얼룩이 묻기도 했다. 사람이 하는 일이라 때때로 이런 불상사가 종종 벌어진다.

"세탁소에 가져 갈 시간이 없으니까 내가 지금 이러는 거 아녜요. 이 옷을 오늘 저녁 내 약혼식에 입어야 한다고요…"

여자의 목소리가 울음소리 때문에 끊겼다. 자료를 보니 여자는 우리 쇼핑몰의 주요 단골이었다. 4년 전부터 페어리랜드에서 꾸준하게 옷을 구입하고 있었다.

"약혼식이 몇 시인데요?"

"8시요. 그래서 내가 이틀 전부터 계속 전화했잖아요."

여자의 말은 사실이다. 진희와 수미가 번갈아가며 기사를 재촉해서 그나마 오늘 중으로 배송이 끝난 것이다.

"아슬아슬하게 와서 다행이라고 가슴을 쓸어내렸는데. 엉덩이에 대문짝 하게 묻은 걸 입고 어떻게 약혼식을 하란 말예요. 다른 옷도 없다고요."

여자는 분에 못 이긴 듯 다시 흐느끼기 시작했다. 순간 나도 암담하긴 마찬가지였다.

"고객님. 정말 죄송합니다. 일단 진정하시고요. 잠시만요."

수화기를 틀어막으며 소리쳤다.

"재고 있나 얼른 확인해봐."

진희가 벌떡 일어나더니 창고로 달려갔다. 선반을 뒤지더니 바로 외쳤다.

"있어요."

수화기를 바꿔 들었다. 사무실로 약하게 에어컨이 돌아가고 있는데도 손에서 끈적한 땀이 배어 나오고 있었다.

"지금 저희 직원에게 들려서 내려 보내 드릴게요."

"여기 부산인데. 8시전에 무슨 수로 올 건데요?"

여자의 목소리는 차라리 허탈했다. 내가 여자를 빠르게 설득하기 시작했다.

"KTX라면 가능해요. 일단 열차 시각부터 알아보고요."

칸막이 저쪽에서 자판을 두드리는 소리가 들리고 화면으로 메신저가 올라왔다.

-2시 반 게 젤 빨라요. 예약해놨어요.

홍대리는 칸막이 안에 웅크리고 있지만 사무실의 돌아가는 상황을 누구보다 잘 파악하고 있다. 혼자만의 세계에 갇혀 있는 듯 보여도 웹캠과 메신저로 언제나 자신의 존재를 알린다.

책상용 탁상시계의 바늘은 1시 반을 가리키고 있었다. 2시 반이면 여기 사무실에서 서울역까지는 충분한 시각이었다.

"저희 직원이 서울역에서 2시 반 출발하는 KTX를 탑니다. 부산역에 6시안엔 도착할 거예요. 그럼 식에는 지장이 없을 거예요."

박실장에게 손짓하자 부리나케 옷을 집어 들고 살펴보기 시작했다. 실밥이 터졌나, 얼룩이 묻었나, 레이스 단은 괜찮나, 단추가 떨어지지 않았나 등등 그 어느 때보다 신중하고 면밀하게 체크를 했다. 그리곤 고개를 끄덕이더니 작업 테이블로 가서 서둘러 포장을 하기 시작했다.

전화기 저쪽에서 믿을 수 없다는 듯 말소리가 흘러나왔다.

"진짜요? 정말 그래주시는 거예요? 지금 받은 옷과 같은 거예요?"

"네. 물론입니다. 마침 같은 사이즈 재고가 있어서요."

"정말 오는 거죠?"

여자는 아직도 믿을 수 없다는 듯 그 말을 계속 묻고 있었다. 목소리가 흥분으로 가늘게 떨리고 있었다. 좀 전과는 다른 떨림이었다.

"그럼요. 정말 갑니다."

약혼식처럼 중요한 일을 옷 때문에 망치게 할 수는 없었다. 더구나 우리 옷을 오랫동안 입어 준 단골 고객에 대한 신뢰의 문제이기도 했다.

"부산역에 도착하기 전에 미리 연락을 드릴게요. 저희 직원에게 반품할 옷을 주시면 됩니다."

"정말 꼭 6시까진 오셔야 해요."

여자는 다시 한 번 시간을 강조했다.

"예. 반드시 6시까지 도착하도록 하겠습니다!"

박실장은 벌써 포장을 끝내고 쇼핑백에 박스를 집어넣고 있었다. 진희와 수미를 돌아보았다.

"누가 갈래? 출장 가서 힘드니까 낼 오전 근무는 빼줄게."

둘 다 난처한 표정을 지었다.

"저 오늘 약속 있는데요."

"저도요."

서로 네가 가라는 듯 눈짓을 하며 우물쭈물 거렸다. 박실장을 슥 돌아보았다. 곤란하다는 듯 눈을 내리깔았다. 한시가 급했다. 이러고 있을 시간이 없었다.

"알았어. 내가 간다."

안에서 신고 있던 슬리퍼를 벗어던지고 재빨리 숄더백을 들었다. 박실장이 쇼핑백과 여자의 연락처를 적은 메모지를 미안한 얼굴로 내밀었다.

"제가 갈게요."

창고에 있던 원준이 뚜벅뚜벅 걸어와서 쇼핑백을 받아들었다. 좀 전에 정신이 없어서 사무실에 원준이 있다는 것도 잊고 있었다.

"그럴래?"

원준이 가준다면 더할 나위 없이 편하긴 했다. 모두가 몸을 사리는 판국에 원준이 자청을 하니까 대견스러워 보였다.

"제가 가는 게 낫죠. 여자 혼자서 부산가는 건 좀 그렇잖아요."

여자? 하긴 여자가 맞았다. 내가 남자일리가 없을 테니까.

"그럼 수고 좀 해줘. 박실장 출장비 좀 넉넉하게 줘라."

"네."

박실장이 고마운 얼굴로 문까지 따라 나가 배웅을 했다. 꼬맹이들도 덩달아 문 앞에서 손을 흔들었다.

"오빠. 잘 갔다 와요."

"우리 대신 수고해줘서 고마워요. 오빠, 짱!"

어휴, 저것들이. 눈에 쌍심지를 켜고 꼬맹이들의 등을 쳐다보았다. 입에 발린 소리나 하고 있고. 진희와 수미가 자리로 오다가 나와 눈이 마주치자 찔끔했다.

"둘 다 약속 있다고?"

"네에."

꼬맹이들이 제발 믿어달라는 듯 손을 모아 쥐고 고개를 끄덕였다.

"정말이겠지?"

"네에. 정말 주 중요한 약속이에요."

수미가 말을 더듬으며 진희를 힐끔거렸다. 홈피를 살펴보면서 무심한 척 덧붙였다.

"중요한 약속이 있다는 데 할 수 없지, 뭐."

꼬맹이들이 고개를 숙이고 후다닥 자리로 돌아가 앉았다. 둘이 속닥거리며 팔꿈치로 서로를 치고 있었다.

라디오에선 해변에서나 어울릴 비치 송이 흘러나오고 있었다. 에어컨의 팬 돌아가는 소리에 경쾌한 리듬이 섞여 들었다. 전화벨이 울리자 진희가 살았다는 얼굴로 재빨리 수화기를 집어 들었다.

"네. 페어리랜듭니다."

5

차가 밀려서 일식집에 도착한 건 8시쯤이었다. 미등이 켜진 정원은 깔끔하게 손질되어 있었다. 정갈한 정원수들 사이로 만들어진 작은 연못에서 분수가 시원하게 물을 뿜어내고 있었다. 바닥을 따라 촘촘하게 깔린 흰 돌들이 미등에 대리석처럼 번들거렸다. 돌바닥은 입구까지 연결되어 있었다.

얇은 다다미 문은 닫혀있었고 룸 너머에서 와자지껄한 웃음소리가 터져 나오고 있었다. 인수가 날을 잡았다고 동창들을 소집했던 것이다. 그 골목에서 중 고등학교를 함께 다니며 볼 것 안 볼 것 다 본 사이들이었다.

안으로 들어서자 아는 얼굴들이 반갑다는 듯 손을 흔들었다. 대부분이 상철이나 만수처럼 장가를 간 아이가 있었다. 남자들 중에 솔로는 인수 혼자였다.

공교롭게도 여자라고는 나와 보라밖에 보이지 않았다. 보라는 가슴이 깊게 파인 흰색 원피스를 입고 있었다. 몸을 움직일 때마다 동창 녀석들의 시선이 자석에 이끌린 듯 보라의 가슴으로 쏠리고 있었다. 벌써 좀 마신 듯 보라는 얼굴이 발그레해져 있었다. 숄더백을 내려놓으며 앉는데 보라가 왜 이렇게 늦었냐며 종알거렸다.

"너 초장부터 너무 마신 거 같다?"

"별로 안 마셨는데. 사케가 나랑 안 맞나."

술병을 들고 방을 누비던 인수가 날 보자 반가워하며 다가왔다.

"여, 우리 여왕님 왔냐?"

피식 웃는데 인수가 사케 병을 기울였다.

"일단 한 잔 받아라."

"웬일이야. 너 이런 적 없었잖아."

"장가가기 전에 한 번 쏘고 싶어서 그런다."

인수가 과장된 제스처를 취하며 팔을 내저었다.

"내가 여왕으로 다 보이고 갑자기 왜 이렇게 너그러워지셨어?"

"날짜 잡으니까 그런가. 요정이 너 더 이뻐진 거 같다."

인수의 넉살에 장가간 녀석들이 동감한다는 듯 낄낄거렸다.

"야, 김인수. 식 올려봐라. 그럼 모든 여자들이 다 이뻐."

상철이의 너스레에 옆에 있던 만수가 거들었다.

"그런 얘긴 쓸데없고. 딱 3년만 살아봐. 그때부턴 마누라만 아니면 다 좋아."

쯧쯧. 저것들은. 아직도 19세기에 살고 있나. 여자들을 저런 식으로 분류하고 있다니. 속으로 혀를 차고 있는데 보라가 샐쭉해져서 물었다.

"김인수. 요정이만 여왕이냐. 나 섭섭하다."

인수가 보라도 있었지? 하는 얼굴로 돌아보았다.

"강보라, 미안 미안. 너도 여왕 맞아. 요정이와 과만 다르지."

"난 무슨 여왕이니?"

보라의 질문에 인수가 호기롭게 소리쳤다.

"밤의 여왕."

인수의 말이 떨어지기가 무섭게 남자애들이 고성을 질렀다.

"오호, 제대로 봤네."

보라는 기분이 좋은 듯 입 꼬리를 추켜세웠다. 하여간. 나이가 서른이 넘었어도 어린 시절 친구들은 술 한 잔만 들어가면 금세 옛날로 돌아간다. 인수가 일어나서 자리를 돌며 주는 대로 술을 받아먹고 있었다. 인수의 와이셔츠의 단추는 풀어져 있고 넥타이도 옆으로 돌아가 있다. 걸음이 조금씩 흔들렸다.

다시 보라와 내 옆으로 오더니 옆으로 털썩 주저앉았다. 내가 인수에게 물었다.

"그럼 난 무슨 여왕인데?"

인수가 술잔을 내려놓으며 눈을 문질렀다.

"차요정은 눈 나라의 여왕이지. 싸늘하고 차갑고 도도하고 결정적으로 넌 남자들을 너무 우습게 봐. 너한테 누가 다가가고 싶어도 틈이 없어, 틈이. 내가 너 한때 좋아한 거 몰랐지?"

얘가 이제 날짜를 잡았다고 커밍아웃이라도 하려는 지 아무 말이나 뱉고 있었다. 하지만 나 역시 별로 부담을 느끼지 않았다. 인수의 말투도 진지하지 않았고 장난기를 품고 있다는 건 누가 봐도 알 수 있었다.

"그래? 난 몰랐는데?"

심드렁하게 대꾸하자 인수가 손을 옆으로 좌악 펼쳤다.

"이 방을 봐라. 여기에 있는 녀석들 중에 차요정을 한때라도 좋아한 녀석들이 얼마나 많은데."

인수가 그렇지, 하는 눈으로 남자애들의 얼굴을 훑고 지나갔다. 여기저기서 그래, 그래 하는 반응들이 쏟아졌다. 정말 그래서 그런 건지, 오늘의 주인공 인수의 비위를 맞춰주려고 그런 건지 알 수는 없었다. 하지만 결혼날짜를 잡아서인지 인수의 태도는 자신만만하게 변해 있었다. 결혼이 사람을 달라지게 하는 면이 분명 있었다. 평소에 안 하던 말까지 넉살좋게 뱉어내는 걸 보면.

"한때라도 좋아했다니 고맙네. 싫어하는 것 보단 낫지, 뭐."

시큰둥한 반응에 인수가 생각해준다는 듯 덧붙였다.

"차요정. 너 시집가고 싶으면 그 도도함 좀 버려라. 남자들 그거 되게 부담되거든."

"아직 가고 싶은 생각 없는데 어떡하니?"

만수가 건너편에서 인수를 불렀다.

"요정이하고 그만 싸우고 이리 와서 우리 술 좀 받아라."

인수가 조금 휘청거리는 걸음으로 자리를 옮겼다. 동창 녀석들이 탑처럼 잔을 쌓아놓고 인수를 기다리고 있었다. 인수는 엉덩이를 붙일 사이도 없이 술잔을 집어 입에 털어 넣었다. 얼굴은 석고가면처럼 희게 질리는 반면 눈자위만 유독 불그스름하게 달아올랐다. 인수가 그 술을 다 마시자 와자한 박수소리가 터졌다. 인수가 귀찮다는 듯 넥타이를 풀어 바닥으로 던졌다.

노크 소리가 들리고 다다미 문이 열렸다. 깔끔한 정장을 입은 예쁘장한 얼굴의 여자 종업원 둘이 공손하게 머리를 숙였다. 여자들은 아래에 놓인 카트에서 복어회가 담긴 커다란 접시들을 집어 테이블에 조심스럽게 내려놓았다. 그리고 테이블 사이를 돌아다니며 다 먹은 접시들을 치우기 시작했다. 고급 일식집이라서 그런지 종업원조차도 다시 한 번 쳐다볼 정도의 미인들이었다.

여자들이 나가고 문이 닫히자 상철이가 입을 다셨다.

"여긴 어째 종업원들도 하나같이 미인이냐. 단란주점보다도 낫다."

"그러게."

만수도 놀랐다는 듯 고개를 주억거렸다. 인수가 그걸 보고 웃음을 터트렸다.

"야, 인마. 저 정도 갖고 놀라면 안 되지. 좀 있다 더 죽이는 곳으로 갈 건데 말야."

"죽이는데? 어디?"

"네가 죽었다 깨나도 못 볼 미인들이 있는 곳. 내가 누구냐. 대한민국의 검사 아니냐."

인수가 술이 오르긴 한 모양이었다. 평소에 안 부리던 객기까지 나오는 걸 보니. 화끈하게 놀게 해준다는 말에 좋은지 만수가 잔에 넘치게 술을 따랐다.

"자 다들 건배하자. 내 언젠가 김인수가 이렇게 성공할 줄 알았어."

인수가 기분이 좋은지 껄껄 웃었다. 상철이가 얼른 만수의 말을 받았다.

"그럼 개천에서 용 난 거지. 아니지. 검사면 용보다 낫다."

"아, 맞다."

왁자지껄한 소음으로 귀가 먹먹할 정도였다. 벽이 울릴 정도로 떠들썩하게 웃고 떠들었다. 보라와 난 서로를 바라보며 머리를 저었다. 남자애들은 술만 먹으면 왜 저렇게 하나같이 유치해지는지 모르겠다. 오늘은 인수도 작정을 한 듯 그 대열에 합류를 했다.

노크 소리가 나며 다다미 문이 살며시 열렸다. 여자 종업원이 난처한 얼굴로 서서 허리를 숙였다.

"죄송합니다. 옆 룸에서 조용해달라고 합니다. 정말 죄송합니다."

여자는 고개를 숙이며 몇 번이나 우리에게 양해를 구했다. 인수가 비틀거리며 일어서더니 고성을 내질렀다.

"누구야? 누가 나한테 조용히 하라 마라야? 나, 대한민국의 검사야, 검사. 누가 감히 조용하라 말라 그래."

상철이와 만수가 일어나 인수를 뒤에서 붙잡은 채 여자에게 사과를 했다.

"조용하겠습니다. 이거 죄송합니다."

인수가 엉덩방아를 찧으며 방바닥에 주저앉았다. 이제는 얼굴이 총천연색으로 붉게 물들어 있었다. 얼굴을 문지르던 인수가 술을 깨려는 듯 복 지리 국물을 벌컥벌컥 들이켰다. 그래도 얼굴에 별 변화가 없었다. 인수가 일어나더니 비틀거리는 걸음으로 팔을 벌리고 내게 돌진했다.

"요정아. 우리 뽀뽀나 하자."

"너 미쳤냐?"

아무래도 김인수가 오늘 제정신이 아닌 것 같았다. 뒤로 살짝 밀기만 했는데도 인수는 지푸라기처럼 맥없이 나동그라졌다. 그걸 보고 만수와 상철이가 배를 쥐었다. 인수가 다시 일어나 주위를 살피더니 이번엔 입술을 내밀고 보라에게 달려갔다. 보라가 고개를 돌리더니 쪽 하고 인수와 입을 맞췄다. 남자애들이 박장대소를 하며 박수를 치고 있었다. 남자애들은 인수를 개선장군처럼 맞아들여 다시 술을 먹이고 있었다.

보라가 그쪽을 보며 내게 속삭였다.

"조금만 하면 넘어올 거 같지?"

보라는 자신만만한 얼굴이었다.

"왜, 작업 들어가게? 그전엔 관심 없다가 결혼한다니까 관심 생기니?"

"오늘 보니 좀 아쉽네. 이럴 줄 알았으면 인수 쟬 보험으로라도 들어놓을 걸. 요정이 넌 안 아쉬워? 한때라도 너 좋아했다고 하잖아."

글쎄. 아쉬운 것보다 마음이 좀 싱숭생숭하다는 게 옳았다. 민정이가 먼저 결혼을 하게 됐을 때와 비슷했다. 허전하고 씁쓸하고 그런 감정의 파도가 마음을 쓰윽 만지고 지나가는 느낌이랄까.

일식 집 앞에는 미리 부른 대리 기사들이 기다리고 있었다. 남자애들이 차 속으로 나뉘어 흩어졌다. 인수는 엉망으로 취해있어서 동창 녀석들이 떠멘 채 차로 데려갔다. 상철이가 창문으로 고개를 내밀었다.

"너희도 갈래?"

보라가 눈짓을 하는데 모른 척 머리를 내저었다.

"아니 됐어. 가서 신나게 놀아. 오늘 인수 총각 파티 하는 분위긴데 잘 해줘라. 가면 우리도 재미없고 너희도 신경 쓰일 거야."

"그럴래? 그럼 조심해서들 가라."

상철이가 더 이상 권하지 않고 차를 출발시켰다. 남자애들이 나눠 탄 차들이 전조등을 켠 채 천천히 미끄러졌다. 몇몇이 열어놓은 창으로 손을 흔들었다. 차들은 화려하게 조명등을 반짝이고 있는 일식 집 앞을 떠나 사라졌다.

"어디 가서 커피나 한 잔하자."

커피숍을 찾고 있는데 보라가 차의 뒷좌석에 날 밀어 넣었다.

"커피는 무슨. 따라와."

"어디 가는 거야?"

"클럽. 내가 잘 가는 데 있어."

하면서 대리기사를 불렀다. 밤의 여왕 아니랄까봐 밤이 깊어갈수록 보라는 생기를 띠었다. 대리기사가 모는 차를 타고 밤의 거리를 달렸다. 유리창으로 불빛이 하나 둘 스쳐 지나갔다. 눈을 돌리니 보라가 날 물끄러미 쳐다보고 있었다.

"인수 결혼하니까 너 기분 이상하지? 중학교 때부터 인수 엄마가 너희 엄마에게 사돈이라고 했잖아."

"어른들끼리 그런 거지. 우리하곤 상관없는 얘기였잖아."

"그래도 기분 좀 싱숭생숭하고 그렇지?"

"좀 그렇긴 하네."

순순히 인정했다. 그래서 평소에 잘 가지 않는 클럽에 따라나선 것이다. 차는 현란한 불빛 사이로 도심을 가로질러 달렸다.

클럽 문을 들어서자 음악소리가 쿵쿵 밑에서 울려왔다. 나선형 계단을 내려가자마자 고막을 찢을 듯한 강렬한 음악이 비집고 들어왔다.

보라는 칵테일 잔을 들고 몸을 흐느적거리고 있었다. 일식집 조명 아래에서와 달리 지금 보라가 입은 흰색 원피스는 요염하게 도드라졌다. 클럽에서의 보라는 꼭 물 만난 물고기처럼 보였다.

나도 리듬을 타고 있는데 보라가 소리쳤다.

"요정아. 우리 오늘 연애하자."

"누구랑? 너랑?"

우스개 소리에 보라가 킬킬거렸다.

"미친년. 당근 남자지."

"너야 항상 하고 있잖아. 그새 또 만났어?"

"어. 골프 연습장에서. 네가 헌팅에 관심 없어서 그렇지. 만나려고 하면 널린 게 남자거든."

보라가 휴대폰을 열어 셀카로 찍은 듯한 사진을 보여주었다.

"또 유부?"

"응. 뭐 가끔은 총각들도 걸리긴 하지. 근데 내가 이혼녀라고 하면 남자 쪽에서 먼저 몸을 사리더라."

"에이, 지금도 그럴까?"

내가 못 믿겠다는 듯 바라보자 보라가 칵테일을 한 모금 마셨다.

"그럴 거 같지? 하지만 우리나라 남자들 결혼이나 이혼에 관한 편견들 아직도 지독하더라. 미디어나 통계에서 만나는 남자들의 시각이 아니라 내가 직접 만나본 남자들이 그렇다고."

"그렇구나."

마음 한편이 씁쓸해지는 건 어쩔 수가 없었다. 보라의 말이 뭘 의미하는지 나도 잘 알고 있다. 여자가 제 아무리 사회적으로 성공을 하거나 자기 일을 가지고 승승장구를 한들 결혼하지 않은 여자들에 대해 색안경을 끼고 본다는 걸 알고 있다. 마찬가지로 이혼이 옆집 강아지의 이름을 부르는 것만큼 흔한 요즘도 보라 말처럼 아직도 사람들의 편견은 놀랍도록 굳건하다.

음악이 쿵쿵 심장을 두드리는 것처럼 울려댔다. 엄청난 음량에 옆에 바싹 붙어 얘기하지 않으면 소리가 잘 들리지 않을 정도였다. 보라가 궁금한 눈으로 소리쳤다.

"요정아. 너 그건 하고 사니?"

"그거라니 뭘?"

"뭐긴 뭐야 섹스지."

대한민국에 사는 아직 결혼하지 않은 33살의 여자라고 욕구가 없는 건 아니다. 나도 쌓일 때가 있다. 보라처럼 언제나 애인이 있거나 아니면 지금처럼 클럽에 와서라도 헌팅을 하는 편도 아니니까 공백 기간이 길어진다.

한두 달은 그냥 넘어가도 석 달이 지나면 몸이 좀 괴로워진다. 사람의 체온이 생각나면서 누군가와 껴안고 있는 밤이 간절히 그리워지는 것이다.

보라가 내 상념을 깨며 비집고 들어왔다.

"너 안 한 지 오래됐지?"

"강보라. 내 사생활에 왜 그렇게 관심이 많니?"

"그러니까 오늘 연애하잔 말이야. 내가 작업할 테니까 넌 가만히 있어."

보라가 눈을 가느스름하게 뜨고 암고양이처럼 플로어 주변을 훑었다. 뭐 괜찮은 먹잇감이 없나 탐색하는 눈초리였다. 보라가 통로 저편을 유심히 살피기 시작했다.

"왜 그래?"

그쪽엔 흰색 폴로셔츠에 데님을 받쳐 입은 근육질의 남자가 우리 쪽을 기웃거리고 있었다. 셔츠 밑의 팔의 근육이 울퉁불퉁했다. 보라가 속삭였다.

"오, 좋은데."

"가서 낚으시게?"

"응."

보라가 남자를 요염하게 쳐다보며 머리칼을 쓸어 올렸다. 스트로보 조명에 보라가 입은 흰색 원피스가 나비처럼 너울거렸다.

"너 유부밖에 상대 안 하는 애가 웬일로 연하에 관심을 가지니?"

"차요정. 가끔 젊은 애들이 땡겨. 오늘이 마침 그런 날이야."

그 소리에 픽 하고 말았다.

"강보라. 난 됐어. 오늘은 별로 생각 없어."

"으흥, 원준이 때문?"

요새 날 만나면 툭 하면 원준이 타령을 했다. 지난 번 바에 있을 때 하도 보라가 원준이 얘기를 해서 돌아오는 차 속에서 운전을 하고 있는 옆 얼굴을 넌지시 바라보긴 했다. 아닌 게 아니라 잘생기긴 했다.

"옆에 원준이가 있는데 다른 남자가 들어올 리가 없지."

"그런 거 아냐. 원준인 그냥 펫이야."

"오호. 아닌 것 같은데. 원준이 괜찮다고 하면 내가 뭐라고 할까봐 그러냐?"

음악소리가 쿵쿵 실내를 뒤흔들고 있었다. 가만히 있는데도 몸이 자연스럽게 리듬을 따라 움직였다. 스테이지에선 많은 사람들이 춤을 추며 무아지경에 빠져 있었다. 보라가 내 팔을 툭툭 건드렸다.

"요정아. 원준이 오라고 해."

"그럴까?"

나중에 오라고 하든 지금 오라고 하든 상관은 없었다. 어차피 날 픽업하러 오긴 와야 할 테니까.

"난 그럼 헌팅하러 간다. 이따 원준이 오면 같이 합류하자."

"그러든지."

보라가 사람들을 헤치며 조명이 불처럼 쏟아지고 있는 통로 저편으로 걸어갔다. 보라가 다가가자 폴로가 기다렸다는 듯 곁을 내주었다. 보라는 기둥에 등을 기댄 채 남자를 올려다보았다. 조명이 쓸고 지나갈 때마다 보라의 얼굴이 화사하게 드러났다. 보라가 즐기도록 그냥 내버려두었다.

화장실에 들어가니 눈 화장이 팬더곰처럼 번진 여자애 하나가 변기를 끌어안고 토하고 있었다. 벙긋 열려져 있는 문 앞에는 친구처럼 보이는 여자애가 립스틱을 바르고 있었다. 둘 다 눈이 토끼처럼 빨갛게 젖어 있었다. 토하고 나온 여자애가 라디에이터에 기대서서 담배를 빨아들였다. 립스틱을 바르던 여자애는 거울 앞에 붙어 서서 마스카라에 덧칠을 하는 중이었다. 주머니 속에 든 휴대폰이 울려대자 꺼내서 흘끗 바라보곤 그냥 마스카라만 발랐다. 방음문을 열어젖히자마자 다시 광란의 음악이 휘몰아쳤다.

두 잔째의 칵테일을 마시고 난 뒤 원준에게 전화를 걸었다. 화장실 통로 쪽이 그나마 쿵쿵 울리는 소음이 덜했다.

"뭐하고 있었어? 자다 깬 거야?"

손목에 찬 야광시계는 새벽 1시를 향해 달려가고 있다.

"언제 호출할지 몰라 안 잤어요. 어디예요?"

주위의 소음을 들은 듯 되물었다.

"나 여기 클럽. 차는 두고 택시 타고 와."

"왜요? 어차피 데리러 가려면 필요한데."

"부산 건도 있고 해서 한 턱 내려는 거야. 그냥 와."

"알았어요."

주소를 불러주었다. 얼마쯤 지난 뒤였다. 원준이 문 앞에서 들어올 수가 없다고 연락을 했다. 이 클럽은 회원제라 아무나 들어올 수가 없다. 보라의 에스코트를 받아야만 한다. 보라는 기둥 뒤에서 폴로와 끌어안은 채 속삭이고 있었다. 눈짓을 하자 날 따라왔다. 우리는 철제 나선형 계단을 올라가서 입구로 향했다.

원준은 클럽 안으로 들어오더니 어리둥절한 모습이었다. 강한 비트의 음악이 고막을 찢을 듯 울리고 있었다. 조명 속에서 춤을 추는 사람들이 유령처럼 흐느적거렸다. 하지만 금방 분위기에 젖어 들고 있었다.

이틀 전 새벽에 비하면 원준은 피로가 가신 모습이었다. 난 원래 작은 소리에도 예민한 편인데 그날도 예외가 아니었다. 현관문의 도어 락이 눌리는 소리에 일어나 거실로 나갔는데 원준이 어깨에서 배낭을 내려놓고 있었다. 서울역에서 막 돌아온 길인 듯 몹시 피곤해 보였다.

"이제 오는 거야?"

"예. 왜 일어났어요?"

"나 잠귀 밝아. 피곤하겠다."

아닌 게 아니라 눈 밑에 다크 서클이 져 있었다.

"괜찮아요."

투정을 부리거나 자기가 대단한 일을 했으니 알아달라고 내세우지 않는 게 기특했다. 그 모습이 왠지 든든하게 보인다고 할까. 진희와 수미가 툭하면 엄살을 부리는 것에 비하면 책임감이 느껴지기도 했다.

"그 여자 분이요. 너무 감사하고 고맙다고 전해달래요. 통화까지 했지만 설마 갖고 내려올까 했대요. 절 보더니 아주 감동한 모습이었어요."

원준은 대합실의 풍경을 전하며 배낭에서 반품 상자를 꺼내 내려놓았다.

"알았어. 들어가서 자. 내일은 아무 것도 시키지 않을 테니까 늦게까지 자."

"못 자요. 알바 있어요. 내일은, 벌써 오늘이죠. 사무실에 나갈 일 없어요?"

"응. 없어."

원준이 씻으려는 지 화장실로 들어가는 모습을 보고 방문을 닫았다. 물 떨어지는 소리를 들으며 다시 잠이 들었다.

원준이 클럽 안을 휘둘러보았다.

"이런 클럽은 처음인데요. 이런 데 자주 와요?"

"1년 가봐야 한두 번? 저기 보라가 단골이지."

보라가 생글거리며 우리에게 다가왔다. 폴로는 보라의 허리에 팔을 두르고 있었다. 폴로가 인사라도 하듯 고개만 살짝 들었다 놓았다. 원준이 보라에게 인사를 하자 반색을 했다.

"원준 씨 왔네. 재밌게 놀아."

보라가 손을 흔들더니 폴로와 춤을 추러 사라졌다. 원준이 머쓱하게 서 있길래 테이블에 놓인 칵테일 잔을 건네주었다.

"건배하자."

서로의 잔에 가볍게 잔을 부딪쳤다.

"너 장남이지?"

"어떻게 알았어요?"

"글쎄. 좀 책임감이 있는 거. 형제가 어떻게 돼?"

"밑으로 남동생 하나, 그 밑으로 여동생 있어요."

"너네 집도 힘들겠다."

"밑에 남동생도 대학생이니까 부모님 허리가 휘죠. 아직 여동생이 고등학생이여서 그나마 다행이지만 그것도 몇 년 안 남았죠."

그래서 그렇게 아르바이트를 하는구나. 머리가 끄덕여졌다.

"참 그거 알아요?"

원준이 생각난 듯 되물었다.

"응?"

"우리 술 마시는 거 세 번째예요."

"그래?"

별걸 다 기억하고 있다. 그러고 보니 원준이 우리 집에 온 지 벌써 3주가 되었다. 지난 시간을 더듬자 웃음이 비어져 나왔다. 소리에 신경이 쓰여 볼일이나 샤워하는 일들도 불편했었지. 일을 보고 난 뒤 변기 커버를 내려놓지 않거나, 양변기에 소변이 묻어 있으면 주의를 주는 대신 알아서 처리를 했다. 지금은 그런 어색한 시간도 지나고 원준의 실수를 보면 잔소리도 하고 주의도 주었다. 그럴 때 원준도 자신의 실수를 인정하고 고쳐 나갔다.

불편한 일만 있었다면 같이 지냈을까. 원준이 와서 일손도 늘었고 운전 기사에 포터에 급하면 부산 건처럼 심부름까지 해주니 좋은 점이 더 많 았다.

"그동안 뭐 불편한 거 없었어?"

원준이 생각하는 것처럼 잠시 침묵했다.

"별로 없어요."

우리가 술을 마시며 그런 얘기를 하고 있는데 폴로는 어디다 두고 보라 가 혼자 되돌아왔다. 우리를 보면서 눈을 가느스름하게 떴다.

"여기 분위기 좋은데? 이거 질투 난다."

원준이 자리를 비운 동안 보라가 의미심장하게 웃었다.

"강보라. 그 웃음은 뭐야?"

"원준이 볼수록 탐난단 말야. 여기서도 인물 빛나는 거 봐라."

"그래서? 그렇게 칭찬을 늘어놓는 이유가 뭔데?"

"요정아. 너 언제까지 계약했니?"

보라가 바싹 다가와 앉았다.

"지난번에도 묻더니 또 묻니?"

"안 되겠어. 끝나자마자 채가야지."

보라가 머리칼을 쓸어 올렸다.

"폴로하고 휴대폰에 저장해 둔 유부나 잘 관리하시지."

목소리가 왠지 뾰족해지고 있었다.

"폴로는 어디다 뒀어?"

"아하, 아는 사람한테 갔어."

보라가 기둥 뒤쪽을 가리켰다. 그곳엔 한 쌍의 남녀가 달라붙어서 입을 맞추고 있었다. 마치 두 마리의 바퀴벌레가 엉겨 붙어 있는 모습 같았다. 조명이 훑고 지나가며 겹쳐져 있는 얼굴들이 언뜻 드러났다. 원준이 칵테일 잔을 가지고 돌아왔다. 오면서 키스하는 커플을 보았는지 머쓱한 얼굴로 내게 잔을 내밀었다. 하긴 안 볼 수가 없을 것이다. 벌써 기둥 뒤에 달라붙어서 그러고 있은 지 꽤 되었다. 보라가 원준에게 눈길을 둔 채 내 옆구리를 찔렀다.

"그 다음은 나다."

보라가 윙크를 하더니 플로어 저편으로 사라졌다. 원준이 물었다.

"뭐가 그 다음예요?"

"아무 것도 아냐."

 그냥 머리를 흔들었다. 왠지 얘기하고 싶지가 않았다. 보라의 말 때문인지 새삼스레 원준에게 눈길이 갔다. 뭐, 괜찮긴 하네. 귀여운 데다가 자상한 면도 있고, 무엇보다 잘생겼잖아? 아니지. 내가 지금 무슨 생각을 하고 있는 거야? 이건 분명 술 때문이다. 일식집에서 마신 사케, 클럽에 오자마자 마셔댄 칵테일이 섞여 화학반응이 일어나고 있을 뿐이다. 그것도 아니면 오늘 인수의 장황한 결혼발표에 마음이 심란해져서 이러는 거다. 그게 아니면 원준에게 새삼 눈길이 갈 이유가 없다. 심란한 마음을 털어내듯 원준의 손을 잡아당겼다.

"나가서 추자."

우리는 사람들을 헤치며 스테이지로 향했다. 원준과 몸이 부딪힐 때마다 짜릿한 기분이 들었다. 어떤 전류가 스멀스멀 몸속을 타고 흘러갔다. 마치 원준이 지금 날 도발하고 있는 것 같았다. 언뜻언뜻 날 바라보는 눈길이 심상치가 않다. 그럴 리가 없다. 알콜의 화학작용일 뿐이겠지.

2시간쯤 후 더 놀다가겠다는 보라를 남겨두고 우리는 클럽을 빠져 나왔다. 귀를 쾅쾅 울리던 음악소리가 사라지자 진공상태로 들어온 듯 멍했다. 한동안 그 자리에 멈춰서 있다가 천천히 걸음을 옮겨놓았다.

원준이 차도로 나가 택시를 잡았다. 조금 비틀하자 내 손을 붙잡고 문을 열어주었다. 뒷좌석에 나란히 몸을 실은 뒤부터 속이 좋지가 않았다. 차의 진동에 따라 몸이 흔들리며 취기가 온몸을 타고 빠르게 올라왔다. 속이 울렁거리며 이마에서 식은땀이 촉촉이 배어 나왔다. 몸을 못 가누고 있자 원준이 손으로 내 어깨를 잡고 있었다.

"여기 어디야?"

"거의 다 와 가요."

"속 안 좋아."

원준이 서둘러 기사에게 차를 세우게 했다. 택시는 빌라로 들어가는 골목 입구에 멈춰 섰다. 눈앞으로 가파른 오르막이 시작되고 있었다. 밖으로 나와 공기를 한껏 들이마시며 속을 가라앉혔다. 이 상태로 그냥 차 안에 있었더라면 어떤 일이 생겼을지 안 봐도 뻔했다.

땅에 발을 딛자 보도블록이 일순간 춤을 추며 내려앉았다. 후덥지근한 공기를 쐬자 취기가 다시 몰려왔다. 똑바로 걷는다고 생각하는데 다리가 제멋대로 움직였다. 원준이 내 팔을 옆에서 붙들었다.

"걸을 수 있겠어요?"

"당연하지."

여름 새벽의 공기는 축축했고 안개가 낀 듯 흐릿했다. 몇 걸음 떼지도 않았는데 무릎에 딱딱한 것이 부딪쳤다. 용을 쓰며 밀어내려고 해도 꿈쩍도 하지 않았다. 앞서 걸어가던 원준이 한숨을 쉬며 되돌아왔다. 그동안 난 길에 세워 둔 차의 트렁크에 손을 올려놓고 계속 밀어대고 있었다. 원준이 내 팔을 붙들었지만 뿌리쳤다.

"혼자 갈 수 있어."

"그래서 어느 세월에 가요?"

"자 봐라."

한쪽 다리를 내딛는데 몸이 휘청 한 바퀴 맴을 돌았다. 다리가 풀리며 그대로 주저앉아 일어날 수가 없었다. 원준이 머리를 젓더니 할 수 없다는 듯 다리를 접고 앉아 등을 내밀었다.

"자, 업혀요."

"싫어. 걸을 수 있다니까."

"집에 얼른 가려고 그러죠. 오늘 출근 안 할 거예요?"

아, 그렇지. 출근을 해야지, 무슨 소리. 더구나 날 업어주겠다는 말은 차 대신에 제 등으로 날 실어주겠다는 소리와 비슷하게 들리기도 했다. 원준의 등에 넙죽 업혔다. 원준이 끙 소리를 내며 몸을 일으켰다.

"나, 무겁지?"

"생각보다는 안 무거워요."

"정말?"

앞으로 몸을 기울이자 원준이 말했다.

"어휴. 술 냄새. 저 오기 전에도 엄청 마셨죠?"

"마셨지, 마셨지. 엄청."

몸이 흘러내리자 원준이 내 몸을 위로 들추었다. 원준의 두 손이 허벅지 부근을 받치고 있었다. 술 정신으로 해롱거리면서도 간지럽다는 생각이 들었다.

"가만히 있어요. 왜 이렇게 꼼지락거려요?"

"내가 언제 움직였다고 그래."

"등에 기대요. 그러고 있으니까 불편해요."

나도 모르게 계속 몸을 세우고 있었던 것이다. 원준이 내 몸을 들추면서 다시 말했다.

"아 자꾸 그렇게 몸을 세우면 힘들다니까요. 그냥 기대요."

할 수 없이 뒷목을 감싸 안으며 원준의 등에 몸을 기댔다. 한껏 몸이 밀착되자 조금 기분이 묘했다. 원준이 오르막을 향해 천천히 걸음을 옮겨 놓았다. 마치 돌덩이를 지고 산을 오르는 시지프스처럼 숨소리가 거칠어졌다.

"힘들지?"

"아뇨."

"힘들면 힘들다고 해."

원준은 대답이 없었다. 눈꺼풀이 내리눌렸다. 원준의 숨소리와 규칙적인 발걸음 소리가 졸음을 몰고 왔다. 이러고 있으니 어린 시절 아버지의 등에 업혀 골목을 걸어가던 때가 생각났다. 나도 모르게 등에 고개를 파묻었다. 빌라의 층계를 올라가는 것도 모르고 곯아 떨어졌다.

제4장
애인?

1

"오늘의 간식은 인터넷 쇼핑몰 페어리랜드에서 문자 주신 양수미씨에게 보내드립니다."

라디오에서 짝짝짝 박수소리가 터져 나오자 창고에서 선반을 닦고 있던 꼬맹이들이 아싸, 하고 소리쳤다.

"또 걸렸다."

수미가 어깨를 으쓱이며 자랑했다.

"일을 좀 그렇게 해봐라."

모니터를 들여다보고 있다가 내가 말했다.

"저 일도 열심히 하잖아요."

"툭하면 라디오에 문자 보내는 거 다 알거든?"

"그거야 일하는 사이사이 틈틈이 하는 거죠."

수미가 변명을 늘어놓고 있는데 라디오에서 디제이의 목소리가 흘러나왔다.

"페어리랜드는 여자들만 있는 사무실이라네요. 달콤한 거 드시고 힘내시라고 프리미엄 도넛을 저희가 쏩니다."

진희가 물걸레를 쥔 채 펄쩍 뛰었다.
"아싸, 내가 좋아하는 거다."
"아, 또 살찌는데."
박실장이 배를 어루만지며 투덜거렸다.
"…먹으라고 한 적 없어요."
칸막이 안쪽에서 홍대리가 웅얼거렸다. 박실장이 발끈한 얼굴로 꼬맹이들에게 눈을 부라렸다.
"너네들 일 안하고 딴 짓 하지?"
"왜 저희한테 그러세요? 홍대리님한텐 꼼짝도 못하면서."
수미가 손을 닦으러 화장실로 쪼르르 가며 앵앵거렸다. 수요일 오후 여자들만의 사무실은 라디오 간식 하나에도 이처럼 떠들썩했다.
"아참, 캡틴. 원준 씨가 결혼식장 갔다온 거 뭐라고 해요?"
홈피를 살펴보고 있는데 박실장이 물었다.
"별말 없던데."
"그날 저 완전 스타 됐어요. 정장 입혀놓으니까 원준 씨, 정말 킹카더라고요. 식장 입구부터 팔짱 끼고 들어가는데 여기 흘끔, 저기 흘끔 보는 눈들이 한둘이 아닌 거 있죠. 나중에 저 어떡한 줄 아세요? 신부 친구처

럼 대기실로 슥 들어갔어요. 얼마나 이쁜 여자를 만나서 가나 했죠. 근데
뭐 별로더라고요. 신부가 원준 씨 보자마자 넋 놓고 쳐다보는 거 있죠. 신
랑은 신랑대로 턱시도 입으면 뭐해요? 원준 씨 옆에 있는데 어찌나 초라
하든지. 팔짱끼고 애인인 것처럼 달라붙어서 생글거리며 인사해줬어요.
그 자식 눈이 휘둥그레져서 쳐다보는데 속이 다 후련한 거 있죠. 캡틴. 우
린 맨날 봐서 몰랐는데 원준 씨가 잘생기긴 잘 생겼나 봐요. 그날 여자들
의 시샘 어린 눈총 엄청 받았다니까요."

박실장이 즐거운 듯 마구 떠들었다.

"그래서 기분 좋았어?"

"그럼요. 그동안 쌓인 거 다 날아갔어요."

박실장에게 미소를 지으며 홈피를 들여다보았다. 게시판은 박실장이
주로 코멘트를 다는데 비어있는 곳이 있으면 나도 부지런히 글을 남긴다.
Q&A 코너를 죽 훑고 있는데 맨 위의 제목이 눈길을 잡아끌었다. 부산에
서 쓰리피스를 주문했던 고객이 남긴 글이었다.

"박실장."

"네."

전표를 정리하고 있던 박실장이 얼굴을 들었다.

"게시판에 부산 고객이 글 남겼어."

"어머, 그래요?"

박실장이 얼른 전표를 내려놓더니 마우스를 클릭 했다.

페어리랜드 가족 여러분 안녕하세요. 아이보리 쓰리피스를 주문했던
부산의 이영미예요. 여러분들 덕택에 약혼식은 무사히 잘 넘어갔습니다.

그날 오셨던 남자분 직원이신가요? 어디서 본 것 같다 싶었는데 이제 보니 피팅 모델 하셨던 분이시네요. 사진만 아니라 실물도 너무 잘생기셨던데요. 그날 시간에 쫓겨 잘 올라가시라는 인사도 못했어요. 저는 정말 직원 분이 KTX를 타고 오실 줄은 몰랐어요. 두고두고 감사드립니다. 사업 번창하시고요. 저도 주위에 입소문 많이 내드릴게요. 정말 수고 많으셨어요.

"그날 원준 씨 고생한 보람은 있네요."
박실장이 흐뭇한 표정으로 고개를 끄덕였다.
"우리처럼 소규모 쇼핑몰일수록 입소문이 중요해. 한 사람쯤이야 뭐 어때가 아니라 그 한 사람이 열 명 스무 명의 잠재적인 고객들을 몰고 오는 거지."
"암튼 캡틴의 빠른 결단력은 못 따라가겠어요."
"그거 칭찬이지?"
"그럼요."

퇴근 무렵이었다. 거래처와 통화를 하고 있는데 아버지가 사무실로 들어섰다. 밖의 기온이 높은 듯 의자에 앉자마자 손수건으로 얼굴을 훔쳤다. 진희가 얼른 일어나더니 냉장고에서 차가운 물을 따라서 테이블에 내려놓았다. 아버지가 고맙다고 하는 소리가 들렸다.
바쁘다는 핑계로 집에 가지 않으면 아버지는 한 번씩 사무실에 들르곤 했다. 수화기를 내려놓으면서 물었다.
"이 근처 오신 거예요?"

"마침 지나다가 저녁이나 같이 할까 하고."

집 근처만 돌라고 만류해도 아버지는 차를 타고 나오는 거리까지 통지서 배달을 하고 있었다. 책상을 정리하고 일어섰다. 박실장은 외근을 나가고 없었다. 홍대리는 귀에 이어폰을 꽂은 채 모니터에 코를 박고 있었다. 먼저 퇴근한다고 하고선 사무실을 나왔다. 거리는 한차례 소나기가 지나간 듯 물기가 번들거렸다. 하지만 오히려 후덥지근했다. 어디선가 매미가 그악스러운 소리로 울어대자 다른 무리들도 합창을 했다.

"뭐 드실래요?"

"그냥 간단하게 먹자."

아버지가 주위를 둘러보더니 전철역 앞에 있는 식당으로 들어갔다. 물냉면을 사이에 두고 부녀가 마주 앉았다. 아버지는 테이블 위에 구형 디카를 내려놓았다. 내가 쇼핑몰 초창기에 사용하던 것이었다. 나중에 여유가 생겨 DSLR로 바꾸면서 아버지에게 쓰라고 드린 거였다.

"그거 아직도 쓰세요?"

"그럼. 고장도 없고 손에도 익숙하고."

아버지가 대견하다는 듯 디카를 쓰다듬었다. 아버지와 사진. 둘은 떼려야 뗄 수 없는 사이였다. 퇴직하기 전 동사무소에 다닐 적에도 아버지는 카메라를 들고 소일을 했다. 주로 마당에 있는 오동나무를 렌즈에 담았다. 아침의 오동나무, 오전 10시의 오동나무, 한낮의 오동나무, 오후의 오동나무, 저녁의 오동나무. 아버지가 소중하게 생각하는 -오동나무- 라고 검은 매직으로 쓴 사진첩을 펼치면 시간에 따라 변하는 오동나무의 모습이 한 장씩 담겨 있다.

"오늘도 찍으셨어요?"

"그럼. 다니다 마음에 드는 게 있으면 카메라부터 집어 든다."

아버지가 냉면 국물을 후루룩 들이키며 입술을 훔쳤다. 휴일에 아버지는 디카를 들고 밖으로 나가 엄마의 미용실과 우리 동네의 오래된 집과 골목을 구석구석 누볐다. 붉은 벽돌이 올라간 어느 집 담장과 여름햇살을 받아 반짝거리고 있는 담쟁이덩굴과 골목에 나른하게 졸고 있는 길고 양이의 모습까지.

"참, 엄마가 제 사진첩 버리진 않았죠?"

"내가 못 버리게 했어."

독립할 때 엄마는 내게 사진첩을 싸그리 가져가라고 잔소리를 했지만 그 양은 도저히 만만치가 않았다. 고르고 골라 2권만 챙기고 나머지는 옷장 바닥에 두고 왔다. 나와 민정이도 아버지가 좋아하는 모델이었다. 특히 민정이보다 내 사진이 월등히 많았다. 2살 때의 내 얼굴, 10살, 12살, 15살…고등학교 졸업사진, 대학입학사진, 그리고 졸업사진. 지금도 옷장 안에는 내가 두고 온 시간들이 소스랑거리며 살아있는 것이다.

"오늘은 어떤 거 찍으셨어요?"

"그냥 이것저것 보이는 대로 찍는 거지."

아버지는 디카를 내밀며 소년처럼 행복한 얼굴이었다. 64살이 되어서도 무엇에 몰입할 수가 있다는 건 얼마나 행복한 일일까. 디카 안에는 낡은 골목길들, 늙은 회화나무, 좁은 골목의 쪽문들, 문 앞에 웃고 서 있는 노인의 모습들, 햇살에 쪼글쪼글하게 드러난 할머니의 주름살, 그리고 좁은 골목에 납죽 엎드려 있는 고양이의 모습들이 들어 있었다.

디카를 들여다보고 있는 내게 아버지가 말했다.

"통지서를 주러 가는 골목들이 하나같이 이렇게 비좁다. 그 속에 아직 사람들이 살고 있는 게 반갑기도 하고. 눈물겹기도 하고."

"여기까지 오시는 건 너무 멀어요. 집 근처만 하세요."

"괜찮다. 아직 뭔가 할 수 있다는 게 좋아. 일도 하고 풍경도 담을 수 있고. 아무 소일거리도 없으면 종일 네 엄마 잔소리나 들어야 해."

아버지가 눈주름을 만들며 웃었다. 냉면을 비우고 일어서는데 아버지가 말했다.

"오랜만에 우리 큰딸 집에 가서 차나 한 잔 마실까?"

아버지가 사무실에 온 건 늦봄의 끄트머리였다. 그러니 빌라에 온 것도 그 즈음이었을 것이다. 오랜만에 딸의 집에 가고 싶다는데 거절할 말이 없었다.

"그러세요, 그럼. 더우니까 여기 계세요. 제가 가서 차 가져올게요."

아버지를 식당에 두고 잰 걸음으로 상가 건물로 향했다. 걸으면서 휴대폰을 꺼내들었다. 원준은 이 시간이면 집에 있을 것이다. 요새 퇴근 후 날마다 피트니스 클럽에 같이 가서 운동을 하고 있었다.

"어디야? 집?"

급하게 물었다.

"네. 카레라도 만들까 해서 준비하고 있어요."

"그만두고 얼른 나가."

"지금요?"

"응. 당장. 서둘러."

"알았어요."

원준은 이유를 묻지 않고 전화를 끊었다.

아버지를 태우고 집으로 향했다. 사무실과 집은 가까워 금세 도착을 했다. 혹시 원준이 아직 나가지 않았으면 어쩌지 마음을 졸였다. 평소는 그렇게 없던 주차자리도 오늘은 금방 눈에 띄었다. 자리가 없으면 그 핑계로 골목을 몇 바퀴쯤 돌려고 했는데 그럴 수도 없었다. 이제 시간을 끌 방법도 없어 할 수 없이 주차를 했다.

차를 세우며 빌라의 창문을 올려다보았다. 가슴이 콩닥콩닥 뛰고 있었다. 나간 걸까? 가슴을 졸이며 차에서 내렸다. 근데 지금 왜 이렇게 허둥거리고 있을까. 여긴 엄연히 내 공간이고 내가 잘못한 일도 없다. 서른이 넘은 딸이 남자를 데리고 살든 어쩌든 잘못이 아니잖아. 그런 생각을 하면서도 입 속의 침이 바싹바싹 말랐다. 내가 층계를 올라가자 아버지가 뒤따라 올라왔다. 집 앞에 서서 꿀꺽 침을 삼켰다. 문을 열자마자 현관에 떨어져 있는 원준의 캔버스화가 와락 눈에 튀어들었다. 얼른 집어 들고 신발장 안에 쑤셔 박았다. 아버지가 거실로 올라왔다. 황급히 나갔는지 주방의 도마 위엔 썰다 만 감자와 당근이 그대로 놓여 있었다.

"아침에 카레 만들다가 시간 없어 그냥 나갔어요."

허둥거리며 변명을 늘어놓고 있었다. 하필 소파에 원준의 검정 티셔츠가 떨어져 있었다. 아버지가 딴 데를 보고 있을 때 재빨리 집어 방으로 던지며 문을 닫았다. 그리곤 일부러 태연한 척 창문 쪽으로 걸어갔다. 그 밑에 원준의 야구모자가 굴러다니고 있었다. 건넌방 문을 열어 야구모자를 후다닥 던지곤 손으로 바람을 일으켰다.

"안 더우세요?"

창문으론 바람 한 점 들어오지 않았다.

"에어컨 틀까요?"

"아니, 됐다. 차나 한 잔 줘라."

아버지는 손을 씻으려는 지 화장실로 들어갔다. 가스레인지에 주전자를 올려놓고 냉장고를 열었다. 다행히 야채 칸에 참외가 몇 알 들어있었다. 머그컵에 티백을 넣고 끓는 물을 부어 가지고 거실로 나왔다. 선풍기를 틀어놓고 참외를 깎고 있는데 아버지가 손을 닦으며 나왔다. 가만. 화장실에 원준의 물건이 있지 않아? 헉. 여자가 쓸 리 없는 애프터 세이브 로션과 면도기, 칫솔, 바닥에는 남자용 슬리퍼도 있다.

얼른 화장실로 쫓아가 선반을 살폈다. 아뿔싸. 원준의 물건이 그대로 있었다. 나가기 전에 치우라고 말을 했어야 한다는 걸 깨달았다. 아버지가 안 보았기를 바랄 수밖에.

"참외 드세요."

아버지의 얼굴을 살피며 접시를 테이블에 올려놓았다. 아버지는 별다른 내색이 없었다. 못 본 게 틀림없었다. 그제야 가슴을 쓸어내렸다.

"건강은 좀 어떠세요?"

녹차를 마시며 물었다.

"앉아서 일하던 때보단 지금이 좋아. 많이 걸으니까 몸에도 좋고."

"너무 무리하지 마세요."

"그러마."

엄마가 존재감이 뚜렷한 것에 비하면 아버지는 가족 속에서 별다르게 자기 목소리를 내지 않았다. 그냥 한 그루 나무처럼 우리의 뒤에 서 있었다. 그래서인지 아버지를 보면 항상 나무가 생각난다. 우리 집 마당에 아직도 푸르게 가지를 펼치고 있는 오동나무처럼. 여름 저녁나절 거실에 마주앉아 우리 부녀는 녹차를 마셨다. 평화로운 시간인데도 혼자서 안절부절못하고 있어 대화가 툭툭 끊어졌다. 차 한 잔을 마시고 나서 아버지는 금세 일어났다.

"더 있다 가세요."

"너도 쉬어야지. 나도 할 일 있고."

아버지를 따라 층계를 내려갔다. 아버지가 골목을 걸어가면서 날 쳐다보았다.

"일한다고 무리하지 말고 건강 잘 챙겨라."

"네."

"집일은 신경 쓰지 말고 네 일이나 열심히 해."

제발, 엄마가 아버지의 반의반이라도 날 귀찮게 안 한다면 얼마나 좋을까. 하지만 엄마는 또 선을 보라고 그제부터 계속 전화를 해대고 있었다. 아버지가 돌아서다가 문득 생각난 듯 덧붙였다.

"난 우리 딸 믿는다."

내게는 이 말이 그 어떤 것보다 강한 주문이었다. 엄마의 한 번 시작했다 하면 끝날 줄 모르는 잔소리 보다 더. 돌이켜보면 언제나 아버지는 날 믿어주었다. 성적이 떨어져도, 어느 대학을 갈지 몰라 갈팡질팡하고 있을 때도, 직장에 들어가 적응하지 못해 힘들어할 때도, 쇼핑몰을 열겠다고 했을 때도 그냥 묵묵히 내 뒤에 서 있었다. 그것이 아버지 나름의 사랑이라는 것도 지금은 알고 있다.

아버지와 난 버스 정류장에 함께 서 있었다. 아직 해는 기세를 누그러뜨리지 않은 채 열기를 퍼뜨리고 있었다. 아버지는 허리에 디카를 차고 있었다. 바람 한 점 불지 않아 더운 여름 저녁이었다. 이윽고 아버지가 탈 버스가 달려와 멈췄다. 아버지는 승강구를 향해 걷기 시작했다. 불현듯 아버지가 뒤를 돌아보며 손을 흔들었다. 아버지를 실은 버스는 서서히 미끄러지며 차들의 물결 속으로 사라졌다.

2

출근준비에 바쁜데 엄마가 전화를 했다. 이번 주 들어 며칠 연속으로 계속 전화를 하고 있었다. 사업을 하는 사람이라며 한 번 만나보라는 닦달이었다. 나처럼 개인 사업을 하는 사람이니까 서로 말도 통하고 좋을 거라고 했다.

더 안 좋은 건 원준이 엄마의 전화를 받았다는 것이다. 방에서 옷을 갈아입고 나오는데 원준이 무선 전화기를 들고 있었다.

"받았어?"

"깜박하고 그만."

원준이 아차 하는 표정을 지었다. 전화기를 건네받으며 블루 콘의 단추를 잠가달라고 등을 돌렸다. 신상품으로 나온 아이템인데 약간 블라우스 감이 있는 셔츠였다. 반응이 좋아서 착용감을 알아보려고 이번 주 들어 입어보는 중이었다. 단점은 뒤에 단추가 있다는 것. 원준의 손가락이 등에 닿더니 단추를 하나씩 잠가 내려갔다.

"여보세요?"

"지금 누가 받은 거냐?"

엄마가 이상하다는 듯 되물었다.

"아하. 세탁소 아저씨. 옷 받으러 현관입구에 서 있다가 그만."

딴전을 피우는데 미용실에서 흥신소 일도 가끔 하는 엄마가 호락호락 넘어갈 리가 없었다.

"뭐 그런 오지랖 넓은 아저씨가 다 있냐? 남의 집 전화를 자기가 왜 받

아. 내가 살다살다 그런 사람은 첨 봤네. 가만 아저씨 목소리가 아니었는
데?"

엄마가 수상쩍다는 듯 다시 물었다.

"세탁물 수거는 아르바이트생이 다니잖아."

엄마가 들으라는 듯 자작극을 펼쳤다.

"학생, 잘 가."

큰소리로 외쳤다. 원준이 눈치 빠르게 현관 쪽으로 움직이더니 문을 열
었다가 닫았다. 원준이 옆에 있는 게 신경이 쓰여 방으로 들어왔다. 화장
대 거울로 비춰보니 등의 단추는 반은 잠기고 반은 그대로였다. 전화를
귀에 끼고 혼자 해보려고 했지만 잘 되지 않았다. 엄마에게 바쁘다는 듯
서둘러 말했다.

"나 출근해야 돼. 나중에 얘기해."

"알았어. 금방 끊어. 이따 저녁에 압구정에 있는 한정식 집으로 가. 위
치는 민정이가 문자로 넣어줄 거야."

이번에도 역시 민정이가 엄마와 발을 맞춰 공작을 벌이는 중이었다. 목
소리가 달갑지 않게 흘러나왔다.

"거긴 왜?"

"내가 며칠 전부터 너한테 얘기하느라 입이 다 부르텄다. 요정아. 엄마
가 너한테 나쁜 거 시키겠니? 이따 저녁에 가서 좀 만나."

"엄마."

짜증나서 버럭 하다가 목소리가 큰 것 같아 볼륨을 낮췄다.

"요새 바빠서 누구 만날 시간도 없어."

"너 아무리 바빠도 밥은 먹잖아. 그 김에 사람 하나 만나봐. 남자를 자

꾸 만나봐야지 짝도 만날 수 있는 거야."

"내가 밥 먹을 사람 없어서 아무나 만나서 밥 먹는 줄 알아?"

"아무나가 아니라니까 그러네. 너처럼 개인 사업하는 사장이야. 중소기업이지만 탄탄하다고 주선자가 입에 침이 마르게 자랑하더라."

엄마가 달래는 것처럼 살살 구슬렸다. 하지만 저런 소리를 듣고 나가봐도 사실 별 볼 일 없는 경우가 더 많았다.

"또 동네 아줌마가 해준 거지?"

"너 엄마가 미용실 하는 거 감사하게 생각해라. 투덜거리지 말고."

타이밍이 안 좋다. 바쁜 아침 시간에 엄마의 잔소리가 길어져봤자 좋을 건 하나도 없었다.

"이미 그쪽이랑 약속 잡았으니까 나가야해. 네가 안 나가면 엄마 얼굴에 뭐 칠하는 거야. 나 이 자리에서 30년 동안 미용실 했지만 약속 하나는 칼같이 지켰다."

엄마의 말투는 부드럽지만 이건 사실상 협박이나 마찬가지였다.

"몰라. 저녁에 나 약속 있었음 어쩌려고 그랬어?"

대체 언제까지 이런 부당한 대접을 받으며 살아야 하는 건지, 원. 딸이라는 이유만으로 엄마들은 왜 이렇게 자식을 못 살게 구는 것일까.

"그래서 내가 금요일 저녁 비워두라고 내내 전화했잖아. 안 그래?"

비록 일방적인 약속이었지만 엄마의 말은 사실이었다. 할 말이 없어서 신경질적으로 소리쳤다.

"알았어. 끊어."

무선전화기를 화장대에 올려놓고 밖으로 나왔다. 원준이 나갈 준비를 마치고 현관 앞에서 기다리고 있었다. 블루 콘의 단추를 마저 잠가달라고

등을 돌렸다.

"빨리빨리."

채근했다.

"여자들은 남자 없으면 어떻게 살아요? 옷 하나도 못 입으면서."

"앞에 단추 있는 옷들이 더 많아."

원준은 내 기분이 좋지 않다는 걸 느꼈는지 냉큼 뒤로 돌아가 단추를 잠갔다. 순간 잠시 고민에 빠졌다. 저녁에 누군가를 만나려면 옷을 다시 갈아입어야 하나. 그럼 다시 원준에게 단추를 풀어달라고 할 수밖에 없었다. 어지간히 귀찮은 일이어서 그냥 포기하기로 했다. 보고 싶은 선도 아니어서 블루 콘에 데님을 받쳐 입은 채 집을 나섰다.

밖엔 우기의 장대비가 쏟아지고 있었다. 우리는 서둘러 차에 올라탔다. 원준이 백미러를 보며 신중하게 차를 후진시켰다.

저녁에 압구정의 아담한 한정식집으로 갔다. 민정이가 보내 준 문자대로 찾는 것은 어렵지 않았다. 맞선 장소를 식당으로 잡은 것부터 마뜩찮았다. 만나보고 나서 식사를 하든지 헤어지든지 하는 게 자연스러웠다. 사업을 하는 남자라고 했는데 어쩌면 권위적이거나 불도저 스타일 일수도 있다. 어느 쪽이거나 끌리지 않는 건 똑같았다.

나무 대문을 들어서자 오디오로 틀어놓은 게 분명한 가야금 뜯는 소리가 흘러나왔다. 마당의 넓은 부지엔 잔디가 심어져 있고 바닥에 돌을 깐 연못에는 붉은 색의 잉어들과 흰 바탕에 검은 반점이 있는 잉어들이 느리게 헤엄치고 있었다. 그리고 한 쪽엔 나무로 만든 물레방아가 덜컹거리며 돌아가고 있었다.

종업원을 따라 예약된 방으로 안내되었다. 남자는 미리 와서 기다리고 있었다. 창호지를 바른 미닫이문이 열리자 남자가 엉거주춤 일어났다. 남자는 남성복 의류매장의 마네킹에서 방금 벗겨온 듯한 밝은 회색 양복을 입고 있었다. 넥타이핀이 불빛을 받아 번쩍거렸다.

　"차요정 씨세요?"

　"네."

　남자는 내 얼굴을 멀거니 바라보고 있다가 부랴부랴 명함을 꺼내서 내밀었다.

　"조상철 이라고 합니다."

　명함을 주고받을 때 보니 와이셔츠의 커프스도 번들거렸다. 조상철은 명함을 집어넣으며 다시 한 번 확인을 했다.

　"정말 33살이 맞으세요?"

　조상철은 어안이 벙벙하다는 표정을 하고 있었다. 나 역시 놀라고 있었다. 36살이라고 들은 것 같은데 남자의 얼굴은 마흔은 넘은 것 같았다.

　"정말 미인이십니다. 이거 놀랐습니다. 허허허."

　남자는 감탄의 소리를 터트렸다. 그리곤 자리에 앉자마자 양복의 윗 단추를 풀었다. 남자는 물수건으로 얼굴의 이곳저곳을 닦았다.

　문이 열리고 종업원이 에피타이저 음식을 상에 가져다 올렸다. 작은 사기에 전복죽이 담겨 있었고 오색 잡채, 메밀 전, 창포 묵, 선어 회 등이 차례로 놓여졌다. 식욕이 없었지만 먹는 게 예의다 싶어서 앞 접시에 조금 덜었다.

　남자는 자신의 앞 접시를 흘끗 내려다보았다. 여자가 덜어주면 좀 좋아, 어쩌고 구시렁거리더니 음식을 가져다 놓고 먹기 시작했다. 그냥 못

들은 체 하고 있었다.

"이젠 나이가 들어선지 이런 집이 편해요. 요정 씨는 어떠세요?"

"그런 생각 안 해봤어요."

"하긴 누가 요정 씨를 33살로 보겠어요?"

조상철은 음식물이 가득 들어있는 입을 벌리며 껄껄 웃어젖혔다. 식사를 하는 동안 연신 쩝쩝거렸고 소리를 내어 음식물을 씹었다. 조상철은 젓가락질을 할 때마다 커프스 단추가 잘 보이도록 양복 소매를 잡아당겼다.

"정말 33살이 맞으세요?"

"……"

슬슬 짜증이 나려고 했다. 이봐요, 자꾸 나이 운운하는 건 칭찬이 아니거든요.

"아까 문 열고 들어오는데 깜짝 놀랐습니다."

"네."

조금만 주의를 기울이면 벌써 우리의 대화가 어긋나고 있다는 걸 알 것이다. 하지만 조상철은 아랑곳없이 게걸스럽게 음식을 먹고 있었다.

"정말 아무리 봐도 33살로는 안 보이십니다."

자기 딴에는 칭찬을 하려고 그러는지 계속 나이를 들먹거렸다. 조상철이 젓가락질을 멈추고 날 바라보았다.

"입이 짧으신 편인가 안 드시네?"

"속이 좀 안 좋아서요."

깨작깨작 젓가락질을 하는데 조상철이 물었다.

"쇼핑몰 하신다면서요?"

"네."

"사업하기 어떠세요?"

"글쎄, 뭐 그렇죠."

"우리 쪽은 경기가 안 좋아서 그리 좋지는 않아요. 사업체를 운영한다는 게 골치 아픈 일이 한 둘이 아니죠. 하지만 제가 워낙 수완이 좋아 그럭저럭 꾸려 나갑니다."

남자의 목소리는 은근히 거들먹거리고 있었다.

내키지 않지만 그러시냐고 머리를 끄덕여 주었다. 조상철이 고추 가루가 낀 이빨을 드러내고 껄껄 웃었다. 돌솥에 지은 오곡밥, 노릇노릇 구운 굴비, 산채나물과 게장, 보쌈, 홍어무침과 전복초 등 메인 요리가 상에 오르고 나자 조상철이 느긋하게 등을 폈다.

"막상 사업을 해보면 힘든 일이 한 둘이 아니잖습니까. 우리처럼 사업하지 않은 사람들하고 백날 얘기해봤자 고충도 모르죠. 그래서 저와 요정 씨는 아주 잘 통할 것 같은데, 그렇지 않아요?"

침묵.

"하루에 몇 번이나 내가 이걸 왜 시작했을까 후회하는 게 한두 번이 아닙니다. 근데 여자 분이 사업을 하는 게 쉬운 일이 아닐 텐데요. 직원은 몇이나?"

"저까지 다섯인데요."

"예. 다섯이라, 조촐하고 좋네요. 저는 40명이 넘으니 골치가 이만저만 아픈 게 아닙니다. 허허."

남자는 헛웃음을 지으며 위세를 부리는 것처럼 어깨를 폈다. 그리곤 슬쩍 넥타이핀을 어루만졌다.

"거기 매출은 어떻게?"

그깟 쇼핑몰이 얼마나 하겠어? 하는 얕잡아보는 말투였다. 상대를 인정하는 척 하지만 은근히 깎아 내리는 말투가 귀에 거슬렸다.

"작년에 100억 정도 했어요."

"예, 100억? 100억이라고요?"

남자가 물을 마시던 컵을 내려놓으며 놀란 눈으로 바라보았다. 눈빛이 흔들리더니 물 잔을 내려놓고 앞으로 바싹 당겨 앉았다.

"그럼 순이익이 얼마나?"

"유통업 쪽이 어떤지 아시잖아요."

"그…그렇죠."

남자는 눈을 끔벅거리며 잠자코 앉아있었다. 거들먹거리던 행동이 일순 사라지고 침묵이 길어졌다. 남자는 친근한 미소를 흘리며 내 앞 접시에 음식을 가져다 나르기 시작했다.

"요정 씨. 이것 좀 드셔보세요."

"괜찮은데요."

사양을 해도 계속해서 음식을 내 접시에 꾸역꾸역 가져다놓았다. 이제 올 때가 되지 않았나 생각하고 있는데 휴대폰이 지이잉 울렸다.

"여보세요?"

"압구정역인데 어디로 가요?"

원준이었다. 경어를 써서 얘기했다.

"아, 네. 제가 잠시 선약이 있어서요."

원준도 눈치껏 묻고 있었다.

"이쪽으로 오실 거예요?"

"네, 네. 금방 도착할거예요."

전화를 끊은 뒤 몹시 죄송하다는 얼굴로 남자를 바라보았다.

"어쩌죠? 업체랑 갑자기 미팅이 잡혀서…"

숄더백을 집어 들고 자리에서 몸을 일으켰다.

"아, 업체와 약속이면."

남자의 목소리가 어쩔 줄 몰라 갈피를 잡지 못하고 있었다.

"계산은 제가 하죠."

예의바르게 목례를 한 뒤 방문을 열고 나왔다. 남자가 붉어진 얼굴을 물수건으로 문지르고 있었다. 카운터에서 계산을 한 뒤 전표를 받아들었다. 건물을 나서며 원준에게 전화를 했다. 비바람이 길을 할퀴고 지나가고 있었다. 나무들이 비명을 지르며 허리를 일제히 오른쪽으로 꺾었다.

비바람은 한층 더 사나워져 있었다. 돌풍은 가로수의 허리를 꺾고 지나가는 여자들의 치마와 우산을 들추었다. 길에 세워둔 광고판이 휴지조각처럼 붕붕 날아갔다. SUV가 빗속을 헤치며 다가오고 있었다. 원준은 타기 편하도록 갓길에 바싹 붙어 선 다음 문을 열어주었다.

"고마워."

"좀 전에 신호 위반했는데 어떡하죠?"

눈을 살짝 흘기며 대답했다.

"할 수 없지, 뭐."

원준이 뒷좌석으로 몸을 기울이더니 수건을 찾아 내밀었다. 언제부터 차에 수건이 있었지 하며 갸웃거리는데 원준이 말했다.

"필요할지 몰라 갖고 나왔어요."

원준을 기다리는 그 짧은 시간 사나운 빗줄기는 드러난 팔과 어깨, 머리로 들이쳤던 것이다. 수건으로 몸을 닦으며 펫 키우기 잘했네, 하는 생각을 했다.

"혼자 기다리면서 뭐 했어?"

"음악 들었어요."

FM 라디오에서 쇼팽의 피아노 협주곡 1번이 흘러나오고 있었다. 피아노 소리가 세차게 쏟아지는 빗줄기 사이로 퍼져나갔다.

"괜찮아서 그냥 듣고 있었어요."

"이 프로 나도 가끔 듣는데."

"그래요? 그런데 누구 만났어요?"

"아, 선? 지겨워 죽는 줄 알았네."

수건을 뒤로 휙 집어던지며 머리를 흔들었다.

"어쩐지 계속 존댓말을 쓰길래 이상하다 싶었죠. 캡틴도 선 봐요?"

원준이 눈을 둥그렇게 뜨고 쳐다보았다.

"그럼 보지. 소개팅도 하고."

"그런 거 안 보는 줄 알았는데."

"무슨."

당치도 않다는 듯 고개를 흔들었다. 원준이 궁금하다는 듯 물었다.

"시집가려고요?"

"시집은 무슨."

"그럼 왜 봐요?"

"한번 보는 게 덜 귀찮으니까."

"예?"

눈을 끔벅거렸다. 그 표정이 재미있어서 내가 피식했다. 그래, 가끔은 불안하다. 내 마음의 갈피 한 자락을 들추면 불안이 도사리고 있다. 내일에 만족하고 즐기고 있지만 때때로 불안이 엄습할 때가 있다. 살아있는 존재는 불안하다. 그러니까 불안하다는 건 내가 살아있다는 뜻이겠지. 어쩌면 불안은 존재를 지켜주는 파수꾼일지도 모른다.

"별로였나 봐요?"

원준이 고개를 돌리며 물었다.

"응."

"결혼은 하고 싶어요?"

"한때는 빨리 결혼하고 싶은 때도 있었는데, 지금은 일이 우선이야. 일에 묻혀 살다보니 연애를 안 해도 외롭다거나 하지는 않아. 가끔 허전할 때도 있긴 한데 오래가지는 않고."

원준이 그러냐는 듯 말없이 고개를 끄덕였다.

"동생을 보니 애 키운다고 집에 박혀있는 게 더 답답할 거 같고."

"캡틴은 집에서보단 회사에서 일할 때가 더 멋있어요. 집에서 살림만 사는 캡틴은 잘 상상이 안 가요."

그러면서 눈치를 보듯 슬쩍 쳐다보았다.

"왜?"

"처음 집에 왔을 때 좀 놀랐어요…."

"뭐가?"

"여자들 혼자 사는 집은 왠지 여성스럽고 아기자기하고 깨끗할 거 같았거든요."

역시 눈치를 보듯 곁눈질을 했다.

"그런데 생각보다 지저분하고 정리가 안 돼 있더라고요. 근데 인터넷으로 뒤져보니 다들 그렇다고 하고."

"내가 안 치워서 그렇지 치우면 잘해."

"하나씩 치우면 되는데."

"일이 바쁘니까 그렇지."

"청소기 봉투도 안 갈고."

"여자들은 그런 거 잘 몰라."

부루퉁하게 대꾸했다.

"저도 처음 해봤어요. 역시 캡틴한테는 청소 정리같이 집안일 해줄 남자가 어울리는 것 같아요."

"아니, 난 자기 일 꾸준하게 하는 사람이 좋아. 우리 아버지처럼 말야. 동사무소에서 말단이었지만 정년까지 일하셨어. 원준이 부모님 청주에 산다고 했어?"

창밖으로 주름져 흘러내리는 빗줄기에 시선을 던졌다.

"예. 거기서 농사지으세요. 농사 반 과수원 반. 제가 태어날 때부터 쭉요. 그럼 저희 부모님도 꾸준한 분들이네요."

차가 물웅덩이를 지나가며 사방으로 물이 튀겨나갔다. 마치 거대한 용암이 버섯처럼 활짝 분출하는 것 같은 모습이었다.

"시원하다."

"뭐요? 금방 물 튀긴 거요?"

원준이 앞을 본 채 물었다.

"응."

집 근처에 다가갈 무렵 원준이 물었다.

"비가 많이 오네요. 처음 왔던 날 같아요."

"처음? 아."

새삼스레 그 봄날 새벽이 떠올랐다. 세찬 비에 목련의 꽃송이가 바닥에 툭툭 떨어져 있었다. 내 생일날이었지, 아마.

"그때도 지금처럼 비 엄청 왔는데."

"맞아, 그랬어."

눈을 가느스름하게 뜨고 바깥을 쳐다보았다. 집에 도착해 비에 젖은 옷들을 갈아입고 있는데 원준이 문을 노크했다. 얼른 팔을 옷 속으로 집어넣고 문을 열었다.

"왜?"

"기분전환 하러 가요."

"지금? 비 오는데?"

의아한 표정을 짓자 원준이 빙긋 입 꼬리를 올렸다.

"아까 지루했다면서요. 좋은 곳으로 안내할게요."

어디 가서 술 한 잔 하자는 소리인줄 알았는데 원준은 옥상으로 올라가는 계단을 밟았다. 옥상 문을 열자 비가 세차게 쏟아지고 있었다. 검은 허공 속으로 금을 긋듯 빗줄기가 떨어지고 있었다. 원준은 문 옆에 있는 비치파라솔을 펴서 머리 위로 펼쳤다. 두 사람이 쓰고 있어도 비에 젖지 않을 만큼 크고 널찍했다. 비가 파라솔 천장으로 우두두 떨어졌다.

골목에 켜둔 가로등에서 빛이 부옇게 번지고 있었다. 집들은 어둠과 빗줄기 사이에서 납작 몸을 웅크렸다. 안에서 흘러나오는 빛줄기가 검은 허공 사이로 퍼져나갔다. 난간에 몸을 기대고 내려다보니 집들과 골목은 조용했다. 지금 귀에 들리는 건 세상을 두드리는 빗소리뿐이었다. 원준이 내게로 몸을 기울였다.

"기분전환 되죠?"

"아직 잘 모르겠는데."

"그럼 강도를 높여야겠어요."

"강도?"

무슨 소린가 해서 쳐다보자 원준이 파라솔 밖으로 뛰쳐나갔다. 그리곤 계단을 달려 내려갔다. 잠시 후 양손에 커피를 들고 헉헉거리며 뛰어 올라왔다. 내가 느긋하게 여기 서 있는 동안 혼자 돌아쳤을 걸 생각하니 미소가 나왔다. 커피를 받아드는데 손이 스쳤다. 나도 모르게 움찔, 몸이 움츠러들었다. 아무래도 내가 요새 기가 허한 모양이다. 아니면 비가 와서 난데없이 전기가 올랐거나.

어제만 해도 그랬다. 피트니스에서 원준이 아령을 들고 있는 모습을 멍하니 보고 있었다. 그리곤 내가 지금 뭐 하고 있지? 하며 실소를 금치 못했다.

또 오늘 새벽에는 어땠나? 화장실에서 나오다가 냉장고 문을 열고 물을 마시고 있는 원준과 부딪쳤다. 날이 더워 웃통을 벗고 자는지 반바지만 입은 채였다. 식스팩이 선명하게 드러난 배에 시선을 빼앗겼다. 잠 정신에도 침을 꼴깍 삼키고 말았다. 그리곤 방으로 돌아와서도 좀체 잠들지 못하고 뒤척였다. 결국 자명종 소리에도 일어나지 못했다. 아침에 거울을 보니 눈이 붉게 충혈 되어 있었다. 장대비 속을 뚫고 사무실로 가는 차안에서 지나가듯 말을 툭 던졌다.

"잘 때 웃통 벗고 자나봐?"

"땀 많이 흘려서요. 그래도 반바지는 입고 자요."

천연덕스럽게 대꾸하는 게 아닌가. 차가 신호 대기에 걸리자 원준이 슥 처다보았다.

"집에서 주로 핫팬츠 입잖아요."

"활동하기 편해서."

"잘 때 웃통 벗는 게 편해요."

그래서 안 입는다는데 뭐라고 불평을 할까. 암튼 요새 피트니스 클럽에서나 집에서나 원준의 몸을 훔쳐보고 있는 날 발견하곤 소스라쳤다. 나 지금 정상일까?

커피 향이 빗소리 사이로 달콤 쌉싸래하게 퍼져나갔다. 이런 날 옥상에 올라와 본 것도 파라솔 밑에서 커피를 마시는 것도 처음이었다. 실제로 해보니 생각보다 괜찮았다. 뭐랄까. 낭만의 발견이라고 할까. 낭만은 사라진 게 아니었다. 언제든 자기를 불러주기를 옆에서 기다리고 있는 것이다. 옥상 귀퉁이의 빗물 통이 콸콸 소리를 내며 쏟아졌다.

"이렇게 있으니까 좋네."

"그렇죠? 우리 집 과수원 앞에 회화나무가 있어요. 어렸을 때 부모님께 혼나면 그 위로 도망치곤 했거든요. 거기에 앉아 나무에 몸을 붙이고 있으면 꼭 멀리 떠나온 것 같은 느낌이 들었어요."

원준이 파라솔을 다른 팔로 바꾸어 들었다. 비가 쏴쏴 샤워줄기가 쏟아지듯 천을 두드리고 있었다.

"아지트? 나도 있었는데."

"어디요?"

"우리 집 마당의 평상. 거기 누워 공상하는 게 취미였어."

"나무와 평상. 둘 다 나무로 만들어졌어요."

그 말에 둘이서 소리 내어 웃었다. 문득 기분이 좋아지고 있었다.

"나무 위가 좋았던 건 동생들도 모르는 곳이기 때문이죠. 부모님이 종일 밖에 있으니까 동생들이 나만 쫓아다녔어요. 그 애들을 피해서 거기 있었어요."

"지금은 그게 옥상이 된 거네?"

"그렇죠. 도시에서 자유롭고 해방감 넘치는 곳은 옥상이더라고요. 고시원에 살 때 그걸 발견했어요."

대화가 끊기고 침묵이 찾아왔다. 우리는 비오는 주택가의 풍경을 내려다보고 있었다. 쏴쏴 빗소리만이 귓전을 스치고 지나갔다. 가로등 주변으로 부옇게 물안개가 어룽지고 있었다.

비오는 밤 옥상에서 마시는 커피는 색다르고 특별했다. 커다란 파라솔을 들고 잠자코 서서 빗소리를 듣고 있는 원준을 곁눈질하고 있었다. 그리고 문득 깨닫고 있었다. 원준과 함께 있는 시간을 내가 좋아하고 있다는 것을. 그건 나도 미처 예상하지 못했던 일이라는 것도.

3

월요일, 늦은 오후였다. 거래처에 갔다가 돌아오는 길이었다. 사거리에서 정지신호를 받아 차를 세웠다. 휴대폰이 울려 보니 엄마였다. 핸즈프리를 귀에 꽂고 신호등을 바라보았다.

"바쁘냐?"

"응. 나야 뭐 늘 바쁘잖아."

한 며칠 잠잠하더니 드디어 잔소리가 시작되려나 싶었다.

"그래서 전화 걸 시간도 없었냐?"

"엄마가 했잖아."

"나 말고 선본 그 남자 말야."

"아. 바빠서 정신이 없었네."

모른 척 하는데 엄마가 냉큼 본론으로 들어갔다.

"도중에 나왔다면서?"

"응. 갑작스런 일이 생겼는데 그럼 어떡해?"

"그럼 나중에 전화라도 했어야지."

"바빠서 못했어."

그때까지 평온을 유지하던 엄마의 목소리가 조금씩 올라가기 시작했다.

"급한 일이 생겨 나왔으면 다음날이라도 이만저만해서 죄송하게 됐다고 전화라도 해야지. 상대방이 얼마나 당황했겠냐. 그래가지고 어디 시집이나 가겠냐? 동네 아줌마들이 얼마나 뒤에서 입방아를 찧는지 알아?"

엄마는 잔뜩 별렀다는 듯 퍼부어 댔다. 그날 한정식 집에 갔다가 괜히 시간만 낭비한 건 나인데.

"그 동네 아줌마들은 대체 왜 그래? 내가 시집을 가든 안 가든 무슨 상관이야. 엄마가 미용실 하는 것 때문에 내가 얼마나 피해보는지 알아?"

짜증이 나서 그만 엄마의 아킬레스건을 건드리고 말았다. 아니나 다를까. 엄마의 살기등등한 목소리가 핸즈프리 안으로 쏟아져 들어왔다.

"야! 네가 누구 때문에 대학도 다니고 했는 줄 알아? 그동안 우리 식구 먹고 살고 너하고 민정이 대학까지 간 게 다 그 아줌마들하고 미용실 덕이야. 그런데 뭐가 어쩌고 어째. 잔말 말고 오늘 당장 전화해. 알았어!"

"아, 몰라. 바빠. 그리고 나 지금 운전 중이야."

순간 쿵 하며 등 뒤로 충격이 느껴졌다. 뭔가가 뒤를 들이받은 것 같았다. 뒷목이 뻐근했다. 전화를 끊고 사이드를 당겼다. 차의 뒤쪽으로 돌아가 보니 범퍼가 찌그러져 있었다. 그랜저로 다가가 운전석 창을 두드렸다. 썬팅이 짙어서 운전자가 보이지 않았다. 사고가 났는데도 뒤차의 운전자는 내리지도 않았고 하다못해 창을 열지도 않았다.

그랜저 바퀴 쪽에서 후끈한 열기가 올라오고 있었다. 다시 한 번 유리창을 신경질적으로 두드렸다. 그제야 까맣게 썬팅된 유리가 내려가며 운전석에 앉아있는 사람이 모습을 드러냈다. 30대 중반으로 보이는 여자가 귀에 휴대폰을 갖다 붙인 채 통화를 하고 있었다. 여자가 전화로 수다를 떠느라 앞을 제대로 보지 않고 내 차를 받은 모양이었다. 기가 막혀 팔짱을 낀 채 여자를 내려다보았다. 하지만 여자는 힐끔 쳐다보고는 계속 통화를 했다.

더 이상 기다릴 수가 없어서 그랜저의 지붕을 손으로 탕탕 내리쳤다. 여자가 날 흘끗 바라보았다.

"이봐요. 사고 났는데 어떻게 미안하단 말 한마디 없어요?"

"지금 통화중인 거 안 보여요?"

여자는 날카롭게 소리를 지르고는 유리창을 올렸다. 그리고는 아무리 창문을 두드려도 나올 생각도 하지 않았다. 그동안 일을 하면서 별별 사람들을 다 봤지만 이런 경우는 처음이었다. 박실장에게 사고가 나서 당분간 차를 쓸 수가 없겠다고 연락을 했다. 박실장이 걱정스러운 듯 물었다.

"캡틴. 어디 다치거나 하진 않았어요?"

"가벼운 접촉사고야. 범퍼만 좀 패였어."

"그래도 혹시 모르니까 병원 가보세요."

"알았어. 시간도 그러니까 나 바로 퇴근한다."

그랜저의 여자는 아직도 나올 생각을 안 했다. 다시 한 번 차의 지붕을 탕탕 내리쳤다. 유리창이 열리며 여자가 찡그린 얼굴을 내밀었다.

"이봐요. 계속 통화만 할 거예요?"

"보험처리 해주면 되잖아요."

여자가 신경질적인 목소리로 외치며 노려보았다. 그러고 나서도 통화를 계속 했다. 어처구니가 없어서 입이 다물어지지가 않았다. 여자와 말하는 걸 포기하고 112에 사고 신고를 접수했다. 잠시 후 저 멀리서 경찰차가 다가오고 있는 게 보였다. 여자는 그때까지 수다를 떠느라 여념이 없었다.

교통경찰관이 차에서 내려 사고가 난 부분을 살펴보았다. 내 차와 뒤차 모두 범퍼가 깨져 있었다. 사고 조서를 쓰기 위해 경찰서까지 이동을 해야 했다.

경찰서 교통과는 출입문 바로 옆에 있었다. 책상에 따로따로 앉아 여자와 난 조서를 작성하는 중이었다. 출입문이 벌컥 열리며 한 남자가 안으로 뛰어들어 왔다. 얼굴에 땀을 비 오듯 흘리며 헉헉 숨을 몰아쉬고 있는 40대의 남자였다. 와이셔츠 밖으로 비어져 나올 듯한 배는 임신 9개월쯤 돼 보였다. 남자는 조서를 쓰고 있는 여자에게 한달음에 달려가 감싸 안았다.

"나영 엄마. 괜찮아? 다친 덴 없어? 어디 봐?"

말하는 거로 미루어 보아 여자의 남편인 모양이었다. 남자는 여자가 도자기인형이라도 되는 듯 살살 다루고 있었다. 남자는 여자의 몸을 이리저리 살핀 뒤 다친 곳이 없다는 걸 확인하자 가슴을 쓸어내렸다. 여자도 남자의 반응에 못지않았다.

"자기야. 나 죽는 줄 알았어."

여자가 코맹맹이 소리를 내며 과장스럽게 몸을 떨었다. 여자를 한심한 눈으로 쳐다보았다. 경찰이 올 때까지 수다를 떨고 있었으면서 죽을 뻔했다니. 저 여자 때문에 어쩌고 하는 소리가 내 귀에도 날아들었다. 남자의 눈길이 날 발끝에서 머리까지 샅샅이 훑으며 노려보고 있었다.

얼마 지나지 않아 여자의 보험회사에서 직원이 도착을 했다. 직원은 미안한 얼굴로 어디 다친 데가 없느냐고 내게 정중하게 물었다. 없다고 대답을 하자 혹시 모르니 반드시 병원에 가서 검사를 받아보라고 권했다. 그래도 여자 쪽 사람 중에 경우가 있는 건 보험회사의 직원뿐이었다.

조서작성이 끝나자 교통경찰의 책상 앞으로 가서 조사를 받았다. 경찰이 여자와 내게 차례차례 질문을 던졌다. 조서를 보던 교통경찰의 눈이 내게로 향했다.

"보호자가 아버지네요. 미혼이십니까?"

"네."

책상에 놓인 여자의 조서에 흘끗 시선이 갔다. 나보다 4살이 어리면 이제 29살이란 소리였다. 하지만 말투나 외모는 이십 대 같지는 않아 보였다. 동네를 걷다가 추리닝 바람으로 돌아다니는 그저 그런 아줌마의 분위기를 풍기는 여자였다. 그래도 남자는 그런 여자를 신주단지 모시듯 하고 있었다.

교통경찰이 남자와 여자에게 시선을 돌렸다.

"두 분은 부부십니까? 남편 분이 보호자로 되어 있고요."

여자가 고개를 주억거리며 날 쏘아보았다. 옆에서 남자가 내 조서를 힐끔거리며 보고 있었다.

교통경찰이 내게 물었다.

"그러니까 SUV가 정지신호를 받고 서있는데 뒤에서 그랜저가 받았다는 거지요?"

그렇다는 듯 고개를 끄덕이는데 남자가 말도 안 되는 소리를 늘어놓았다.

"우리 와이프가 괜히 받았겠어요? 앞차가 급정거를 하거나 끼어들었으니까 할 수 없이 받았겠죠."

내가 남자를 슥 쳐다보았다.

"아저씨가 봤어요? 같이 타고 있지도 않았잖아요."

남자의 얼굴이 붉게 달아올랐다.

"안 봐도 뻔하지. 우리 애 엄마가 얼마나 조심해서 운전하는데. 무슨 여자가 운전을 험하게 배워 가지곤."

혼자 핏대를 올렸다. 내가 조용히 말했다.

"아저씨는 상관도 없는데 빠지시죠."

"상관이 없다니? 이 아줌마가? 내 와이프 일인데 왜 상관이 없어?"

남자가 도끼눈을 치떴다.

"아줌마라니? 누구한테 아줌마라고 하는 거예요?"

남자가 쯧쯧 혀를 찼다.

"하여간 성질 머리가 저러니 서른 넘어도 시집을 못 갔지."

"뭐예요?"

서로 언성이 높아지자 교통경찰이 책상을 두드렸다.

"안전거리 확보는 뒤차의 책임입니다. 여기 각자 서명하시고 돌아가세요."

남자는 환자를 에스코트하듯 여자를 두 팔로 부축하고선 문으로 향했다. 남자와 여자는 걸어가면서 들으라는 듯 지껄였다.

"저러니까 서른 넘고도 시집도 못 갔지. 성질머리가 저런데 누가 데려가겠어? 그러니까 기분 풀어. 당신은 내가 있잖아."

"있어봐야 뭐해? 아무 것도 못하면서. 내 잘못이래잖아."

여자가 찡찡거리자 남자가 달래듯 말했다.

"누가 당신 잘못이래? 당신 잘못 아냐. 그냥 우리가 봐줬다 그렇게 생각해. 서른 넘어 시집도 못 가고 불쌍하잖아. 그러니까 당신이 좀 봐 줘."

진짜 저것들이. 듣자듣자 하니까. 아저씨, 하고 고함을 지르자 남자가 놀란 듯 뒤돌아보더니 얼른 여자를 감싸 안고 나가버렸다. 그들이 사라지자마자 보험회사 직원도 허둥지둥 가방을 챙겨서 일어섰다.

"그럼 정비소 맡기고 연락주세요. 혹시 모르니까 병원 가서서 검사 받는 것도 잊지 마시고요."

"알겠어요."

직원은 눈을 살짝 피한 채 명함을 내밀고는 문으로 걸어갔다. 결혼하고 애 있는 걸 무슨 벼슬처럼 생각하는 그 부부와 혹여 주차장에서 마주치는 불운만은 피하고 싶었다. 그 불운이 현실로 나타난다면 내가 어떤 행동을 취할지 장담할 수가 없었다. 그런 생각으로 의자에 뭉그적거리고 있는데 교통경찰이 사람 좋은 미소를 지으며 쳐다보았다.

"유난한 사람들이네요. 그냥 참으세요."

아, 그렇지. 경찰 아저씨가 다 봤지. 귀부리가 달아오르며 엉거주춤 인사를 하고는 밖으로 나왔다. 주차장 한쪽에 세워 둔 내 차로 다가갔다. 움푹 들어간 범퍼의 흠집을 보자 화가 머리끝까지 치밀어 올랐다. 마치 그 범퍼가 좀 전에 만난 싸가지 부부의 면상이라도 되는 듯 인정사정 볼 것 없이 발로 찼다. 하지만 화가 가라앉기는커녕 발만 욱신거렸다.

차에 올라타 문을 꽝 소리가 나게 닫았다. 어깨를 들썩이며 거칠게 몰아쉬던 숨소리가 조금씩 잦아들었다. 한동안 시동도 걸지 않은 채 우두커니 앉아있었다. 마음이 착잡해졌다. 경찰서 앞마당에서 매미가 소리 높여 울고 있었다. 잠시 후 주차장을 빠져 나와 정비센터를 향해서 차를 몰았다.

저녁에 차를 정비센터에 맡기고 병원까지 들른 후 집으로 돌아왔을 때는 몸이 축 늘어져 있었다. 저녁은커녕 물 한 모금 마실 여유도 없이 이리저리 돌아치고 난 뒤였다. 5년 만에 처음으로 차를 두고 전철역 계단을 내려가는데 마치 소중한 뭔가를 두고 온 것처럼 발걸음이 떨어지지가 않았다. 더구나 콩나물시루처럼 빽빽하게 들어찬 사람들에게 치이다보니 몇 정거장 오지 않았는데도 지치고 말았다.

너무 피곤해서 그냥 씻고 자고 싶은 생각밖에 나지 않았다. 그새 입안에 헛바늘이 돋아나 깔깔해져 있었다. 가벼운 접촉사고라고 했더니 병원의 의사는 목과 척추를 손으로 누르면서 괜찮은지 물었다. 그 뒤 엑스레이를 찍어보았지만 별다른 이상은 나오지 않았다.

무거운 몸을 끌고 현관으로 들어서자 원준이 거실에 있다가 벌떡 일어났다.

"괜찮아요? 어디 다친 덴 없어요?"

옆으로 다가와 걱정스러운 듯 얼굴을 들여다보았다. 그렇게 걱정이 됐으면 한달음에 정비센터나 병원으로 달려오든지. 나도 모르게 서운하다는 생각을 하고 있었다. 퉁명스럽게 목소리가 흘러나왔다.

"괜찮아."

"저녁 먹었어요? 카레 만들어 놨어요."

"생각 없어. 그냥 잘래."

"빈속으로 자면 안 좋은데. 잠깐만요."

원준은 우유 한잔을 가득 따라 가지고 달려왔다. 그냥 말없이 받아 마셨다. 바싹 마른 식도를 타고 우유가 흘러 들어갔다. 원준이 날 물끄러미 보고 있었다.

"뭐 도와줄 일 없을까 하고 사무실에 들렀는데 박실장님이 사고 났다고 해서 걱정했어요."

원준의 얼굴 위로 경찰서에서 봤던 그 막된 남편의 얼굴이 오버랩 되고 있었다. 단순히 집에서 걱정을 하고 있던 원준과 자기 와이프의 사고 소식을 듣자마자 한달음에 달려와 온 몸을 날려 편을 들던 그 남자. 왜 이순간 서로 비교의 대상도 되지 않는 두 사람을 놓고 저울질을 하고 있는지 모르겠다. 원준이 그 남자처럼 남편도 아니고 애인도 아니고 남자친구도 아닌데도 말이다. 그런 터무니없는 생각을 떨쳐내려고 별거 아니라는 듯 말했다.

"가벼운 접촉사고였어."

그래도 안심이 안 되는 지 원준이 꼬치꼬치 캐물었다.

"병원에 가서 검사는 해보신 거예요?"

"이상 없대."

"검사할 때 잘 좀 알아보셨어요? 나이도 있으신데…"

내 표정이 돌변했는지 원준이 아차 하는 얼굴로 입을 다물었다. 종일 꾹꾹 눌러 참았던 화가 순식간에 터져 나왔다. 숨소리가 거칠어지며 심장이 펌프질을 시작했다.

"내 나이가 어때서?"

"아, 그런 말이 아니라…"

"그래. 나 33살이다. 나 나이 많아. 그래서 뭐?"

필요이상으로 화가 치밀어 올라 나도 모르게 부들부들 떨고 있었다. 원준이 오히려 당황한 얼굴로 쩔쩔매고 있었다.

"그런 뜻으로 한 게 아니고요."

"그래 나 나이 많아. 아직 시집도 못 갔고 변변한 애인도 없어. 그게 왜? 그게 무슨 잘못이라고 이렇게 난리야? 그래도 내 인생 내가 알아서 잘 살고 있거든. 근데 왜 시비야? 너도 지금 내가 나이 많다고 우습게 보는 거야, 뭐야? 내가 나이 많은 거 빼고 너보다 못한 게 뭐가 있어? 있으면 어디 말해봐? 어서 말해봐?"

비명처럼 날 것의 말들이 걷잡을 수 없이 쏟아져 나왔다. 원준이 하얗게 질린 얼굴로 계속 손을 내젓고 있었다.

"진짜 그런 뜻으로 한 게 아니…"

"됐어!"

쇳소리를 내며 말을 자른 뒤 쿵쿵거리며 방으로 들어와 쾅 소리가 나게 문을 닫아버렸다. 벽이 지진이 난 듯 흔들거렸다.

숄더백을 바닥에 던져버리고 샤워도 하지 않은 채 방구석에 웅크리고 앉았다. 무릎에 얼굴을 묻고 그대로 있었다. 주저하는 듯한 발소리가 다가오고 달그락거리며 문손잡이를 만지는 소리가 났다. 몇 번 달그락거리던 소리가 멈추고 발소리가 멀어졌다.

화장대 위에 올려놓은 초침시계가 째깍거리며 자신의 존재를 알렸다. 창문이 조금씩 어두워지고 있었다. 그대로 웅크린 채 몸을 오도카니 말고 있었다. 이윽고 방안이 새까만 커튼을 친 듯 컴컴해졌다.

4

종일 일이 손에 잡히지가 않았다. 어젯밤 마구 쏟아냈던 말을 되새길라 치면 얼굴이 화끈거리고 어디 쥐구멍이라도 있으면 숨고 싶었다. 바늘방석에 앉은 듯 앉았다 일어났다를 반복하는 자신을 발견했다. 내가 입을 다물고 있자 사무실 분위기도 같이 다운되고 있었다. 꼬맹이들부터 박실장까지 슬금슬금 눈치만 보고 있었다. 모두들 교통사고 때문에 기분이 저조하다고 생각하는 듯 보였다. 물론 지금 기분의 2할 정도는 그 때문이지만 8할은 아니었다.

"나 먼저 퇴근할게."

차라리 일찍 사무실을 벗어나는 게 좋을 것 같았다. 상가 건물을 벗어나자마자 숄더백에서 선글라스를 꺼내 눈을 가렸다. 강렬한 태양이 온 도시를 태울 듯 휘젓고 있었다. 바깥의 기온은 숨이 막힐 것처럼 더웠다. 옷이 몸에 착 달라붙었다. 장마가 잠시 소강상태로 들어가자마자 찜통더위가 시작되었다.

땅에서 올라오는 지열과 달리는 차들에서 뿜어져 나오는 열기가 뒤섞여 차가 없는 아쉬움을 더욱 부채질했다. 며칠 동안 쓸 수 없는 것이 이렇게 불편할 거라곤 생각지도 못했다. 버스 정류장을 향해 흐느적흐느적 걸음을 옮겼다.

집 근처의 회전초밥집에 우리는 나란히 앉아있었다. 서로 마주보고 앉지 않아도 되는 게 지금은 더없이 도움이 되었다. 벨트를 따라 천천히 돌고 있는 초밥을 집어먹는데 열중하는 척 했다. 그건 원준도 마찬가지였다. 싸우고 난 뒤의 침묵은 평소와 달리 어색하고 부자연스러웠다.

줄곧 입을 꾹 다문 채 초밥만 집어먹을 수는 없었다. 시간이 지날수록 어색함이 사라지기는커녕 더 쌓여만 가고 있었다. 물을 마시고는 머뭇거리며 입을 열었다.

"어제는 미안했어."

원준이 슥 돌아보았다.

"사고 난 뒤라 좀 예민했나봐. 미안해."

"저도 잘한 거 없죠. 죄송해요."

원준도 순순히 사과했다.

"그럼 우리 풀자."

맥주를 주문해서 화해의 의미로 잔을 부딪쳤다. 회전초밥집에서 시작한 술이 생맥줏집을 거쳐 꼬치집으로 이어졌다. 어제부터 오늘까지 스트레스가 심했는지 몸이 스펀지처럼 술을 빨아들였다. 말짱하면 하지도 않았을 이런 말까지 버젓이 하고 있는 걸 보면 말이다. 턱을 괴는데 손이 자꾸 엇나갔다. 원준이 그걸 보고 있었다.

"여자한테 제일 해서는 안 되는 얘기가 나이하고 몸무게다."

"예에…"

원준이 머리를 끄덕였다.

"특히 25살 넘어간 여자한테는 절대 나이 얘기해선 안 돼. 아무리 마른 여자한테도 몸무게 절대 해서는 안 되고."

허리를 세우고 고개를 세차게 가로 저었다.

"아, 근데 자꾸 몇 살로 보이는지 물어보는 사람 있잖아요."

원준이 잘 모르겠다는 듯 머리를 갸웃했다.

"말도 안 되는 얘기를 해줘."

"예? 어떻게요?"

"아무리 아줌마라도 20대 후반이라고 얘기해줘."

"예?"

"앞에서는 말도 안 된다고 하고선 돌아서면 웃는 게 여자야."

손을 내젓다가 몸이 앞으로 기울어졌다.

"아, 그럼 몸무게는요?"

"무조건 45kg. 말라 보인다면 40kg."

"정말 그 정도 밖에 안 나가요?"

"당연히 아니지…"

귀여워서 까르르 웃음이 터졌다.

"절대 아니지. TV 나오는 연옌들 빼고 45kg 없어."

"아."

원준이 크게 고개를 주억거렸다.

"그런데도 45kg로 보이고 싶은 게 여자야."

"네."

"너 그러니까 앞으로 절대 나이, 몸무게 얘기 하지마…"

원준이가 알았다는 듯 다시 고개를 끄덕끄덕했다.

"너 솔직히 얘기해봐."

"예? 뭘요?"

"나 나이 들어 보이지?"

"아뇨."

머리를 흔들었다.

"아잉, 그러지 말고 솔직히 얘기해줘. 나 나이 들어 보이잖아."

원준이가 두 손을 내저으며 고개를 흔들었다.

"정말? 나 정말 안 들어 보여?"

"처음 봤을 때도 캡틴 나이로는 안 보였고요. 나중에 나이 알고 일할 때 카리스마 보고 어 경험이 많으시구나 하고 생각했어요. 그런데 같이 있다 보니까…"

"있다 보니까… 뭐?"

"정말 얘기해도 돼요? 화 안 낼 거죠?"

다시 다짐하듯 물었다. 무슨 얘길 하려고 이토록 뜸을 들이는 걸까.

"그래, 화 안 낼게."

"정말이에요?"

"응."

원준은 맥주잔을 들어 한 모금을 삼켰다.

"귀여워요."

"뭐?"

기가 막혀 쳐다보자 원준이 눈을 피하며 맥주를 홀짝거렸다.

"캡틴이 자기 나일 그렇게 생각하고 있는 줄 몰랐어요. 항상 씩씩하고 당당해서 멋있다고만 생각했는데."

어제 경찰서에서 그 곤욕을 치렀는데 세상 한편에선 날 멋있고 당당한 사람으로 봐주는 시선이 있다는 것이 기분 좋았다. 그것도 원준이 그렇게 봐준다는데.

"나도 내 나이 의식하면서 살진 않아. 어젠 좀 예민해서 그랬던 거야."

그리곤 어제 무슨 일이 있었는지 들려주었다. 사고를 낸 여자와 그 남편과 경찰서에서 어떤 일이 있었는지 줄줄이 말했다. 얘기를 듣던 원준이 화가 나는 듯 소리쳤다.

"부르지 그랬어요? 가서 박살을 내주는 건데."

"어떻게?"

"그래도 혼자보다는 낫잖아요."

"무슨 관계냐고 물으면?"

"애인이라고 하죠."

"애인도 아니면서 무슨."

내가 피식 웃었다.

"애인인지 아닌지 어떻게 알 거예요? 내가 애인이라고 하는데."

원준이 소리쳤다.

"그렇게 얘기해주니까 기분은 좋네. 혹 다음에도 그런 일 있으면 부를 테니까 편들어줘."

"네."

고개를 끄덕이며 원준이 씨익 웃었다.

"그냥 애 낳고 퍼진 아줌마나 생각 없는 요새 애들보단 캡틴이 훨씬 멋 있어요. 자신 있고 당당하잖아요."

원준이 맥주잔을 내 잔에 부딪치며 한꺼번에 들이켰다.

멋있고 당당하다! 하지만 대한민국의 33살의 솔로가 그렇게 보이기 위 해서 얼마나 노력을 하는 지 넌 모를 거다. 몸이 아플 때나 외로울 때 내 가 갖고 있는 이 당당함이 휴지보다 못하다고 생각한 적이 한두 번이 아 닌데.

지금 이거라도 악착같이 갖고 있지 않으면 33살 먹은 내 인생이 너무 억울해서 목에 힘을 주고 빳빳하게 서 있는 것이다.

"안 그래."

갑자기 기분이 가라앉으면서 자조적인 말이 흘러나왔다.

"뭐가요?"

"나 멋있고 당당하지 않아. 그냥 그런 척 하고 살 뿐이야."

원준의 눈을 똑바로 바라보았다. 진실을 말하면 때때로 외로워서 미칠 것 같았다. 당당함이란 한 장의 껍질을 벗기면 거기 외로운 여자가 있을 뿐이다. 고개를 젓는 날 원준이 물끄러미 보고 있었다.

"사회생활 하다보면 자신의 모습은 감추고 괜찮은 척, 좋은 척 하며 살게 돼. 한 꺼풀 벗기고 나면 아무 것도 없어. 아니 그냥 외로운 사람만 있어."

원준도 취기가 오르는 지 머리를 흔들었다.

"적어도 나처럼 불안하거나 두렵진 않잖아요?"

"아니, 불안해."

이 말은 진심이었다.

"캡틴은 안 그럴 줄 알았는데."

"나도 그렇게 생각했어. 하지만 막상 33살이 되니까 지금도 갈 길 몰라 갈팡질팡하던 20대처럼 똑같이 불안해. 다른 게 있다면 내가 하고 싶은 일을 찾은 거. 그 정도?"

원준은 이해할 수가 없다는 듯 "말도 안 돼"를 부르짖고 있었다. 우린 꼬치집 탁자에 마주앉아 그런 말들을 주고받고 있었다. 길이 보이지 않는다는 건 스무 살 때나 스물아홉 살 때나 서른 세 살인 지금이나 똑같은 것이다. 어쩌면 그건 죽을 때까지 달라지지 않을 지도 모른다. 존재란 원래 그런 것이니까. 살아있다는 건 원래 그런 거니까. 그렇게 한없이 약해 빠지고 쓸쓸한 거니까. 불안하지 않은 존재가 어디 있으랴. 그건 이미 죽었거나 사라진 것들에게만 해당되는 말일 테니까.

우린 꼬치집을 나와 한증막 같은 여름밤의 거리를 휘청거리며 걸어갔다. 둘이서 조금 걷다가 킬킬거리고 한 사람이 넘어질 것처럼 비틀대면 함께 기울어지며 몸을 가누지 못했다.

눈앞에 보이는 편의점에 들어가서 바구니에 주섬주섬 캔 맥주를 담았다. 원준이 받아들면서 의아한 듯 물었다.

"이거 다 마시려고요?"

"냉장고 있는데 뭐가 걱정이야?"

편의점에서 사온 캔 맥주와 안주들을 늘어놓고 거실에서 다시 술을 마셨다. 우리는 버퍼링에 걸린 것처럼 불안하다, 외롭다, 앞이 보이지 않는다 등 같은 말들을 계속 되풀이하고 있었다.

"정원준. 너 아까부터 계속 불안하다고 하는데 나도 마찬가지야."

"캡틴이 뭐가 불안해요?"

"왜 없어. 한 둘이 아니지. 언제까지 사무실 잘 유지하고 나갈 수 있을까. 홍대리나 박실장 월급 못 주는 날이 오는 거 아닐까. 지금보다 매출이 더 올라야 하는데 안 되면 어떡하지? 난 뭐 그런 불안 없는 줄 알아? 너만 그런 거 아냐."

"그래도 제가 불안한 거와 경우가 다르죠."

원준의 눈이 게슴츠레해지고 있었다. 나도 감기려는 눈에 잔뜩 힘을 주었다.

"다르긴 뭐가 달라. 본질적으로 모든 불안은 똑같아. 안 그래?"

목소리를 높이는데 그만 손에서 놓친 캔 맥주가 저만큼 굴러갔다. 그걸 잡으려고 하는 순간 비틀 몸이 바닥으로 무너지고 말았다. 천장이 머리 위에서 빙그르르 돌았다.

"괜찮아요? 다친 데 없어요?"

원준이 위에서 내려다보고 있었다.

"나 어제 그 싸가지들 만났을 때 어떤 생각했는 줄 알아? 말도 안 되는 억지 부리며 자기 와이프 편드는 남편을 둔 그 여자가 부러웠어. 세상에 자기편이 있다는 게 그런 거구나. 뭔가 급작스런 일이 생겼을 때 내 곁에는 아무도 없구나. 열 일 제치고 날 위해 뛰어나와 줄 사람이 없구나. 그 생각을 하니까 너무 외롭다는 생각이 들었어. 정비센터 가서 차 맡길 때는 꾹꾹 눌러 참았는데 병원에 혼자 들어가려고 하니까 눈물이 핑 돌더라."

어제 일이 떠올라 눈물이 볼을 타고 흘러내렸다. 그걸 손으로 훔치고 있는데 원준이 화가 난 듯 부르짖었다.

"왜 바보같이 그랬어요. 나 부르지 그랬어요?"

"네가 나한테 뭔데? 내가 왜 널 불러야 하는데? 네가 나한테 뭘 해 줄 수 있는데?"

그런 말들이 마구 튀어나왔다.

"그런 거 따지는 게 중요해요? 필요하면 언제든 불러요. 내가 갈게요."

나도 모르게 울컥해서 원준의 목을 끌어당겼다. 원준이 중심을 잃은 듯 내 몸 위로 무너지고 있었다. 코가 부딪힐 만큼 가까이 서로의 얼굴이 있었다. 누가 먼저 키스를 시작했는지 기억이 가물가물해지고 있었다.

자명종 소리에 깨어 눈을 번쩍 떴다. 몸이 허전한 것 같아서 살펴보니 벌거벗고 있었다. 맙소사! 얼른 옆을 돌아보니 원준도 알몸인 채로 엎드려 자고 있었다. 허리에 감긴 시트 밑으로 탄탄하게 올라붙은 엉덩이가 눈에 들어왔다. 방안을 둘러보았다. 침대 밑에 던져져 있는 내 속옷들. 그 옆으로 원준의 반바지와 셔츠도 같이 뒹굴고 있다.

살금살금 발끝을 들고 욕실로 걸어가 문을 닫았다. 부스스한 머리, 홍조를 띤 두 볼이 거울 속으로 비쳐 보였다. 변기에 앉아 손톱을 물어뜯으면서 고민에 빠졌다. 이 사태를 어떻게 해야 할지 난감하기 그지없었다.

바디클렌저로 얼굴에서 발끝까지 서둘러 씻어낸 후 머리를 감았다. 마음이 급하다보니 자꾸 손에서 샴푸 병이 미끄러졌다. 옷장 문을 열고 재빨리 데님과 블랙 셔츠로 갈아입은 다음 거울 앞에 있는 화장품들을 파우치에 쓸어 담았다. 다행히 아직 원준은 잠들어 있었다. 어쩌면 잠든 체하고 있는지도 모른다. 하지만 지금은 얼굴을 마주치지 않는 게 좋을 것 같았다. 살며시 문을 여닫고 밖으로 나왔다.

대로변에 서서 택시를 향해 손을 흔들면서 머리를 마구 쳤다.

"미쳤어, 미쳤어."

원준과 잤으니 밖에서 오다가다 만난 남자랑 잔 것보다 더 안 좋았다. 가만 앞으로 계약기간이 얼마나 남았지? 얼른 손으로 꼽아보았다. 앞으로 두 달도 더 남았다. 머릿속이 안개가 낀 듯 흐릿해서 아무런 생각도 떠오르지가 않았다.

택시에 앉아 흔들리면서도 차창 밖 풍경은 눈에 들어오지가 않았다. 보라가 예언한 것처럼 되고 말았으니 꼴이 참 우습게 되고 말았다. 하지만 일이 이렇게 된 것엔 보라의 탓도 있다. 만날 때마다 원준과 어떻게 해보라고 얼마나 부추겼느냐는 말이다. 더구나 우리가 잔 것이 오로지 내 탓이기만 할까. 손바닥도 마주쳐야 소리가 나니까 원준이 가만히 있었으면 이 지경이 되지 않았을 수도 있다. 아니 잘못은 내가 해놓고 지금 누구 탓을 하고 있는 거지?

5분도 안 되어 사무실에 도착했다. 머리를 저으며 계단을 내려갔다. 문을 활짝 열어놓고 청소를 하고 있던 진희가 의아한 듯 쳐다보았다.

"빨리 나오셨네요?"

"커피 한 잔 줄래?"

자리에 앉으며 두 손으로 관자놀이를 꾹 눌렀다. 머리가 지끈지끈 울리는 게 두통이 시작되려는 신호였다. 진희가 책상에 커피 잔을 내려놓으며 얼굴을 쓱 쳐다보았다. 그제야 맨 얼굴이 생각나 파우치를 꺼내서 대충 화장을 했다. 진희가 물었다.

"샌드위치 사다 드려요?"

"아니 생각 없어."

오전 내내 일에 집중이 되지가 않았다. 어떻게 해야 하는 걸까. 마음이 갈팡질팡 하는 바람에 종잡을 수가 없었다. 아직 어떻게 해야 될지 결정하지도 않은 상태에서 원준과 마주친다면 곤란할 것 같았다. 이렇게 있느니 차라리 밖으로 나가는 게 낫겠다. 컴퓨터로 작업중인 박실장에게 물었다.

"오늘 별다른 일 없지?"

"없는데요."

"업체들 한 바퀴 돌고 올게."

슬리퍼를 벗어서 운동화로 갈아 신고 있는데 박실장이 사무실을 두리번거렸다.

"오늘은 원준 씨 안 나오나 봐요?"

"알바 있는 거 같던데?"

적당히 둘러댄 후 숄더백을 집어 들었다. 문을 나가기 전 홍대리 자리로 걸어가 칸막이를 똑똑 두드렸다. 홍대리가 귀에 꽂은 이어폰을 잡아당기며 고개를 들었다. 마카로니 봉투를 살펴보니 별로 남아 있지가 않았다.

"더 사다 줄까?"

홍대리가 박실장 쪽을 바라보며 웅얼거렸다.

"…많이 사다주셔야 되겠는데요."

"알았어."

강남과 압구정에 있는 거래처에 들렀다가 전철을 타고 동대문으로 향했다. 전철역으로 전동차가 서서히 진입을 하고 있는데 문자가 들어왔다. 원준이었다.

-전데요. 오늘 일이 있어서 늦을 거 같아요.

차라리 다행이다 싶었다. 안도의 숨을 내쉬며 플랫폼을 빠져 나와 계단을 밟아 내려왔다. 디자인 숍을 돌며 가을 신상품의 카탈로그를 확인했다. 이제 슬슬 다음 시즌을 준비할 때였다. 거래처의 사장들을 만나 얘기를 듣는데 머릿속으로 잘 들어오지가 않았다. 연신 커피만 마셨는데도 머리가 멍했다. 종일 생각의 파편들이 머릿속을 유빙처럼 떠다니고 있었다.

동대문에서 부지런히 걸어 방산시장에 도착했을 땐 등이 흠뻑 젖어 있었다. 차가 없어서 홍대리의 마카로니를 큰 사이즈로 두 개만 사야했다. 샘플로 받은 카탈로그가 든 가방을 어깨에 멘 채 양 손에 커다란 마카로니 봉지를 들고 거리로 나가 택시를 잡았다. 기사가 엄청난 크기의 마카로니 봉투를 흥미로운 듯 쳐다보았다.

강변을 달릴 때는 열어놓은 창문으로 뜨듯 미지근한 바람이 불어왔다. 커피를 그렇게 마셨는데도 정신이 곤죽이 됐는지 설핏 잠이 들고 말았다. 기사가 다 왔다고 소리쳐서 겨우 눈을 게슴츠레하게 떴다. 어느새 마포였다. 마카로니 봉투가 좌석 아래로 굴러 떨어져 있었다.

3일 후 정비센터에서 연락이 왔다. 차 수리가 끝났으니 찾아가라는 얘기였다. 범퍼 외에 몇 가지도 같이 하라고 해서 못 이긴 척 따랐다. 정비센터에 가보니 내 차는 새 차처럼 말끔하게 단장되어 있었다. 찌그러진 범퍼는 물론 그동안 차를 끌고 다니며 이리저리 긁힌 자국들마저 온데간데없이 사라졌다. 실내까지 풀 세차가 끝난 차는 햇빛 아래 반짝거리며 서 있었다. 더구나 보험회사에서 수리비와 병원비는 물론 위로금까지 받은 터라 교통사고 이후 모처럼 기분이 풀렸다. 상쾌한 마음으로 차를 몰고 다시 사무실로 돌아왔다.

퇴근 시간이 되자 약속이나 한 듯이 우르르 사무실을 빠져나갔다. 홍대리만 자기 자리에 앉아 게임을 하고 있었다. 꼬맹이들이 사무실을 나가기 전 안을 둘러보았다.

"원준 오빠, 어디 갔어요? 요즘 통 안 보여요."

"응? 한 며칠 청주 내려간 거 같던데. 여름방학이잖아."

모른 척하며 대충 둘러댔다.

"아, 오빠 빨리 올라와야 할 텐데."

"그치?"

꼬맹이들이 아쉬운 듯 서로를 보며 머리를 끄덕였다. 사실 요 2~3일 동안 우리는 서로를 피하고 있었다. 원준은 내가 출근할 때까지 방에서 나오지 않았고 한밤중이 돼야 돌아왔다. 나 또한 마찬가지였다. 바쁜 일이 없는데도 계속 사무실에 죽치고 있었다. 그리고 집에서도 전처럼 탱크 탑과 핫팬츠가 아니라 셔츠와 트레이닝 바지를 입었다. 만에 하나라도 내가 유혹하려는 게 아닐까 하는 의혹을 없애고 싶었다. 그건 원준도 비슷해 보였다. 내가 편한 옷을 입지 않자 원준도 짧은 반바지 대신에 긴 면바지로 갈아입었다.

홈피를 살펴보고 있는데 메신저 창으로 글이 올라왔다.

-오늘도 늦게까지 계세요?

-아마.

-뭐 할 거 있으세요?

-뭐 좀, 왜?

-누가 있으면 게임에 집중이 안 되어서요.

-응, 알았어.

홍대리 눈치에 할 수 없이 밖으로 나왔다. 막상 나오니 갈 데도 없고 계속 이렇게 피할 수도 없는 노릇이었다. 오늘 차를 찾아서 기분도 좋은데 원준과 서먹한 관계를 푸는 게 어떨까. 전화를 걸었다.

"어디야? 오늘 저녁이나 같이 할까? 할 얘기도 있고."

"그러죠. 집이에요."

요새 매일 자정이 돼야 돌아왔는데 웬일인지 오늘은 일찍 들어와 있었다.

골목으로 들어가려고 신호를 받고 섰는데 낯익은 모습이 버스 정류장 쪽으로 향하고 있었다. 아버지? 부르려고 했는데 금세 신호가 바뀌고 말았다. 할 수 없이 그냥 출발을 했다. 이 부근에 일 때문에 오신 걸까. 그래서 굳이 연락을 하지 않았으리라.

거실은 커피 향이 떠돌고 있었다. 원준은 방금 차를 마신 듯 싱크대에서 찻잔을 닦고 있었다. 발소리가 들리자 그제야 몸을 돌리고 쳐다봤다.

"오셨어요?"

"응, 나가서 먹자."

"그러죠."

편한 옷으로 갈아입고 나왔다. 밖으로 나왔다. 어디로 갈까 두리번거렸다. 치킨집이 보였다. 밥을 먹으며 맨숭맨숭 얘기하는 것 보단 치킨 집이 나을 것 같았다. 식사대용으로도 무난하고 간단하게 한잔하면서 어색하지 않게 이야기를 시작할 수도 있다. 자리에 앉아 종업원에게 치킨과 샐러드와 생맥주를 주문했다. 잔을 들어 쭉 들이켠 다음 내려놓았다.

"저기. 그날은 술김에 실수였어. 너도 그렇고 나도 그렇고 엄청 마셨잖아. 술 먹고 성인남녀가 그럴 수도 있지 않아? 특별한 감정이 있어서 그런 거 아니니까, 부담 갖지마."

원준이 슬그머니 쳐다보았다. 며칠 만에 처음으로 우리의 눈이 부딪쳤다.

"캡틴도 그렇게 생각하죠? 술이 아니면 그런 일이 생기지도 않았겠죠."

원준도 살짝 눈을 피하며 어색하게 덧붙였다.

"맞아. 그 놈의 술이 문제라니까."

다시 마주보고 어색하게 웃었다. 술을 마시며 이런저런 얘기를 하다 보니 어색함이 조금씩 사라졌다.

"선배 중엔 술 먹은 다음 날 총장실에서 깨어난 사람도 있어요."

"설마? 어쩌다 거기로 간 거야?"

"모르죠. 또 어떤 녀석은 술 먹고 호수에 뛰어든다고 분수대로 돌진했어요. 난간에 올라서더니 바지를 홀랑 벗고 뛰어들었어요. 아무리 잡아끌어도 수영한다며 날이 샐 때까지 분수 안을 폴짝폴짝 뛰어다녔어요."

"정말? 팬티 바람으로?"

기가 막혀서 쳐다보자 원준이 머리를 끄덕였다. 킬킬거리며 웃음이 터져 나왔다. 서로 마주보며 한참을 웃었다. 한바탕 웃고 나니까 서먹하고 어색했던 감정들이 그제야 가셨다.

"나한테 화난 줄 알았어요."

"화 안 났어."

"쌀쌀맞은 표정으로 얼굴 피하니까 그렇죠."

"너도 알은 척 안 했잖아."

원준의 귀를 잡고 죽 잡아당겼다.

"아파요. 나도 그럼 가만 안 있어요."

원준이 겨드랑이에 손을 집어넣더니 간지럼을 태웠다.

"너어. 그렇게 나온단 말이지."

손등을 세게 꼬집었다. 그러자 원준이 간지럼으로 반격을 해왔다. 치고받고 때리고 꼬집고 간지럼을 태우면서 술자리는 화기애애하고 다정하고 유쾌해졌다. 우리는 많이 웃었고 자주 잔을 부딪쳤으며 많은 술을 들이켰다. 입을 꾹 다물고 어색하게 지냈던 시간을 보상이라도 하듯 시간가는 줄 모르고 떠들었다.

잔에서 넘친 맥주가 테이블을 흥건하게 적시고 있었다.

변함없이 아침이 밝았다. 눈을 뜨다가 가슴이 철렁 내려앉고 말았다. 맨살에 시트가 닿는 감촉이 느껴졌다. 차마 두려워 옆으로 고개를 돌릴 수가 없었다. 침대 밑에 떨어져 있는 옷들. 어젯밤 무슨 일이 있었는지 적 나라하게 보여주고 있었다.

옆에서 부스럭거리는 소리가 들렸다. 원준도 잠이 깬 것 같았다. 또다 시 맞닥뜨린 이 난감한 상황을 어떻게 해야 하나 머릿속으로 오만가지의 생각들이 스쳐지나갔다. 며칠 전처럼 출근을 빙자해 뒤도 안 보고 사라 질까? 열심히 수단과 방법을 찾고 있는데 아차 오늘이 토요일이라는 게 떠올랐다. 하늘마저 날 도와주지 않는 구나 비참하게 중얼거리는데 원준 이 뒤척였다.

"저… 깼어요?"

"응… 깼어?"

어색한 목소리로 인사를 주고받았다. 방안의 공기 또한 쎄한 게 참으 로 서먹서먹했다. 무슨 말을 꺼내야할지 주저하고 있는데 원준이 물었다.

"우리 어제…"

"몰라…"

말을 채 끝맺지 못하고 시트 속으로 얼굴을 묻었다.

제5장 겨울
그리고 봄

1

7월 셋째 주가 되자 사무실은 휴가로 술렁거리기 시작했다. 진희와 수미는 머리를 맞대고 계획을 짜느라 여념이 없었다. 둘이서 같이 가지 못하는 걸 불만으로 꼽았지만 어차피 한꺼번에 움직일 수는 없었다. 우리 업계의 특성상 휴가철이 대박 시즌이어서 일손이 모자라기 때문이다.

티타임 시간에 테이블에 둘러앉아 각자 원하는 날짜를 정했다. 7월 넷째 주부터 꼬맹이들과 박실장, 홍대리가 교대로 움직이기로 했다. 난 매년 그렇듯 세일 전에 다녀오기로 했다. 달력에 체크를 하던 박실장이 으레 당연하다는 듯 물었다.

"캡틴은 홍콩 아님 동경이죠? 올핸 어디 갈 거예요?"

여름 휴가철마다 시장조사와 휴가 겸 밖으로 나간다.

"동경 갈 거야. 정기세일 아이템 좀 뽑았어?"

박실장이 직원들의 휴가날짜를 표시하고 난 뒤 프린트 물을 들고 왔다.

"세일은 언제쯤 들어가요?"

"휴가 다녀온 사람들까지 흡수하려면 8월 셋째 주가 적당해. 작년하고 재작년을 봐도 그렇고. 그때 시작해서 2주하지, 뭐. 빠진 아이템들 미리미리 챙기고. 다음 시즌에 런칭할 제품들 납품 건은 어떻게 됐어?"

지난주부터 나와 박실장이 의논을 해서 아이템들의 선별 작업을 마쳤었다.

"네. 어제 발주 넣었어요."

"늦어도 둘째 주까진 다 받아야 돼."

박실장이 알았다는 듯 머리를 끄덕였다.

"캡틴은 혼자서도 여행 잘 다녀요."

박실장이 부러운 듯 쳐다보았다.

7월 마지막 주에 먼저 박실장이 휴가를 떠났다. 그리고 연이어 진희와 수미, 홍대리까지 번갈아 가면서 휴가를 떠났다. 한 사람이 빠져나간 일거리와 늘어난 매출 때문에 눈코 뜰 새 없이 바쁜 날들이 이어졌다. 저녁을 먹고 퇴근하는 날이 늘어났다. 그렇다고 일이 많아진 휴가철 때문에 사람을 쓰기도 뭐했다. 원준이 대신 사무실에 나와서 빠진 사람 몫의 일을 해주어 한시름 덜 수가 있었다.

꼬맹이들하고도 부쩍 친해져 같이 점심이나 저녁을 먹을 때 진희나 수미가 원준의 곁에 달라붙었다. 그때마다 못 본 척 했지만 썩 기분이 좋지는 않았다. 하지만 그 와중에도 꼬맹이들이 죽고 못 사는 원준이 지금 내 거라고 생각을 하면 묘하게 으쓱한 기분이 들기도 했다.

모두들 떠난 사무실에서 원준과 함께 뒷정리를 하고 있었다. 창고 선반 가득 요즘 들어 부쩍 많이 나가는 민소매 티셔츠와 쇼트팬츠들이 켜켜이 쌓여 있었다. 이번 주 들어서 3, 4일에 한 번씩 물건이 들어오고 있었다. 새벽시장도 수시로 나가야 했다. 물론 원준과 함께였다. 먼저 말하지 않아도 알아서 아이스커피를 사다주는 자상함이 좋았다.

박스를 뜯어서 정리를 하고 있는 원준의 옆구리를 쿡쿡 찌르며 시비를 걸었다.

"애들이 주는 게 그렇게 맛있어? 응? 아주 넙죽넙죽 받아먹니?"

"지금 질투하는 거예요?"

원준이 빙그레 웃었다.

"그래 질투한다. 질투해."

옆구리를 세게 비틀어 꼬집었다. 원준이 자지러진 얼굴을 하며 내 손을 잡았다.

"무슨 여자 손이 이렇게 매워요?"

"오호. 그래서. 아프긴 한가보네."

더 세게 꼬집으려고 하자 원준이 주춤주춤 뒤로 물러났다.

"항복."

"다음엔 안 받아먹겠다고 맹세해."

"맹세! 맹세!"

원준이 양손을 번쩍 들고 구호를 복창하듯 외쳤다. 내가 두 손을 탁탁 털며 승자의 미소를 지었다.

일이 끝나면 사무실 불을 끄고 계단을 올라갔다. 주위를 한번 휘둘러보고는 원준의 손을 잡은 채 주차장 쪽으로 향했다. 집으로 떠나기 전에 차안에서 짧은 입맞춤을 나누기도 했다. 우리가 이런 사이가 될 거라곤 꿈도 꾸지 못했지만 그냥 이 상황을 받아들이기로 했다.

8월 첫째 주 토요일 오후에 원준과 난 동경으로 향하는 비행기에 앉아 있었다. 두 시간 뒤 비행기는 나리타공항의 활주로에 내려앉았다. 이윽고 게이트에 멈춰 서자 사람들이 통로로 줄을 지어 모여들었다. 성수기라 대합실은 많은 사람들로 북적거리고 있었다. 입국 수속은 길고 지루했다.

공항 밖으로 나와 우리는 전철을 타고 시내로 들어갔다. 8월의 동경은 서울보다 더 덥고 더 습했다. 진득진득하게 달라붙는 습기 때문에 온몸이 축 늘어졌다. 차창 밖으로 검은 기와를 덮은 단층집들이 지나가자 일본에 왔구나 하는 생각이 들었다. 해외여행은 처음이라는 원준은 모든 게 다 신기한 듯 차창 밖에 줄곧 시선을 주고 있었다.

"오니까 좋아?"

"예. 신기해요."

원준은 상기된 얼굴로 건너편을 살펴보고 있었다. 지금 모든 게 낯설고 경이로울 것이다. 문득 내 첫 외국여행이 떠올랐다. 그건 낯선 공기로부터 왔다. 그리고 이국의 언어들, 바람소리, 경적을 울리는 한낮의 택시 운전사의 얼굴들이 눈앞을 어른거리며 스쳐갔다.

도시의 중심부로 들어올수록 퇴근을 하는 사람들의 모습이 눈에 들어왔다. 양복을 입은 딱딱한 표정의 남자들, 오피스 레이디, 교복치마를 말아 올려 짧게 입은 여학생, 화장을 짙게 한 소녀들이 무료한 듯 서 있었다. 신오쿠보에 내려서 전철역의 계단을 걸어 내려왔다. 숙소는 한국인 민박이었다.

원준이 내 색을 앞으로 메고 자기 배낭은 뒤에 짊어지고 있었다. 숙소는 역에서 그리 멀지 않은 곳에 있었다. 대로변을 조금 걸어 내려가자 전철이 덜컹거리며 지나가고 있는 굴다리가 나왔다. 굴다리를 통과하자 사람들이 분주히 지나다니고 있는 편의점이 나타났다. 그 앞에 민박집의 직원이 나와 기다리고 있었다. 남자의 뒤를 따라 옆의 골목으로 걸어 들어가자 키 작은 나무들이 더위에 지친 듯 늘어져 있었다.

민박집은 5층짜리 회색 건물이었다. 직원을 따라 안으로 들어서자 원룸 구조의 방이 나왔다. 작은 주방과 욕실, 문 너머는 에어컨이 돌아가는 5평 크기의 다다미방이었다. 텔레비전, 정수기, 인터넷을 할 수 있는 컴퓨터, 그리고 전화기가 놓여 있었다. 유리문 너머는 작은 베란다가 딸려있었다. 한참 더울 때라 그 문은 닫혀 있었다. 수건 한 장이 뜨거운 태양아래 빳빳하게 말라 가는 중이었다. 베란다의 한쪽엔 붉은 맨드라미 화분이 하나 놓여 있었다. 강렬한 햇빛이 붉은 닭 벼슬 위로 부서지고 있었다. 아래를 내려다보았다. 작은 골목에 정적이 감돌았다. 간혹 자전거를 타고 지나가는 사람들이 드문드문 보였다.

원준은 주방을 살펴보고 있었다. 이곳저곳을 샅샅이 보고 있던 원준이 신기한 듯 돌아섰다.

"없는 게 없어요. 냉장고, 가스레인지, 그릇과 접시, 젓가락. 간장도 있네?"

"신기해?"

"네. 꼭 MT 온 거 같아요. 이런 델 어떻게 알았어요?"

"나 올 때마다 여기서 지냈어. 음식도 해먹을 수 있고 공간도 넓고 해서 호텔보다 편하고 좋아."

"혼자서?"

원준이 묘하게 바라보았다.

"그럼 혼자지."

"낯선 도시에서 외롭지 않았어요?"

"이젠 면역이 돼서 괜찮아."

한숨을 돌린 다음 저녁을 먹으러 신주쿠로 나왔다. 지난번에 왔을 때 괜찮았던 회전초밥집을 향해서 거리를 따라 내려갔다. 조금씩 어두워지고 있는 동경의 밤거리는 여느 도시의 풍경과 비슷해 보였다. 불야성을 이루며 불을 밝히는 네온사인과 어딘 가로 발걸음을 서두르는 사람들의 모습이 끝없이 물결을 이루고 있었다.

초밥집의 안으로 들어가자마자 시원한 생맥주부터 주문했다. 이곳은 초밥도 맛있지만 함께 마시는 맥주가 또한 일품이었다.

"우리를 위해서 건배할까?"

"건배."

첫 모금을 넘기자 달착지근하고 짜릿한 느낌이 혀뿌리를 타고 올라왔다. 맛있는 초밥을 실컷 먹은 다음 천천히 가게를 나왔다. 종업원이 코가 땅에 닿을 정도로 허리를 숙였다. 산책 겸 속도 꺼트릴 겸 근처의 공원으로 향했다. 주말이면 그곳에 프리마켓이 열리곤 했다. 시간을 들여다보니 간당간당해서 발걸음을 서둘렀다.

다행히 아직 프리마켓의 좌판들은 펼쳐져 있었다. 나무 아래마다 돗자리가 깔려있고 그 위에 쓰던 물건들을 팔러 나온 사람들로 문전성시를 이루고 있었다. 개를 데리고 산책을 나온 사람, 조깅을 하다 잠시 걸음을 멈춘 사람, 어른이고 아이고 할 것 없이 돗자리마다 쭈그리고 앉아 물건을 구경하거나 흥정을 하고 있었다. 아무 것도 사지 않고 그냥 둘러보기만 해도 재미있지만 운이 좋으면 산더미같이 쌓여있는 물건 속에서 괜찮은 걸 고를 수도 있었다.

옷을 들고 나온 아저씨의 돗자리를 뒤적거리고 있는데 원준도 저만큼 떨어져 장난감들을 구경하고 있었다. 시간이 시간인지라 괜찮은 물건들은 전부 빠져나간 듯 쓸 만한 옷들이 별로 없었다. 옷들을 구경하는 걸 포기하고 장난감들이 수북하게 쌓여있는 쪽으로 갔다. 최신인 건담 시리즈부터 할아버지가 손자에게나 물려줬을 것 같은 오래된 장난감까지 종류별로 놓여 있었다. 원준이 진지한 얼굴로 장난감들을 살펴보더니 엄지손가락만한 크기의 앙증맞은 네코 인형을 들고 가격을 물었다. 주인은 2개가 한 세트라는 듯 네코 인형 2개를 들어 손바닥에 올려놓았다. 그리곤 손가락으로 숫자를 들어 보였다. 원준이 셈을 치르고 난 뒤 그걸 내게 내밀었다.

"이걸 왜 나 줘?"

"사무실 컴퓨터 옆에 장식으로 놓으면 귀여울 거 같아요. 받아요."

얼떨결에 받고 보니 내 컴퓨터를 이걸로 장식을 하면 눈치 빠른 박실장이 가만있을 리가 없을 것 같았다. 보안을 철저히 하려면 사무실 식구들에게도 줄 네코 인형을 사들고 가는 게 안전할 것이다. 돌아다니다가 파는 데가 있으면 적당히 사기로 했다.

"고마워."

"좋은 것도 아닌데요."

원준이 쑥스러운 듯 웃었다. 철수할 시간이 된 듯 여기저기서 돗자리들을 걷고 있었다. 막판 떨이를 하려는 듯 큰 소리로 사람들을 호객하고 있는 주인도 있었다.

우리는 손을 잡고 공원 뒤쪽으로 걸어갔다. 우거진 층층의 나무 위에서 매미가 시끄럽게 울고 있었다. 인라인 스케이트를 탄 한 무리의 아이들이 와자하게 소리를 지르며 미끄러져 갔다. 그 뒤를 개 한 마리가 컹컹 짖으며 쫓아 달렸다.

공원을 한 바퀴 돌아서 되돌아 나왔을 때 프리마켓은 철수하고 없었다. 가로등 불빛이 돗자리가 깔렸던 자리마다 떨어지고 있었다. 산책을 하러 나온 사람들이 생각에 잠긴 얼굴로 천천히 공원 안을 걷고 있었다.

느긋하게 걸으며 주위의 풍경을 찬찬히 살피고 있으니 여행자가 아니라 그냥 이곳에서 평범한 하루를 보내고 있는 것 같았다. 밤바람이 머리카락을 헤치며 부드럽게 불어오고 있었다. 습도도 높고 끈끈한 바람이었지만 지금은 분다는 것만으로도 고마웠다.

아직 햇빛은 따가운데 우라 하라주쿠의 마네킹들은 전부 가을 옷으로 갈아입고 있었다. 하라주쿠 쪽이 사람들로 북적인다면 우라 하라주쿠는 그나마 한적하고 조용한 편이었다. 하지만 몇 년 전부터는 이곳도 많은 사람들로 넘쳐나기 시작했다. 내가 이 거리를 좋아하는 건 잡지에서 방금 오려낸 듯한 아담하고 개성이 강한 가게들이 곳곳에 숨어 있는데다가 다양한 디자인이나 스타일이 남다른 옷들을 괜찮은 가격에 살 수 있다는 것이다.

눈에 띄는 디자인이나 유행할 것 같은 스타일의 옷들과 마주치면 재빨리 카메라에 담았다. 그리고 휴대폰 메모장에 짧은 코멘트를 남겼다. 옷을 처음 접했을 때의 느낌과 인상을 솔직하게 적었다. 이 코멘트들은 아주 중요했다. 1년에 한두 번 홍콩이나 동경에 와서 옷들을 살펴보면 올가을에는, 또는 내년에 팔릴 옷들은 어떤 것들이 될 지 짐작이 간다. 패턴이나 스타일들을 미리 알 수가 있는 것이다. 더구나 동경에서 유행을 했던 디자인이나 스타일은 그대로나 약간 변형이 돼서 다음 해 서울에 상륙하곤 했다.

내가 일을 하고 있는 동안 원준은 원준대로 나름 분주했다. 온 몸을 까맣게 태우고 20cm은 족히 될 것 같은 통굽을 신은 갸루들이 신기한지 정신없이 쳐다보고 있었다. 눈에 보이는 모든 것들이 다 신기한 모양이었다.

아이비가 벽을 타고 늘어진 노천카페에 앉아 커피를 마시며 잠시 휴식을 취했다. 뜨거운 태양 아래를 숨 가쁘게 돌아다녔더니 발바닥이 쿡쿡 쑤셨다. 돌아볼 만한 곳은 다 돌아봤으니 이제 샘플만 몇 개 사면 되었다. 물건 욕심이야 끝이 없지만 고르고 골라 꼭 필요한 옷들만 사들였다. 그런데도 가게를 들어갔다 나올수록 원준의 양손에 종이가방이 점점 늘어났다. 더운 날씨에 불평 한 마디 없이 따라다니고 있는 게 기특했다. 그래서 뭔가 선물을 사주고 싶었다.

골목의 모퉁이를 돌자 외벽을 붉은 벽돌로 단장한 가게가 눈에 들어왔다. 빈티지풍의 남자 옷들을 파는 집이었다. 가게 뒤쪽의 옷걸이에 사파리 재킷들이 나란히 줄을 지어 도열해 있었다. 카키색의 사파리 재킷을 집어 들어 원준의 얼굴에 대보았다. 흰 얼굴에 지금 입고 있는 블랙 진과도 근사하게 매치가 되었다.

"입어봐."

원준이 가격표를 보더니 머리를 저었다.

"너무 비싼데."

"너한테 잘 어울려. 이런 옷 소화하기가 쉽지 않거든."

원준이 할 수 없다는 듯 셔츠 위에 사파리 재킷을 걸쳐보았다. 예상대로 멋지게 소화를 했다. 이왕 사는 김에 몇 가지 더 원준의 옷들을 골랐다. 여름옷들은 막판 세일을 하고 있었다.

"이거 입어 봐."

무더운 날씨에 무거워 보이는 진을 벗게 하고 스트라이프 무늬의 블루 셔츠와 버뮤다팬츠로 갈아입게 했다. 이제야 신고 있는 샌들까지 조화가 이루어졌다.

"보기 좋은데."

점심을 먹은 후 소화도 시킬 겸 오모테산도를 느릿느릿 걸어갔다. 명품관들이 즐비한 거리라 딱히 페어리랜드와는 거리가 있지만 식후 산책을 하기에는 더없이 좋았다. 거리 자체도 크고 넓은데다 장중하게 서 있는 가로수들 밑을 한가롭게 걷는 느낌이 괜찮았다. 물론 유리창 너머 명품들을 아이쇼핑하는 재미도 쏠쏠했다.

오모테산도를 걷다보면 산책하기에 좋은 길이 또 나타난다. 육교를 건너 바로 캣츠 스트리트로 들어갔다. 이곳도 디자이너들의 성향이 강한 숍들이 줄줄이 늘어져 있어 내가 파는 옷들과는 별 관련이 없었다. 하지만 동경에 오면 빼놓지 않고 들르는 곳 중의 하나였다. 고양이 걸음으로 느릿느릿 걸으며 독특한 디자인들의 숍이나 매장 안의 옷들을 구경하는 재미를 놓치기 싫었다. 더구나 소롯길처럼 작고 한적한 길을 따라 걸어가는 느낌은 각별했다. 가끔은 내가 옷 때문이 아니라 이 거리 자체를 좋아하는 게 아닐까 하는 생각도 들었다.

다케시다도리에 들어섰을 때 거리에서 한 떼의 사람들이 코스프레 복장을 하고 지나갔다. 방금 만화와 영화에서 튀어나온 듯한 모습과 동작으로 유유히 거리를 활보했다. 수많은 인파에 떠밀려 한 걸음도 떼놓을 수가 없었다. 이 거리는 언제나 젊은 사람들로 붐비지만 오늘은 코스프레 복장을 한 사람들 때문인지 더 복잡했다.

혼잡한 중심 골목을 뒤로하고 옆길로 살짝 빠져나갔다. 조용한 오솔길이 호젓하게 나 있었다. 이곳이 좀 전까지 발 디딜 수 없을 정도로 북적거리던 그 거리인가 의심스러울 정도였다. 원준이 카페 앞의 동상에 날 세워놓더니 셔터를 눌렀다.

지나가는 사람에게 양해를 구해 우리의 사진을 찍어달라고 부탁을 했다. 내가 원준의 허리를 감싸 안자 원준이 살그머니 턱을 내 머리에 올려놓았다. 디카를 살펴보던 일본인이 잘못 눌렀다는 듯 손을 들더니 다시 찍겠다는 제스처를 취했다. 내가 다시 원준의 허리에 팔을 두르고 바싹 당겨 안았을 때 플래시가 터졌다. 고맙다는 말에 일본인은 머리를 끄덕이곤 사라졌다.

사진을 찍고 나서 그 오솔길의 한 가게에서 커플 티를 샀다. 다케시타 도리는 마니아층이 강해서 샘플로 옷을 사기 보단 그냥 아이쇼핑을 즐기는 편이었다. '여름 옷 정리'라는 가게를 들어가 봤는데 한 선반이 다 커플 티로 채워져 있었다. 흰색 셔츠 앞에 금박으로 'Tokyo'라고 적혀있었다.

"우리 이거 같이 입을까?"

"같이요? 좋아요."

얼굴로 번지는 미소를 보니 원준도 좋아하는 것 같았다. 이 도시에 있는 동안 같이 입고 돌아다니면 재미있을 것 같았다.

숙소로 돌아와서 박실장에게 전화를 걸었다. 세일 준비는 착오 없이 진행되고 있는 지 다음 시즌 납품 건은 어떻게 되었는지 물었다.

"톰슨에서 아이비 블라우스가 품절 되었다고 만들고 있대요. 서두르라고 했으니까 캡틴 오기 전 까진 받을 거예요."

"그럼 다른 건 다 마무리 된 거야?"

"네. 완료되었어요."

"업로드 준비는?"

"마무리 단계예요."

"차질 없이 준비하라고 홍대리에게 전해 줘."

"캡틴. 어디서 주무시는 거예요? 또 원룸?"

"응. 여기는 전화도 공짜잖아."

"암튼 엄청 알뜰하시다니깐요. 캡틴 정도면 좀 써도 되잖아요."

"난 이게 편해. 끊는다."

박실장이 아쉬운 듯 인사를 건넸다.

다음 날은 파르코와 이세탄 등 백화점에 들러 진열된 옷들을 구경했다. 백화점의 옷들은 거의 패턴이 있어서 기본에 충실한 편이었다. 하지만 동경에 올 때마다 발품을 팔아 살펴보는 걸 잊지 않았다. 어제 이미 발바닥이 부르틀 만큼 옷들을 살펴보았던 터라 오늘은 일찍 숙소로 향했다. 이틀 내내 일만 보고 다녀서 내일은 모처럼 다른 곳에 가서 기분전환을 하기로 했다. 샤워를 하고 있는데 원준이 노크를 했다.

"왜?"

"나도 같이 해요."

"싫어."

원준이 화장을 지운 내 맨 얼굴을 보는 게 싫었다. 샤워를 하고 난 뒤 기초화장을 하고 가볍게 립스틱까지 바르고 나갈 생각이었다. 우리가 같이 자기 전엔 그런 것들이 하나도 신경이 쓰이지 않았는데 지금은 될 수 있으면 보이고 싶지가 않았다. 원준이 다시 문을 두드렸다.

"그러지 말고 같이 해요. 끈적거려서 그래요."

"좋아, 이번 한 번만이야."

조심스럽게 욕실 문을 열었다. 원준은 허리에 타월을 두른 채 들어왔다. 그 탄탄한 복근에 나도 모르게 눈길이 끌리고 있었다. 가까스로 시선을 돌리는데 원준은 찬물을 가득 받아놓은 욕조 안으로 뛰어들었다. 그리곤 몸에 물을 뒤집어썼다. 덥긴 더웠던 모양이었다. 원준이 욕조에 양팔을 올려놓은 채 내 몸을 연신 흘끔거리고 있었다.

"어딜 봐?"

"안 봤어요."

서둘러 물을 끼얹고 욕실 밖으로 나왔다. 실내는 약하게 에어컨이 돌아가고 있었다. 내가 냉방을 싫어한다는 걸 알고 원준이 미리 조절을 해놓은 것이다. 이제 같이 살기 시작한 지 한 달 반이었다. 아직 서로의 취향에 대해서 다 알지 못했고 아는 것보다 모르는 것이 더 많았다. 하지만 서로가 밟아야 할 미지의 대륙이 무수하게 남아 있었다.

원준이 나오기 전에 얼굴에 살짝 비비크림을 바르고 입술에 엷은 핑크 립스틱을 칠했다. 방금 샤워를 한 뒤의 촉촉한 피부를 만족스러운 얼굴로 들여다보았다. 평소에 운동을 꾸준하게 한 덕분에 피부는 아직 탄력적이고 생기가 있었다.

방안 가득 차지하고 있는 옷 봉투들을 보니 어제오늘 얼마나 돌아다녔는지 실감이 났다. 욕심을 부리지 않아도 언제나 돌아갈 때가 되면 가방 가득히 옷들이 터질 듯 채워지곤 했다. 주방에 있는 상을 펴서 규동 집에서 사온 고기덮밥을 펼쳐놓았다. 원룸형 민박이 특히 마음에 드는 건 피곤한 저녁 사람들로 북적이고 있는 곳에서 식사를 하고 싶지 않을 때 숙소에서 편하게 먹을 수가 있다는 것이다. 호텔 같은 곳은 아무래도 음식을 사들고 와 먹기에는 부담스러운 장소였다.

스티로폼으로 된 테이크아웃 용기는 아직 따끈따끈했고 뚜껑을 열자 흰 쌀밥 위에 먹음직스러운 고기가 듬뿍 올라가 있었다. 보기만 해도 입에 침이 고이게 했다. 하지만 한 가지 아쉬운 게 있었다.

"김치가 없으니까 아쉽다."

"그죠?"

"근처 편의점에서 팔지 않을까?"

"지금 갔다 올까요?"

"아니, 됐어. 내일 들어오는 길에 찾아보자."

"그러죠. 잊지 말고 꼭 챙기자고요."

이 근처는 한국인들이 많이 살고 있는 곳이었다. 한글로 써진 입간판들이 흔하게 눈에 띄었다.

저녁을 먹고 난 다음 느긋하게 맥주를 마시면서 뉴스를 보았다. 원준의 가슴에 등을 기대고 나란히 앉아있었다. 다행히 내일 날씨에 비가 온다는 예보는 없었다. 메인 뉴스가 끝나자 방의 전등을 내리고 낮에 산 라벤더 향초에 불을 붙였다. 희붐한 촛불이 방안에 어두운 그림자를 던지고 있었다. 창 너머 베란다 쪽에서 달빛이 커튼에 가린 채 일렁이고 있었다. 우리는 은은하게 퍼지는 향기 속에서 사랑을 했다. 여행이 가져다 준 흥분과 낯선 곳에 있다는 설렘이 특별한 느낌을 가져다주는 밤이었다. 샤워를 함께 한 다음 지쳐서 곧 잠이 들고 말았다.

늦은 아침. 달그락거리는 소리에 눈을 뜨니 원준이 주방에서 라면을 끓이고 있었다. 어제부터 달달한 음식이 슬슬 지겨워진다고 불평을 늘어놓더니 드디어 비상식량으로 들고 온 매운 라면에 손을 댄 것이다. 일어날까 말까 엎드린 채 망설이고 있는데 원준이 다가와 귀에 속삭였다.

"일어나요. 잠꾸러기. 아침 먹어요."

"싫어."

몸을 뒤척이며 투정을 부렸다.

"라면 다 퍼져요."

"그럼, 눈감아."

"왜요?"

"나 세수 안 한 얼굴 보여주기 싫단 말야."

"벌써 한두 번 본 거 아니잖아요."

"그래도 싫어."

원준이 할 수 없다는 듯 눈을 감았다. 얼른 화장가방을 찾아들고 욕실로 들어갔다. 샤워를 한 다음 엷게 화장까지 마치고 나서 아침을 먹었다. 그 덕분에 퉁퉁 분 라면을 먹을 수밖에 없었지만.

센쇼지 입구의 거대한 등은 보는 것만으로도 사람을 압도했다. 은행나무가 푸르게 서 있는 경내에서 중국에서 온 듯한 한 떼의 관광객들이 시끄럽게 떠들어대고 있었다. 둘 다 절에는 흥미가 없어 포기하고 입구 옆의 오솔길로 발길을 돌렸다. 아름드리 나무 아래 호젓하게 동자상이 서 있었다. 한 할머니가 열심히 동자상의 몸을 쓰다듬으며 뭐라고 중얼거리고 있었다. 안내문을 읽으니 자신의 아픈 부분을 문지르면 동자상으로 옮아간다고 쓰여 있었다.

할머니가 그 앞을 떠나자마자 원준을 재촉했다.

"너 어디 아픈 데 있어?"

"왜요?"

"아픈 부분을 문지르면 동자에게 옮아간대. 너 하체가 부실한 것 같던데?"

"그러는 사람은요?"

"나? 나도 문질러야지. 온몸을 다."

농담을 알아들었는지 원준이 피식거렸다. 센소지 앞에 늘어선 상점들을 지나는데 한아름 쌓여있는 네코 인형들이 눈에 들어왔다. 사무실 식구 수에 맞춰 적당한 크기대로 고르고 있는데 원준이 물었다.

"왜 그렇게 많이 사요?"

"내 것만 가져가면 이상하게 생각할 거야. 괜한 의심 살 필요 없잖아."

원준의 표정이 살짝 흐려졌다. 하지만 선물을 고르느라 정신없어 이내 잊고 말았다.

수상버스를 타기 위해 큰길을 벗어나서 뒤쪽의 골목으로 향했다. 오다이바행 표를 끊고 철제계단을 올라가자 바로 선착장이었다. 카페테리아에서 커피를 사서 강이 보이는 벤치에 나란히 앉았다. 습하고 더운 바람이 우리를 스치고 지나갔다.

잠시 후 텅 빈 수상버스가 사람들을 실으러 선착장에 모습을 드러냈다. 기다리고 있던 사람들이 일제히 안으로 걸음을 옮겼다. 우리는 2층으로 올라가 앉았다. 수상버스의 전면은 다 통유리로 되어있고 환하게 뚫린 천장에서 여름의 태양이 빛나고 있었다. 평일이라 사람들이 그다지 없어 운 좋게 앞쪽에 앉았는데 전망이 무척이나 시원했다. 수상버스가 물살을 헤치고 바람을 가르며 출발을 했다. 살짝 열어놓은 창으로 바람이 쏟아져 들어왔다.

"근사하다."

"정말."

우리는 감탄사를 연발하며 스쳐 지나가는 강변의 풍경을 매료된 채 바라보았다. 입술로 미소가 번지고 있었다. 그동안 이곳에 올 때마다 수상버스를 타고 오다이바를 한 번 가봐야지 했지만 언제나 시간에 쫓기고 또 혼자서 타는 게 어색해서 번번이 그만두곤 했다. 하지만 지금 드디어 오다이바를 향해서 달려가고 있는 것이다.

바구니를 들고 음료수를 팔러 다니는 남자가 걸어왔다. 손을 들었다. 수상버스에 앉아서 얼굴에 불어오는 바람을 맞으며 마시는 차가운 맥주는 너무나 짜릿했다. 볼에다 캔을 갖다 대며 문득 행복하다고 중얼거렸다. 시원한 맥주와 한없이 푸르른 여름의 태양, 그리고 원준이 있다. 이 시간을 놓치고 싶지 않다는 생각이 들었다. 원준의 손을 끌어당겨서 천천히 쓰다듬었다. 마치 원준의 손가락 마디 하나하나를 마음에 새기는 것처럼 느리게.

유리문을 열고 테라스로 나갔다. 주황색의 아담한 의자가 놓인 테라스는 텅 비어 있었다. 불어오는 바람이 머리카락을 마구 헝클어 놓았다. 갈매기 무리들이 수상버스를 따라오며 끼루룩 울음을 삼켰다. 수상버스 뒤로 시퍼런 물살이 출렁거리며 일어나고 있었다. 난간에 기대서 있는 날 돌려세우더니 원준이 디카의 셔터를 눌렀다. 나도 질세라 카메라를 빼앗아 원준의 실루엣을 담았다. 강을 바라보고 있는 모습, 머리칼을 휘날리고 있는 모습, 그리고 날 향해서 환하게 웃고 있는 모습들. 시간과 강과 우리가 한 폭의 그림처럼 서로에게 스며들고 있었다. 주위의 모든 풍경이 지워지고 지금 이 시간 우리 둘만 강의 한가운데를 항해하고 있는 것 같았다. 원준이 뒤에서 날 끌어안은 채 함께 점점 멀어지는 물결을 바라보고 있었다. 원준이 내 머리카락에 얼굴을 묻었다.

꿈같은 짧은 항해를 마치고 수상버스는 마침내 오다이바에 닿았다. 원래는 바다였지만 인공적으로 땅을 매립해서 동경만 부근에 만든 것이 오다이바였다. 우리는 손을 맞잡은 채 바닷가의 해변을 따라 걸었다.

이곳의 명물이라는 아이스크림을 핥으며 철제계단을 올라갔다. 자유여신상이 횃불을 높이 들어 올린 채 우리를 맞아주었다.

"여기 왜 자유의 여신상이 있어요?"

"글쎄?"

내가 머리를 흔들었다. 금시초문인 건 나도 똑같았다. 원준이 안내판을 읽어 내려갔다.

"미국에서 선물로 준거래요."

우리가 나무 난간에 기대어 있는데 조금씩 해가 기울어지고 있었다. 수평선 너머 일렁이던 해가 모습을 감추자 주위가 온통 검붉은 빛으로 변했다. 노을은 회색빛으로 잦아들고 이윽고 오다이바에 검은 커튼을 치듯 밤이 내려앉았다. 멀리 레인보우 브리지에 하나씩 등불이 돋아나기 시작했다. 다리는 불이 들어오자 무지갯빛으로 영롱하게 물위에 떠 있었다.

"아름다워."

"멋있는데요."

우리는 사람들의 통행에 방해가 되지 않도록 구석의 난간으로 자리를 옮겼다. 그리고 밤의 오다이바를 지켜보고 있었다. 너무나 근사한 풍경에 매료된 채 둘 다 말이 없었다. 문득 이끌린 듯 서로를 바라보았다. 그리고 포옹을 했다. 우리가 딥키스를 하는 동안 레인보우 브리지가 등 뒤로 화려하게 반짝이고 있었다. 첫키스는 술김에 해치워서 기억에서 영영 사라졌지만 지금 오다이바에서 나눈 키스는 두고두고 잊히지 않을 만큼 감미로웠다.

이튿날 동경에서 돌아왔다. 공항에서 박실장에게 연락을 했더니 더워서 죽겠다는 소리부터 해댔다.

"옷 내리러 사무실로 지금 갈 거야. 원준이가 차 갖고 공항으로 오고 있으니까 같이 갈 거야."

"아, 네."

옆에 있던 원준이 익살스럽게 저쪽으로 뛰어가더니 돌아섰다. 그리곤 마중 나온 사람 마냥 손을 흔들었다. 그 장난에 나도 모르게 웃음을 터트렸다. SUV는 장기 주차장에 들어가 있었다. 우리는 차를 가지러 걸음을 옮겼다.

2

"이제 팔월도 막바지에 이르렀네요. 아직 휴가 못 갔다 오신 분들 있으세요? 그런 분들 화끈한 음악과 함께 무더운 오후 날려버리시라고요. 노래 갑니다~"

라디오에서 최신 댄스곡이 흘러나오고 있었다. 8월의 마지막 주 금요일이었다. 오늘로 세일도 끝이 나고 다음 시즌의 오픈 작업도 순조롭게 마칠 수 있었다. 내일 홈페이지의 업로드만 남겨두고 있었다.

동경에서 돌아오자마자 세일에 박차를 가했다. 그 바람에 창고와 사무실은 온통 벌집을 쑤셔놓은 듯 어수선한 상태였다. 시즌이 지난 옷들을 재고로 안고 가느니 폭탄 세일을 해서라도 팔아 치우는 게 더 나았다.

한쪽에선 세일 옷을 찾느라 한편에선 가을 신상 옷들을 분류하느라 몸이 두개라도 모자랄 판이었다. 동경에서 돌아오고 나서 매일매일이 강행군의 연속이었다. 세일기간과 다음 시즌 오픈이 맞물려 있는 이맘때가 가장 정신이 없었다. 원준도 매일 같이 사무실에 나와 일을 도와주고 있었다.

"수미야. 우리 커피 마시자."

테이블에 앉아 딱딱하게 굳은 허리를 두드렸다. 무리한 일정 때문인지 몸이 눅진하게 가라앉았다.

원준이 커피를 마시러 테이블로 다가오자 수미가 생글거리며 눈웃음을 쳤다. 저건 왜 매일 저렇게 생글거리는 거야? 눈살을 찌푸리다가 아침부터 계속 이런 기분이란 걸 깨달았다. 출근하자마자 탁상 달력을 집어 들고 거래처의 대금날짜를 확인하는데 뭔가가 계속 찜찜했다. 숫자를 헤아려보다가 가슴이 철렁 내려앉는 걸 느꼈다. 생리 예정일이 일주일이나 지나 있었다. 왜 그걸 지금까지 알아차리지 못했을까. 바빠서 정신없다보니 오늘까지 모르고 있었던 것이다. 달력을 보지 않았더라면 예정일이 훨씬 지나버린 것도 알지 못했을 것이다. 설마. 불안감이 송곳처럼 명치끝을 콕콕 찌르기 시작했다. 이런 기분으로 같이 있느니 원준을 빨리 보내는 게 나을 것 같았다.

"저기 작업 테이블에 있는 옷 가방 있잖아. 여기로 갖다 주고 오늘은 들어가."

원준에게 거래처의 약도가 그려진 종이를 건네주었다.

"예, 그럼 먼저 가겠습니다. 수고하세요."

원준이 옷가방을 들고 사무실을 나갔다. 주위 사람들을 의식해서인지 꼬박꼬박 존댓말을 썼다. 원준이 가고 얼마 있지 않아 택배 기사가 배송할 박스들을 픽업하러 왔다. 세일 때문에 부쩍 물량이 늘어나 있어 운반 작업이 오래 걸렸다.

　"여기 요새 장사 잘 되나 봐요?"

　기사가 오지랖 넓은 웃음을 띠며 인사했다.

　상가 건물의 화장실에서 손을 씻으며 심란한 생각에 빠져들었다. 혹시 몰라 패드를 댄 팬티는 말짱했다. 아직 생리가 시작할 기미는 보이지 않았다. 우두커니 서서 거울 속의 얼굴을 들여다보았다. 처음 원준과의 잠자리를 떠올려 봐도 콘돔을 썼는지 명확하지가 않았다. 그 다음 번도 기억이 없었다. 불안감이 목까지 슬금슬금 차오르기 시작했다. 명치끝을 묵지근 하게 조여 오는 느낌이 영 불쾌했다.

　계속 화장실을 왔다갔다하며 팬티를 확인하고 있었다. 3, 4일 늦는 일은 자주 있었다. 아주 드물지만 스트레스가 심할 때는 10일까지 안 나온 적도 있었다. 하지만 그때는 남자와 섹스를 하지 않았을 때고 지금은 했다는 게 문제였다. 일을 하다 자주 손을 멈추고 한숨을 쉬었다. 컴퓨터로 작업을 하고 있던 박실장이 고개를 들었다.

　"무슨 걱정거리 있으세요?"

　"속이 좀 안 좋아. 약국 좀 다녀올게."

　서둘러 변명을 하고는 지갑을 챙겨서 밖으로 나왔다. 거리를 따라 좀 걸으니 기분이 한결 나아졌다. 상가건물에서 10분쯤 걸어 내려와 신호등을 건넜다. 앞쪽에 약국이 보였다. 여자 약사가 무료한 얼굴로 혼자 서 있었다. 지금 테스터기를 사다가 사용을 해보면 내 불안감의 실체를 확인할 수가 있을 것이다.

하지만 선뜻 발걸음이 내딛어지지가 않았다. 임신이 아니라면 다행이지만 만일 임신이라면 그땐 어떻게 할 것인가. 아직 거기까진 생각조차 해보지도 않은 상태였다. 몸의 이상을 느낀 환자가 병원에 가면 사형 선고를 받을까봐 두려워 발길을 돌리는 심정을 알 것 같았다.

약국을 지나쳐 그대로 거리를 따라 걸었다. 아직 여름이 다 가지 않은 듯 공기는 뜨뜻미지근하게 대기를 감싸고 있었다. 얼굴로 불어오는 바람은 여전히 후덥지근했다. 길가의 은행나무도 푸르게 위용을 자랑하고 있었다. 남자와 배가 부른 여자가 서너 살 정도로 보이는 사내애의 손을 잡고 막 상점으로 들어가고 있었다. 상가 유리너머로 배가 부른 여자가 배냇저고리를 살펴보고 있었다. 발걸음을 멈추고 유리창 너머로 물끄러미 그들을 지켜보았다.

나도 모르게 손이 배로 갔다. 만에 하나 임신했다고 가정을 해보자. 그랬을 때 우리에게 어떤 미래가 있을까. 정원준. 26살. 대학 졸업반. 키가 크고 잘생겼다. 낭만적이고 때때로 감동적일 만큼 달콤한 애인이다….

유리창 너머의 여자는 보행기의 바퀴를 굴리며 환하게 웃었다. 저것이 현실일 것이다. 그렇다면 현실에서의 원준은 내게 어떤 존재일까. 남자로서 든든함을 기대할 수가 있을까, 내가 힘들 때 의지할 수 있는 상대일까, 가족에게 당당히 소개할 수 있을까. 더구나 원준의 불안한 미래를 생각해보면 계속해서 속으로 고개를 젓고 있었다. 그리고 그런 자신이 속물로 여겨져 조금씩 짜증이 솟구쳤다.

우울한 얼굴로 유리창 앞을 떠나 다시 사무실 쪽으로 방향을 틀었다. 그동안 내가 얼마나 달콤한 연애에 빠져 있었나 하는 씁쓸한 감정이 밀려

들었다. 난 하다못해 사무실 식구들에게도 원준과의 관계를 말하지 못하고 있다. 내가 비록 결혼에 목매달고 있는 여자는 아닐지라도 33살의 연애는 신중할 수밖에 없다. 어쨌건 서른이 넘은 여자들의 연애는 결혼, 아니면 이별로 막을 내린다. 평생 연애만 하고 있을 순 없을 테니까.

사무실에 돌아와 보니 박실장이 얼굴을 찡그리며 통화를 하고 있었다. 날 보더니 재빨리 수화기를 틀어막고서 "진상요. 또 반품했어요" 작게 소리쳤다. 누구인지 금방 알았다. 페어리랜드의 요주의 인물. 툭하면 아무런 이유도 없이 반품을 하는 여자였다.

"전화 돌리고 데이터 뽑아와."

오늘은 아예 요절을 내주리라, 하는 생각이 들었다. 박실장이 이제 살았다 하는 얼굴로 수화기를 내려놓았다. 전화기를 들자마자 화가 난 여자의 목소리가 쏟아져 들어왔다.

"아니, 왜 반품이 안 된다는 거예요?"

박실장이 데이터를 뽑아서 내 손에 쥐어주었다.

"저희 규정상 반품, 교환은 세 번까지인데요. 고객님은 오늘로써 벌써 6번째 반품을 하셨네요. 지난번에 저희랑 약속한 거 잊으셨어요?"

"뭘 내가 약속했다고 이러는 거예요?"

여자의 목소리가 날카로워졌다.

"옷의 하자가 아닌 단순변심에 의한 건 세 번까지라고 거듭 말씀드렸지 않습니까. 근데 고객님은 그걸 어기고 또 다시 반품 교환을 하셨어요. 저희 규정상 단순변심에 의해 3번 연속으로 반품하시는 분들은 구매를 하실 수 없습니다. 근데 고객님께서 다시는 단순변심에 의한 반품, 교환을 안 하시겠다고 해서 저희가 다시 풀어드렸어요. 근데 그 이후로 약속을 지키지 않고 벌써 이게 몇 번째인가요? 자꾸 이러시면 다시 접속을 막아 놓을 수밖에 없는데요."

여자가 숨소리가 거칠어졌다.

"내가 이제껏 여기서 사준 물건이 얼만데 그래?"

"근데 그 물건 중 삼분의 일을 반품하셨으니까 저희 쪽도 이익을 본 게 없어요."

"자꾸 이런 식으로 나오면 나도 가만있지 않을 거라고. 소비자보호원이 괜히 있는 줄 알아? 당신들처럼 상도덕을 안 지키는 사람들을 위해 있는 거야."

"네, 신고하세요. 그쪽에서 신고 들어가면 저희도 영업방해로 가만히 있지 않을 거니까."

여자가 식식거리더니 말 한 마디 없이 전화를 끊어버렸다. 저렇게 도저히 가망이 없는 사람들에겐 친절을 베풀지 않는다. 저런 부류들은 상대의 약함이나 비굴을 먹고 산다. 오히려 강하고 당당하게 맞서는 모습을 보여줘서 자기의 막무가내의 행동이 안 통한다는 걸 보여주는 게 낫다.

"박실장. 이 여자 막아 놔."

"네."

박실장이 후련하다는 듯 대답했다.

세일도 끝났고 모두들 고생을 한 것 같아서 퇴근 후 루나에 모여 간단하게 한 잔을 하기로 했다. 지쳤는지 다들 말없이 맥주병만 기울이고 있었다. 박실장이 원준을 부르자고 했다.

"같이 고생했는데 부르면 좋잖아요."

내 마음을 알 리가 없는 박실장이 치근덕거렸다.

"그냥 우리끼리만 있자. 요새 툭하면 같이 있었잖아."

"그렇긴 해요. 오늘은 우리끼리 한 잔하죠, 뭐."

박실장이 마지못한 듯 고개를 끄덕였다.

"속은 좀 어떠세요? 약 드셨어요?"

박실장이 물었다.

"별로. 컨디션이 안 좋네."

박실장이 맥주병을 들어 내 병에 부딪쳤다. 심란한 얼굴로 박실장을 바라보았다.

"너 결혼이 뭐라고 생각하니?"

"결혼요? 왜 갑자기 그걸 물으세요?"

눈을 둥그렇게 뜨고 쳐다보았다.

"그냥."

홍대리는 포크로 열심히 케이준 샐러드의 치킨을 공략하고 있었다. 결혼 얘기에 별 관심이 없는 듯 먹는 일에 열중하고 있었다.

"캡틴. 그러고 보니 여기 다 미혼이네요."

박실장이 새삼 깨달았다는 듯 좌중을 둘러보았다. 진희와 수미가 뚱한 표정을 지었다.

"박실장님. 저흰 이제 스물넷이라고요. 좀 빼주세요."

수미가 종알거렸다.

"너희도 지나봐라. 금세 스물아홉, 서른이다. 너네 나이 땐 나도 이렇게 빨리 올 줄 몰랐거든."

박실장이 꼬맹이들을 향해 한탄을 하다가 날 쳐다보았다.

"결혼은 말이죠. 든든한 백 같은 거라고 생각해요. 기댈 수 있는 상대를 만나는 거죠. 돈도 있고 능력도 있고 키도 크고 잘생기면 더 좋고요. 그래도 그 중에 뭐니 뭐니 해도 경제력이 있는 남자가 최고죠. 연애할 때는 다른 메리트 땜에 만나더라도 막상 결혼을 생각하게 되면 경제력을 안 따질 수가 없더라고요. 지난번에 결혼한 놈이 아까웠던 것도 경제력은 있었거든요. 직장도 대기업이고 아버지가 물려줄 가게도 있었어요. 이렇게 사람 만나는 게 힘들 줄 알았으면 그깟 바람 그냥 눈감아 줄 걸 그랬나 하는 생각마저 들어요. 넌 어떠니 홍대리?"

모두의 눈이 홍대리에게 쏠렸다. 잠자코 치킨만 공략하고 있던 홍대리가 그제야 포크를 뭉그적뭉그적 내려놓았다.

"…그래도 결혼인데 서로 통하는 게 있어야 지요… 날 이해해 줄 수 있는 사람하고 해야죠."

박실장은 얘가 아직 세상 물정을 모르는 군, 하는 눈으로 쳐다보고 있었다.

"너 결혼에 관심 없는 거 아니었어?"

"…안 한다고는 안 했어요."

"그럼, 할 생각이 있다는 거네?"

"…그거야 모르죠."

홍대리가 포크를 쥐고 웅얼웅얼했다.

"결혼 그거 꼭 할 필요 없잖아요. 요새 안 하는 사람들도 많던데."

수미의 말에 박실장이 콧방귀를 뀌었다.

"안 하면 어떻게 먹고 살 건데? 여자들 평생 일할 수 있는 직장이 그렇게 많은 줄 아니?"

"캡틴처럼 사업하면 되죠."

수미가 종알거리자 박실장이 눈을 세모꼴로 모았다.

"애 좀 봐. 바로 옆에 있어서 네가 만만하게 생각하나본데 우리 캡틴 같은 사람이 흔한 줄 아니? 능력 없으면 일찌감치 남자 물어서 시집이나 가. 그게 부모님 도와주는 거다. 나도 요새 얼마나 눈치 밥 얻어먹고 사는 줄 아냐. 내 나이 돼 봐라. 아주 서럽다, 서러워. 요새 결혼정보업체 알아보고 있는데 벌써 서른 살 취급하는 거 있지."

박실장이 냅킨으로 코를 팽 풀며 훌쩍거렸다.

"박실장. 네 나이가 어때서? 나도 있잖아."

"캡틴은 능력이라도 있죠. 전 대체…."

박실장이 한숨을 푹 쉬며 고개를 저었다.

"캡틴은 결혼이 뭐라고 생각하세요?"

"글쎄. 알면 너한테 물어봤겠니?"

등받이에 머리를 기대고 생각에 잠겼다. 아무리 능력이 있어도 마음대로 안 되는 게 결혼이고 연애다. 그리고 지금 내 마음 하나 갈피를 잡지 못하고 흔들리고 있는데 그런 게 능력과 무슨 상관이 있을까. 술을 마셔도 기분은 좀체 나아지지가 않았다. 홍대리를 쳐다보았다.

"내일 업로드 차질 없이 진행하고. 무슨 일 있음 연락해라."

자리에서 일어나며 박실장에게 법인카드를 내밀었다.

"나 먼저 들어가야겠다."

"정말 오늘 컨디션 안 좋아 보여요. 들어가서 쉬세요."

박실장이 걱정스런 얼굴로 문 앞까지 따라 나왔다. 들어가라고 손을 흔들어주곤 네온사인이 번쩍이는 밤의 거리로 나왔다. 마음이 답답해서 그냥 내처 걷고 싶었다. 휴대폰으로 문자가 들어와 확인을 했다.

- 어딨어요? 계속 기다리고 있는데. 연락 줘요.

주머니에 휴대폰을 집어넣고 가로등에 비친 나무 그림자에 시선을 던졌다. 한참을 걷다가 불 꺼진 상점 앞에 우두커니 서 있는 자신을 발견했다. 지금 이대로 돌아가고 싶지도 않았고 그렇다고 딱히 갈만한 곳도 떠오르지가 않았다.

혼자 살 땐 집으로 돌아가 문을 닫으면 그만이었지만 누군가와 같이 지낸다는 건 그럴 수 없다는 걸 뜻했다. 할 수 없이 건너편에 있는 커피선문점을 향해 느리게 걸음을 옮겼다.

토요일에도 생리는 시작되지 않았다. 아침에 일어나자마자 화장실로 달려가 그것부터 확인을 했다. 속옷은 깨끗했다. 8일째라고 생각하자 신경이 더욱 날카로워졌고 초조감으로 가슴이 터질 것 같았다. 어두운 얼굴로 화장실에서 나오는데 원준이 다가왔다.

"어디 아파요?"

"아니."

머리를 젓곤 침대에 누워 이불을 목까지 끌어당겼다. 원준이 따라 들어와 침대 옆으로 앉았다. 그리곤 내 이마에 손을 올려놓고 중얼거렸다.

"열은 없는데."

대꾸도 없이 돌아누워 버렸다. 냉랭한 등에서 어떤 기미를 느꼈는지 원준이 물었다.

"나한테 뭐 화났어요?"

"아니."

아니, 아니. 꼭 버퍼링에 걸린 것 같다. 얘는 정말 모르는 걸까. 같은 소리를 반복하고 있다는 건 상대방과 얘기를 하고 싶지가 않다는 뜻이다.

"……."

"나 잘래."

이불을 머리끝까지 뒤집어썼다. 원준이 한숨을 푸욱 내쉬는 소리가 들렸다. 그래 넌 한숨이나 쉬지, 지금 내 마음은 수십 미터의 깜깜한 바다에 가라앉아 있는 느낌이다. 너무 어두워서 앞에 무엇이 있는 지도 알 수 없어 불안하고 미칠 것 같아. 근데, 남자들은 원래 그런 건지, 지금 내가 어떤 생각을 하고 있는지 왜 초조하고 짜증이 나는 지 그냥 좀 이해해주면 안되나?

원준이 문을 닫고 나가는 소리가 들렸다. 거실을 저벅저벅 걸어다니는 발소리에 이어 방문이 삐끄덕 열리고 닫히는 소리가 간헐적으로 울렸다. 오전 내내 침대에 누워 이 생각 저 생각에 빠져 있었다. 가서 테스터기를 사와야 하나, 하루만 더 참아볼까? 하는 생각과 원준과 내 관계는 무얼까 하는 두서없는 생각들이었다. 시작은 어떻든 지금은 애인사이다. 하지만 앞으로 나아가지 않는 관계가 무슨 소용이 있을까. 어쩌면 감정대로 우리는 너무 쉽게 연인이 된 것인지도 모른다. 어쩌면 임신했을지도 모르니까 이제야 원준과의 관계를 후회하고 있었다. 스스로가 가증스럽다는 생각이 들었다. 머리가 터질 것 같아 이불 속으로 파고들었다.

점심 무렵 홍대리와 통화를 하고 있는데 원준이 밝은 얼굴로 방문을 열었다.

"샌드위치 만들어 놨어요. 와서 먹어요."

까칠한 표정으로 쳐다보지도 않은 채 밖으로 나왔다. 주방을 둘러보니 슬금슬금 짜증이 밀려들었다. 마치 쓰레기 하치장이라도 온 듯 지저분하기가 이루 말할 수가 없었다. 도마와 쟁반 위엔 썰다 만 재료들이 잔뜩 흩어져있고 달걀지단을 부치면서 튀긴 기름이 레인지 위를 흥건하게 적시고 있고 요리를 하면서 손을 닦았는지 키친타월 뭉치가 곳곳에 떨어져 있었다.

"주방이 이게 뭐야? 왜 이렇게 지저분해? 저 기름투성이 안 보여?"

짜증스럽게 쏘아붙이자 원준이 서랍에서 키친타월을 꺼냈다. 그리곤 아무 말도 없이 레인지 위의 기름기를 쓱쓱 닦았다. 미덥지 않은 시선으로 보다가 휙 돌아서서 화장실 손잡이를 잡아당겼다. 변기 커버가 올라가 있는 걸 보자 또다시 왈칵 짜증이 솟구쳤다. 사용한 뒤 내려놓으라고 그토록 누누이 일렀건만 왜 지키지 않는 걸까. 어려운 일이라면 그러려니 하지 이렇게 쉬운 일을 왜 매번 어기는 걸까.

더구나 흰 도기에 튀어있는 소변 방울을 보자 가뜩이나 날카로운 신경이 뻗쳐 일어났다.

"야, 정원준."

짜증스럽게 소리쳤다. 저쪽에서 대답하는 소리만 들렸다.

"왜요?"

"당장 와봐."

거울에 비친 내 얼굴은 사납게 일그러져 있었다. 원준이 화장실 문 앞에 나타났다.

"내가 누누이 얘기했지. 소변보고 나서 변기 커버 내려놓으라고. 그리고 이것."

변기 가장자리에 묻어있는 자국을 손가락으로 가리켰다.

"튀면 샤워기로 씻으라고 몇 번 말했어?"

"알았어요. 지금 할게요."

원준은 진정하라는 듯 손을 내저으며 샤워기를 들었다. 밖으로 나오다 이번엔 시선이 현관으로 가서 못 박혔다. 내 운동화와 굽 낮은 구두들은 가지런히 놓여있는데 반해 원준의 샌들과 캔버스화는 여기저기 흩어져 있었다. 정말 마음에 드는 구석이 하나도 없었다. 다시 벌컥 소리를 지르고 말았다.

"현관 앞이 왜 이래?"

"왜 또 그래요?"

원준이 얼굴을 찡그리며 화장실에서 나왔다.

"신발이 이게 뭐니? 군대 갔다 왔다면서 신발 하나도 가지런하게 못 벗고 벌써 몇 번째야?"

"하면 되잖아요. 도대체 왜 그래요? 왜 아무런 이유 없이 계속 짜증만 부려요?"

"이유가 없긴 왜 없어. 넌 눈앞에 놓고도 못 봐."

원준이 어처구니가 없다는 듯 머리를 흔들자 내가 노려보았다. 우리의 눈이 허공에서 팽팽하게 맞부딪쳤다. 너도 이제 짜증난다 이거지? 내가 지금 누구 때문에 이런 감정에 휘둘리고 있는데 이런 작고 사소한 짜증 하나 받아줄 수가 없단 말야. 등을 거칠게 돌리고 소리 나게 문을 닫고 들어와 버렸다. 벽이 저르르 하고 흔들렸다.

일요일. 밤새 뒤척이다가 11시가 넘어 혼자 눈을 떴다. 요 근래 원준과 떨어져 자기는 처음이었다. 반대편 자리를 손으로 더듬자 썰렁한 기운이 느껴졌다. 매일매일 함께 눈을 뜨다가 혼자서 눈을 뜨니 마치 시베리아의 벌판이나 사하라 사막에 누워 있는 것 같았다. 둘이 같이 한 침대를 쓴

지 고작 한 달 남짓밖에 안 됐으면서 말이다.

제일 먼저 손이 아랫배 쪽으로 움직였다. 오늘도 기미가 없으면 약국에 들러서 테스터기를 사야 한다. 사실 이처럼 휘둘리는 감정을 잡으려면 빨리 그걸 써보는 수밖에 없었다. 미룬다고 달라질 게 없다는 걸 나도 알고 있었다. 시간이 갈수록 불안감만 더욱 증폭될 뿐이고 원준에게 짜증을 부리는 횟수만 그만큼 늘어날 것이다.

그때 문득 사타구니를 타고 따뜻하고 축축한 느낌이 들었다. 나도 모르게 벌떡 일어나서 화장실로 달려갔다. 문을 잠그자마자 다급하게 속옷을 끌어내렸다. 팬티에 검붉은 혈흔이 묻어 있었다. 그렇게 기다리고 기다리던 생리가 무려 예정일보다 9일이나 지나서 시작됐던 것이다. 임신이 아니었다! 너무 기뻐서 얼굴을 감싸 쥐고 변기에 털썩 주저앉았다. 안도감에 손가락 사이로 눈물이 찔끔 나올 뻔했다. 서른 세 해를 사는 동안 매번 지겹다고 했던 생리가 오늘처럼 반가운 적은 처음이었다.

"일어났네?"

방문을 열고 나오는 원준에게 반갑게 인사를 했다. 원준은 눈치라도 보는 듯 조용히 소파로 가서 몸을 묻었다. 오늘은 또 어떤 신경질이 쏟아질까 사뭇 경계하는 눈초리였다. 이틀 동안 내리 짜증을 부렸던 터라 아닌 게 아니라 슬그머니 미안해져 있었다. 뒤로 돌아가 원준의 목을 끌어안고 속삭였다.

"내가 너무 짜증 부렸지? 미안해."

먼저 사과의 말을 건네고 선처를 바라는 얼굴로 쳐다보았다. 원준이 퉁명스런 목소리로 되물었다.

"짜증 부린 건 알아요?"

"그럼, 알지. 정말 미안해. 근데 여자들은 한 달에 한 번씩 그럴 때 있거든."

원준이 그거였어요? 하는 듯 돌아보았다. 옆으로 가서 앉으며 원준의 머리카락을 흩트리곤 볼에다 입을 맞췄다. 며칠 만에 처음으로 끌어안았다. 원준의 가슴에 머리를 기대고 있으니 쿵쿵 심장 뛰는 소리가 들렸다. 그 소리에 마음이 편안해지고 생리통도 점차 누그러지는 느낌이었다.

"너도 앞으로 여잘 사귀려면 그런 것 좀 이해해주어야 한다고."

"우리 지금 사귀는 거 아니었어요?"

원준의 손이 내 머리칼을 만지작거렸다.

"그럼. 사귀는 거지."

어제만 해도 원준과 이런 사이가 된 걸 후회하고 또 후회했으면서 입으로는 잘도 그런 소리를 하고 있다.

"성질 대단해요. 털 곤두선 고양이 같더라고요."

코맹맹이 소리를 내며 원준의 목을 잡아당겼다.

"그래서 내가 싫어?"

"싫었으면 벌써 가방 쌌죠. 나 참."

"우리 아점은 옥상 가서 삼겹살 구워 먹을까? 응, 그러자?"

달콤하게 속삭이자 원준이 어이가 없다는 듯 피식 했다. 박스 티와 헐렁한 치마로 갈아입고 상추를 씻고 있는데 원준이 자기가 하겠다며 팔을 걷어부쳤다.

"그거 한다면서요? 가서 앉아 있어요. 내가 할게요."

"아냐. 이 정돈 할 수 있어."

"앉아있어요."

마치 임신한 여자에게라도 하듯 정중하게 나를 소파로 데리고 가서 앉혔다. 흐뭇한 얼굴로 원준이 주방에서 일하는 걸 지켜보고 있었다. 저 잘생긴 얼굴과 큰 키와 매너가 출중한 남자애를 별로라고 생각했다니. 원준이 정도면 이것저것 안 따지고라도 좋다며 한 트럭의 여자가 쫓아올 텐데. 아니, 한 트럭이 다 뭐야. 사무실 식구만 해도 호시탐탐 노리는 애가 한 둘이 아니지 않은가.

재료준비가 끝나자 우리는 옥상으로 올라가 돗자리를 깔고 파라솔을 펼쳤다. 원준이 옥상에 굴러다니는 큼지막한 돌을 찾아와 쓰러지지 않게 괴었다.

흰 구름이 뭉실뭉실 하늘 이편에서 저편으로 흘러갔다. 9월의 바람은 이제 8월과 사뭇 달라져 있었다. 후덥지근한 느낌은 그대로여도 바람에서 어떤 설렘이 조금씩 스며들고 있었다. 사놓고 마시지 않았던 캔 맥주도 들고 왔다.

내가 발목을 끌어안은 채 맥주를 홀짝이고 있을 때 원준은 가스버너에 삼겹살을 올리고 부지런히 굽고 있었다. 프라이팬에 지방이 칙 퍼지는 소리에 이어 구수한 냄새가 풍겼다. 캔 맥주를 따서 원준에게 내밀었다.

"오늘은 예뻐요. 어제처럼 화 낼 때는…"

"털 곤두선 고양이 같다며?"

"그것도 많이 봐준 거라고요. 사실은. 아니, 됐어요."

"뭔데? 정말 화 안 낼 테니 말해봐."

"마귀할멈."

"너."

"이거."

원준이 내 입에 큼지막한 쌈을 재빨리 밀어 넣었다. 그 덕에 입을 완전히 봉쇄당하고 말았다. 점심을 먹은 후 우리는 서로의 등에 기댄 채 돗자리에 앉아 있었다. 언덕 아래에 있는 나무에서 매미가 끈덕지게 울고 있었다. 가는 여름을 붙잡으려는 듯 녀석들의 발악은 극에 달해 있었다. 등으로 원준의 체온이 느껴졌다. 따스하고 나른한 느낌. 잔잔한 호수 위를 따라 천천히 흘러가는 나룻 배 위에 누워있는 느낌이 이럴까.

"동경에 갔던 때가 눈에 아른거려요."

"나도 좋았어. 혼자 일 보러 다닐 땐 그냥 스쳐 지나가기 바빴는데. 이번 여행은 두고두고 생각날 거 같아."

"나보다요? 첫 해외여행이라 잊지 못할 것 같아요."

흰 구름이 무심하고 평화롭게 우리의 머리 위를 흘러가고 있었다. 원준과 보내는 나른한 일상이 소중하다고 느껴지는 순간이었다.

3

인수의 결혼식은 신부 아버지의 소유인 호텔 정원에서 가든파티겸 피로연 식으로 열렸다. 초가을의 날씨는 맑았고 햇볕은 따가웠지만 바람은 제법 선선하게 불고 있었다.

정원에 흰색의 의자들과 테이블이 줄지어 놓여 있었다. 눈부시도록 하얀 린넨 테이블보를 지나가는 바람이 들추고 있었다. 신부가 걸어갈 꽃길은 장미와 백합이 어우러진 생화들로 단장되어 있었다. 흰색 주단이 깔린 신부의 길 앞에는 붉은 장미로 꾸며진 아치형의 문이 버티고 서서 위용을 자랑했다. 테이블에 놓인 와인 잔과 식기들이 햇빛을 받아 반짝이고 있었다.

막 호텔에 도착해 정원으로 내려가고 있을 때 엄마가 저쪽에서 손짓을 했다. 아버지와 민정이의 모습도 보였다. 엄마는 웬일인지 인수 엄마에게로 가서 살갑게 굴며 덕담을 나누고 있었다. 덤덤하게 내색조차 않을 거라던 내 예상은 보기 좋게 빗나가 버렸다.

"아유, 오늘 보니까 인수 깎아놓은 밤 같이 잘생겼어. 인수 엄마 정말 좋겠다. 정말 부러워 죽겠어."

엄마의 칭찬은 진심인 듯 보였고 인수 엄마는 자신의 승리를 만끽한 모습으로 너그러운 미소를 짓고 있었다.

"와줘서 고마워, 요정 엄마. 우리 요정이도 곧 좋은 사람 만날 거야."

"그럼, 그래야지."

엄마가 머리를 끄덕이며 환하게 웃었다. 평소의 투쟁정신은 어디 가고 인수 엄마의 말에 적극적으로 맞장구를 치고 있었다. 오늘에야 두 엄마들은 오랜 냉전을 끝내려는 듯 보였다. 두 사람은 앞으로 잘 지내자는 듯 손을 맞잡았다. 사람은 오래 살고 볼일이라고 하더니 모처럼 두 라이벌이 화기애애한 모습을 보이고 있었다. 아버지가 인수의 등을 두드렸다.

"잘 살아라."

턱시도를 입은 인수는 시종일관 미소를 잃지 않았다. 저 자리에 서기전에 하회탈로 탈바꿈이라도 한 듯한 모습이었다. 얼마 전 친구들 모임에서와 사뭇 다른 모습이었다.

"축하해, 김인수."

"인수오빠. 축하드려요."

인사를 나눈 뒤 우리가족은 동네 사람들이 앉아있는 쪽으로 움직였다. 양복을 말쑥하게 차려입은 남자들의 무리가 눈에 띄었다. 남자들은 무료하다는 표정으로 얘기들을 나누고 있었는데 범상치 않은 분위기가 풍겼다. 민정이가 오서방에게 촐싹대며 말했다.

"검사들 아냐? 뽀대가 틀리네."

엄마가 그쪽을 눈여겨보는 듯 걸음을 멈추었다. 보라가 가슴이 깊게 파인 블랙 미니 드레스를 입고 저쪽에서 걸어왔다. 남의 결혼식장에서도 보라의 튀는 옷차림은 단연 눈에 띄었다. 보라는 엄마와 아버지를 보자 꾸벅 머리를 숙였다. 엄마는 보라의 드레스를 보고 놀라서 마냥 입을 다물지 못했다. 보라가 나긋나긋한 음성으로 인사를 건넸다.

"어머니, 아버지. 건강하시죠?"

"그래. 너도 별일 없지?"

어안이 벙벙한 엄마를 두고 아버지가 인사를 했다. 보라가 내 얼굴을 탐색하는 눈초리로 죽 훑었다.

"뭘 그렇게 보니?"

"우리 오늘 얼마 만에 보는 거니? 너 요새 전화 한 통 없더라."

보라가 새침한 목소리로 말했다.

"가을 런칭 들어가느라 바빴어."

"그것만 바빴을까?"

보라가 간죽거리고 있는데 정원 한쪽의 피아노에 앉아있는 여자가 건반을 두드리기 시작했다. 그러자 인수가 입 꼬리를 들어올린 채 씩씩하게 걸어들어 왔다. 잠시 후 슈만의 결혼행진곡이 흘러나오자 웨딩드레스에 감싸인 신부가 사뿐사뿐 흰색 주단을 밟았다. 호리호리하고 유난히 마른 몸집의 여자였다.

앞쪽에서 수군거리는 골목 아줌마들의 목소리가 들려왔다.

"얼굴 죄 고친 거 같은데? 코 턱 다 이상하지, 응?"

뒤이어 다른 아줌마의 목소리.

"이쁘기만 하다 뭐. 목소리 좀 죽여. 누가 들을라."

"쯧쯧. 저게 사람 얼굴이야. 안 그래 요정엄마?"

엄마는 웬일인지 그냥 입을 다물고 있었다. 전처럼 아줌마들을 선동하기는커녕 오히려 그 입들을 단속하기까지 했다. 어쨌든 누군가를 싫어하거나 오래 반목하는 것 보단 화해는 좋은 것이다. 엄마가 인수 엄마와 경쟁을 하면서 그동안 내가 당했던 불이익을 생각해보면 나도 환영할만한 일이었다.

식이 끝나고 인수와 신부가 샴페인을 마시고 삼단 케이크를 자를 때도 엄마는 아낌없이 박수를 쳤다. 인수가 우리 테이블로 와서 인사를 할 때는 더욱 살가운 표정으로 축복을 해주었다.

엄마는 검사들이 모여 있는 테이블을 생선가게 앞의 고양이마냥 흘끔거리고 있었다. 어떤 안 좋은 예감이 슬금슬금 들었다. 엄마가 어떤 추태를 보이기 전에 얼른 이 화려한 식장에서 빠져나가는 게 안전할 것 같았다. 역시 예상대로 인수 엄마가 다가오자 엄마가 재빨리 물었다.

"인수와 같이 일하는 사람들인가 보지?"

"응. 연수원 동기들이랑 선배들이야. 다들 검사들이야."

"아직 결혼 안 한 사람들도 있어?"

"아마 있을 걸."

인수 엄마가 날 흘끗 쳐다보았다. 재빨리 엄마의 옆구리를 찔렀지만 이미 주워 담을 수도 없는 노릇이었다. 이제 엄마가 왜 인수 엄마에게 그토록 살갑게 굴었는지 그 속셈이 드러나고 있었다.

"엄마."

엄마는 오히려 내게 가만히 있으라고 눈짓을 했다. 이미 뭐라고 한들 들을 분위기가 아니었다. 정말 왜 저렇게 추태를 보이는 걸까. 가족석에서 일어나 보라가 있는 테이블로 가서 앉았다.

"보라야. 언제 갈래?"

보라는 우아하게 스테이크를 자르고 있었다. 엄마 때문에 마음이 상한 나와 달리 즐거운 표정이었다.

"분위기 좋은데 왜? 뒤풀이 가서 신나게 놀다 가자."

"엄마 땜에 머리 아파. 나 먼저 갈게."

"기지배 오랜만에 만났는데 회포 좀 풀어야지. 그럼 드라이브나 갈까?"

"응."

이 자리에서 벗어날 수만 있다면 뭘 하든 상관없었다. 입구 쪽으로 이동하는데 하객들이 흘끗흘끗 우리 쪽으로 시선을 던졌다. 눈길을 돌리다가 검사들의 테이블에서 파란 넥타이를 맨 남자와 눈이 마주쳤다. 남자는 무표정한 눈으로 이쪽을 주시하고 있었다. 그 딱딱한 표정에 나도 모르게 고개를 돌리고 말았다.

그날 보라와 난 SUV를 타고 경춘가도를 씽씽 달렸다. 창문을 활짝 열어놓고 거칠 것 없이 달려드는 바람에 몸과 마음을 맡기고 있었다. 33살. 돌싱이면 어떻고 아직 솔로면 어떠랴. 지금 이렇게 살아서 바람을 맞고 있는데. 살아있으면 기회는 있다. 어떤 기회라도 온다. 묵직하게 파고드는 핸들을 두 손으로 꼭 붙잡았다. 그러자 피로연에서 받았던 스트레스가 바람을 타고 날아가는 게 느껴졌다.

일주일 뒤였다. 엄마가 아프다고 민정이가 긴급 호출을 했다. 믿지는 않았지만 가보긴 해야 했다. 자식으로 태어난 게 죄라면 죌까. 퇴근 후 집으로 가는 발걸음을 서둘렀다.

동네로 들어서자 골목길 앞에 재개발 공고문이 나붙은 게 보였다. 100년이 된 이 가로수는 어떻게 되는 걸까. 철거를 하지 않고 다른 곳으로 옮기면 좋을 텐데. 골목의 가게들은 이제 영업을 하지 않는 듯 보였다. 엄마의 미용실도 셔터가 내려진 채 굳게 닫혀 있었다. 다른 가게들도 마찬가지였다. 세입자들이거나 집주인이 아닌 사람들은 벌써 장사를 그만두고 떠난 것 같았다.

오동나무 아래의 평상에 달빛이 쏟아지고 있었다. 그 모습은 언제 봐도 평화롭고 목가적인 풍경이었다. 아버지가 마루에 앉아 있다가 나를 맞았다. 엄마는 정말 아픈지 이불을 둘러쓰고 누워있었다. 날 보자마자 끙, 소리를 내며 돌아누웠다.

"병원엔 가봤어?"

바닥에 앉으며 걱정스럽게 물었다. 엄마는 다시 끙 소리를 냈다.

"아프면 병원 가봐야지, 이렇게 누워있음 어떡해?"

"죽을 병 아냐. 네가 시집 안 가서 생긴 병이지. 이거 분명 화병이 틀림없어."

엄마가 등을 돌린 채 구시렁거렸다. 대답을 하는 목소리를 들으면 그렇게 아픈 거 같지는 않아 보였다.

인수가 이제 장가를 가서 경쟁자도 사라졌겠다, 인수엄마와도 화해를 한 듯 해서 내게 더 이상 이런 부당한 요구를 하지 않을 거라고 생각했던 것이다. 하지만 사람의 성격이나 습관이 한 순간에 어디 고쳐질까. 속단을 하고 미리부터 안심을 하고 있었던 내 잘못이었다. 엄마가 죽는소리를 하듯 말을 이었다.

"나 죽기 전에 너 결혼하는 거 보고 죽어야 하는데… 아구구. 하늘도 무심하지. 이러다 너 시집가기 전에 나 죽으면 어떡해?"

"누가 죽는다고 그런 말도 안 되는 소리를 해?"

억지가 따로 없었다. 그런 얼토당토않은 소리를 늘어놓는 것이나 약한 소리만 골라하는 것이 날 무력화시켜 자기 뜻대로 하려는 의도가 다분해 보였다. 그래서 일부러 어깃장을 놓는 소리를 하는데 엄마가 벌떡 일어나 앉았다.

"네가 지금 내 명 재촉하고 있잖아. 너 결혼하라는 소리하다가 내 입이 딱 붙어버린 거 안 보여?"

이로써 아프지 않은 건 확인이 되었다. 마루까지 엄마의 목소리가 쩌렁쩌렁 울렸는지 아버지가 들어와 엄마를 말렸다.

"어허, 이 사람. 요정이 나이가 한둘이야? 제 일 제가 알아서 하게 그냥 두자고."

엄마가 아버지의 손을 뿌리쳤다.

"그냥 두면 앞으로 42살이 돼도 애 시집 안 가. 인수 결혼식장 가서 보니 애 보다 못한 애들도 다 시집갔던데 요정이가 뭐가 부족해서 이러고 있냐고. 내가 그거 보고 얼마나 분통터진 지 알아? 어디가 못났으면 억울하지나 않지."

그놈의 인수 소리 이제 그만할 줄 알았는데 끝까지 써먹었다. 엄마는 속에서 뭐가 올라오는 듯 가슴을 내리쳤다. 아픈 것 같지는 않고 그냥 연기가 분명해 보였다. 엄마가 아버지에게 눈을 치떴다.

"당신이 걸핏하면 편드니까 기집애가 간만 커졌잖아. 시집갈 생각은 안

하고 사업이다 뭐다 그것밖에 눈에 뵈질 않고. 여자가 능력이 있으면 뭐 해? 시집 안 가면 끝이지."

엄마의 발언을 더 두고 볼 수가 없었다.

"엄마. 세상 변했어. 여자가 능력 되면 시집 안 가도 돼."

"너 대처수상도 결혼했다. 그럼 대처수상은 능력 없어서 결혼했냐? 여자의 완성은 결혼이야. 그러니까 이번에 딱 한 번만 선 봐. 앞으로 더 부탁도 안 한다. 응?"

그러니까 선, 또 선이었다. 엄마가 아프다는 건 역시 미끼에 불과했다. 번번이 속고 마는 바보 같은 내게 화가 나 버럭 소리를 지르고 말았다.

"무슨 선? 그러려고 나 지금 부른 거야?"

"이번엔 달라."

엄마의 입술이 벙싯 벌어졌다. 게다가 희색이 만연한 그 얼굴은 조금 전까지 아프다고 연기를 했던 사람과 동일 인물로 보이지도 않았다. 엄마는 하나 남은 자식을 결혼시키기 위해서 이제 연기의 달인이라도 되려는 듯 했다.

"안 본다니까."

엄마는 내 말을 무시하고 말을 이었다.

"이 선 누가 가져온 건 줄 알아? 인수 엄마다."

엄마는 승리자의 미소를 지었다.

"결혼식장 갔다 와서 끙끙 앓고 있는데 내가 그 선 듣자마자 벌떡 일어났어."

그 타이밍에 찬조출연을 하기로 했는지 민정이가 방문을 열고 나타나 거들었다.

"언니. 검사래. 검사."

민정이의 얼굴로 부러움과 질투가 범벅이 된 표정이 스쳐지나갔다. 내 입장만 애매했다. 이제 슬슬 원준과 잘 풀리고 있는데 선을 봐도 될까. 하지만 검사라는 말에 솔직히 호기심이 일어나는 것도 사실이다. 더구나 불과 한 주 전까지만 해도 원준에 대해서 불안해하지 않았던가. 앞으로 또 그런 일이 없으란 법이 없다. 게다가 내가 지금 원준과 장래를 약속한 것도 아니니까 딱히 못 볼 것도 없었다.

내가 동요하고 있는 걸 눈치 챈 듯 엄마가 바싹 다가앉았다.

"인수 결혼식 날 그 검사가 널 봤단다. 네가 마음에 든다고 인수한테 소개 좀 해달라고 부탁했대. 이런 일이 흔한 줄 아냐? 인수가 신혼여행 다녀와서 바쁘잖아. 그래서 인수 엄마가 대신 나서준 거야. 인수 엄마도 앞으로 잘 지내자는 뜻으로 자기가 직접 나서고 있는데 얼마나 고마우냐."

엄마는 인수 엄마의 칭찬을 입이 닳도록 하고 있었다.

"인수하고 그 검사하고 무슨 관겐데?"

"학교 선배란다. 사법연수원에도 같이 있었고. 인수 엄마가 그러는데, 집안도 좋대. 인물도 훤하고. 너 잘되면 인수한테 고맙다고 해야 된다."

"그런 사람이 뭐가 아쉬워서 서른 넘은 여자를 만나겠대?"

시큰둥하게 대꾸하자 엄마의 얼굴색이 대번에 달라졌다.

"낸들 알아. 그쪽에서 널 마음에 들어하잖아. 지금 우리가 이것저것 따지게 생겼냐. 만나준다면 고맙고 황송하지. 이게 다 내 덕인 줄 알아. 엄마가 미용실 문 닫자마자 절에 가서 너 시집 좀 보내달라고 손발이 닳도록 빌었으니까 이런 선이 들어온 거야."

엄마가 은근슬쩍 자신의 공로를 내세우고 있는데 아버지가 슬그머니 일어나 밖으로 나갔다. 인수가 아무런 연락도 없이 일을 벌인 게 괘씸했다.

"돌아오는 토요일 날 보기로 했으니까 그 전날 얼굴 마사지 좀 받고 이쁘게 하고 나가."

엄마가 내 손을 붙들고 애원하는 목소리로 말했다.

"생각해볼게."

아닌 게 아니라 생각해 볼 필요가 있다. 원준과의 관계도 있고 내 머릿속은 그 어느 때보다 복잡해졌다. 애원이 안 먹힌다고 생각했는지 엄마가 언성을 높였다.

"생각은 무슨 얼어죽을 놈의 생각. 무슨 일이 있어도 만나야지. 이런 좋은 기회가 또 있을 거 같냐?"

어이구, 저런 바보가 다 있나, 하는 눈길로 엄마가 체 머리를 흔들었다.

"잔말 말고 나가. 알았어?"

다시 한 번 으름장을 놓았다.

"생각해본다니까."

짜증스럽게 말하고 난 뒤 마루로 나와 버렸다. 마음을 가라앉히려고 밤바람을 쐬고 있는데 민정이가 졸졸 따라와서 옆에 앉았다.

"언니, 좋겠네. 검사하고 선보고."

"본다고 한 적 없다."

"뭐가? 볼 거잖아. 그냥 봐. 저쪽에서 좋다는데 왜 안 나가? 내가 시집 안 갔음 얼씨구 하고 가겠다."

민정이가 별 뜻 없이 지껄이는 걸 위 아래로 훑어보았다.

"엄마 집엔 왜 왔어? 너 또 카드 빵꾸난 거 아냐?"

"왜 그래? 엄마 아프다고 해서 온 거야."

"기지배야. 카드 좀 작작 쓰고 다니라고 했지?"

"그런 거 아니라니까 그러네."

아버지가 마루 끝에 앉아 담배를 피워 물었다. 재떨이를 찾아서 가져다 드렸다. 아버지의 시선이 오동나무의 잎사귀를 바라보고 있었다. 밤바람이 가지를 수선스럽게 흔들고 지나가는 게 보였다. 쏴아쏴아 파도가 치는 것 같은 소리가 연이어 들렸다. 어렸을 때부터 귀에 익숙한 소리였다.

"철거는 언제 한대요?"

"내년 봄쯤에 시작한다더라."

아버지의 시선이 하염없이 오동나무의 잎사귀에 머물러 있었다. 마음이 일순 착잡해졌다. 마음 한쪽이 괜히 욱신거렸다. 동네가 사라지면 30년 된 이 골목도 자취를 감출 것이다. 두 살 때부터 살았던 골목이 이제 시간의 저편으로 사라진다고 생각하니 마음이 짠해졌다. 엄마의 미용실, 만수 엄마의 속옷 가게, 인수 부모님의 세탁소… 그리고 무슨무슨 이 골목을 빼곡히 채우고 있던 오래된 가게들도 자취를 감출 것이다. 자식들을 가르치고 일용할 양식을 주었던 가게와 골목은 포크레인에 뭉개져버릴 것이고 지금 내가 앉아있는 이 마루도 기억 속으로 사라질 것이다.

이 골목에 사는 사람들은 대부분 재개발을 원한다고 했다. 하지만 아버지처럼 골목의 오래된 풍취와 가게들과 길을 좋아하는 사람들은 어떻게 되는 걸까. 자신이 살았던 집에서 죽을 때까지 살고 싶은 사람들의 바람은 어떻게 되는 걸까. 그런 것들은 개발의 논리 앞에 일고의 가치도 없는 게 당연한 것일까.

어쩌면 아버지는 진즉 알고 계셨던 게 아닐까. 요새 부쩍 오래된 곳을 찾아다니기 시작한 것도…. 아버지는 자신이 살았던 동네와 또 잊혀져 가는 것들의 기록을 남기고 싶은 것일지도 모른다.

"집 지을 동안 딴 데 가 있어야 하잖아요?"

"네 엄마랑 둘이 있을 때 못 찾겠냐? 걱정하지 마라."

내년 봄이면 빌라로 와도 별 상관이 없을 것 같았다.

"그러지 마시고 저희 집으로 오세요. 방이 세 개나 있는데 다른 데 가실 필요 뭐 있어요?"

아버지가 손을 내저었다.

"이주비도 나오는데 다른 데 구하면 돼. 네 생활도 있는데 소란스럽게 할 필요 없다."

"딸집이 무슨 남의 집인가요?"

섭섭해서 그렇게 말했더니 아버지가 물끄러미 쳐다보았다.

"그래도 괜찮겠어?"

"그럼요."

아버지의 눈길이 허허롭게 오동나무 근처를 배회했다.

"저 나무 우리 요정이 시집갈 때 장롱 만들려고 했는데 그럴 수가 없게 되었구나."

"언니, 아버지 행정소송 냈잖아. 근데 안 됐어. 우리 집이 아파트 지을 때 딱 중간이래서 안 된대."

지금 아버지의 마음이 어떨까, 헤아리고 있는데 아버지가 불쑥 말을 꺼냈다.

"난 우리 요정이 믿는다. 요정인 잘 해 나갈 거야."

"아빤 맨날 언니밖에 모르지."

민정이가 샐쭉하게 입을 내밀었다. 아버지는 나무에 시선을 던지고 있다가 우리를 돌아보았다.

"이제들 가봐라. 기다리겠다."

"아빠도 참. 나야 오서방이 기다리지만 언니를 누가 기다린다고."

민정이가 구시렁거리는데 아버지는 하늘에 떠 있는 달을 정처 없이 바라보고 있었다. 요새 아버지의 마음이 허하구나 하는 생각이 들었다. 내일이 바쁘다고 자주 연락을 못 드린 게 죄송스러워졌다. 30년이나 살았던 집을 떠난다는 게 쉬운 일은 아닐 것이다. 더구나 아버지의 연배에 말이다. 오죽하면 행정소송까지 냈을까.

"저 오동나무는 어떡하실 거예요?"

조심스럽게 말을 꺼냈다.

"이 집 떠나는 날 베어야지."

"직접 하시게요? 사람 부르세요."

아버지는 물끄러미 오동나무에 시선을 던졌다.

"언니 말이 맞아. 아빠 저거 못 베."

민정이까지 나서서 말리는데도 아버지는 묵묵부답 말이 없었다. 오늘따라 마루로 쏟아지는 달빛이 푸른 커튼을 친 듯 너울거렸다.

4

호텔 지하주차장에 차를 대고 난 후 등받이에 머리를 기댄 채 미동도 없이 앉아있었다. 오면서 내내 갈등이 없었다면 거짓말이다. 하지만 이미 여기까지 왔다는 건 마음속으로 결정을 내렸기 때문이다. 룸미러를 내려 화장이 번지지 않았나 꼼꼼하게 살피고 난 뒤 립스틱을 덧발랐다. 정장 안에 받쳐 입은 블라우스 자락을 이리저리 매만진 다음 차에서 내렸다. 허리를 죽 펴고 시선은 정방향에 둔 채 하이힐을 또각거리며 앞으로 나갔다.

스카이라운지로 올라가기 위해 엘리베이터를 기다렸다. 문이 열리자 안으로 들어갔다. 거울 속으로 화사하게 화장을 한 여자의 얼굴이 어른거렸다. 애써 그 모습을 외면하지만 마음이 어두워지는 건 사실이었다. 얼마 전 경춘가도를 드라이브할 때 보라가 입술에 짓궂은 미소를 띠며 바라보았다.

"너 원준이랑 잤지?"

어떻게 알았느냐고 물어볼 필요도 없었다. 보라야 그쪽은 전문이니까. 긍정도 부정도 하지 않은 채 운전에 몰두한 척 하고 있는데 보라가 말을 이었다.

"내가 모를 줄 알았냐? 그날 클럽에서 보니까 둘이 눈 맞았던데, 뭘. 원준이도 너만 보고 있더라. 아깝다. 딱 내 스타일인데."

보라가 아쉽다는 듯 깐죽거렸다.

"네 스타일인 남자가 한 둘이니?"

그 소리에 보라가 깔깔거리고 웃었다.

"차요정. 너 질투하니? 야, 무섭다, 무서워. 그럴 생각 없으니까 얼굴 좀 펴라. 내가 뭐 남자 없어 원준이 탐냈는 줄 알아? 이게 다 너를 위한 작전이었어. 그동안 애인도 없이 오로지 일만 하는 네가 얼마나 불쌍했는 줄 알아?"

"그래서 목적을 달성한 느낌이 어떠신가요?"

장단을 맞추었더니 보라가 위 아래로 훑어보며 뭐 쓸만해졌네, 하는 눈빛이었다.

"네 얼굴 핀 거 봐라. 역시 사람은 연애를 해야 돼. 근데 앞으로 너 원준이 어떡할 거야? 계속 한 집에서 살 거야, 어쩔 거야? 그냥 이참에 식 올려라. 너 능력 있으니까 그런 꽃미남 데리고 살아도 되잖아."

"나 너처럼 대책 없이 일 안 벌려."

"기지배. 속으론 좋으면서."

보라가 흘겨보며 피식피식 웃었다.

대답은 그렇게 했어도 사실은 머릿속으로 수없이 생각해보았다. 하지만 아직 결론을 내리지 않은 걸 섣불리 말하고 싶지가 않았다. 원준과 계속 사귄다고 가정할 때 결혼이란 현실적인 문제를 따져보지 않을 수가 없다. 이미 생리가 나오지 않을 때부터 그 문제를 곰곰 생각했었다. 청주에서 농사를 짓는 부모님, 고등학교에 다니는 여동생, 밑의 남동생은 군대에 가 있는데 돌아오면 복학을 한다는 첩첩산중의 암담한 원준의 가족들. 미래에 대해 아무런 준비도 되어있지 않은 원준. 그리고 과연 결혼생활에서 현실적인 문제들을 만났을 때 원준은 내게 믿음을 줄까. 아무런 확신이 없었다. 어느덧 무거운 한숨을 쉬고 있는 자신을 발견했다.

33살의 연애는 하늘에 떠있는 별을 따다주는 게 아니라는 걸 아는 데 어떻게 핑크빛 꿈만 꿀 수 있을까.

그래, 진심을 말하자면 불안하다. 원준을 좋아하지만 현실적인 문제만 생각하면 마음이 급속도로 어두워진다. 원준은 우리의 감정에만 주목하지만 난 현실적인 문제도 주목할 수밖에 없는 33살의 여자니까.

그러니까 오늘 맞선 자리에 내 등을 떠민 것은 엄마가 아니라 내 마음속에 숨어있는 불안이었다.

그 불안이 미용실 문을 열고 들어가 헤어디자이너에게 "예쁘게 해주세요" 하는 말을 하게 했고 부랴부랴 퇴근해 차안에서 다른 때보다 더 공들여 화장을 하게 했고 차가 막히면 안 되는데 하는 초조감으로 엑셀을 밟게 했던 것이다.

엘리베이터가 꼭대기 층에 도착을 했다. 마음을 다잡기라도 하듯 문이 열리기 전에 심호흡을 짧게 내뱉었다. 이윽고 천천히 문이 열리고 저 멀리 레스토랑의 입구가 보였다. 하비스커스 잎들이 천장을 향해 쭉쭉 뻗은 채 입구를 반쯤 가리고 있었다. 문 앞에서 잠깐 망설였지만 결심을 한 듯 안으로 걸음을 옮겨놓았다.

잔잔한 피아노 선율이 흐르는 실내로 들어서자 보타이를 맨 웨이터가 익숙한 미소를 짓고 다가왔다. 이름을 확인하고는 나를 창가 쪽 테이블로 안내했다. 검사는 아직 오지 않았다. 웨이터가 글라스에 레몬수를 따라주곤 발소리도 내지 않고 사라졌다.

사방이 통 유리로 되어 있는 스카이라운지 너머 한강이 띠처럼 흘러가고 있었다. 도시의 조명과 불빛들이 검은 하늘을 배경으로 쇼를 펼치고 있었다. 그 화려한 빛의 향연에 나도 모르게 시선을 던졌다. 멀리 자동차의 경적음이 간헐적인 소리로 올라왔다. 날카롭게 귀를 파고드는 도시의 소음마저 밤의 스카이라운지에선 아늑하고 부드럽게 들렸다.

약속시간에서 20분이 흘렀다. 이만하면 예의는 충분했고 인수에게도 친구로서 도리를 다했다는 생각이 들었다. 의자를 밀치며 막 몸을 일으키는데 앞쪽에서 발소리가 울렸다. 검은 양복을 입은 남자가 뚜벅뚜벅 걸어오고 있었다. 인수의 결혼식에서 날 빤히 보던 그 남자였다. 남자는 건너편 의자에 앉았다.

남자의 옷차림은 명품 일색이었다. 클래식한 검은 슈트부터 와이셔츠와 회색 넥타이, 그리고 구두까지 값비싼 명품이었다. 자신이 늦었다는 걸 망각한 듯 남자에겐 사과의 말이 없었다. 남자는 테이블로 다가온 웨이터에게 커피를 주문하고 의자 등받이로 몸을 젖혔다. 탐색하는 듯한 주의 깊은 시선이 내게로 향했다. 자신만만한 얼굴에서 풍겨 나오는 표정은 자칫 거만스럽게도 보일 수 있었다. 생김새는 엄마가 말한 대로 괜찮았다. 아니 이제까지 선 본 남자 중에서 제일 나았다. 인수 엄마의 말은 빈말이 아니었던 것이다.

"길이 많이 막혔나봐요?"

어색한 분위기를 풀려고 물은 건데 남자의 반응은 직설적이었다.

"우리 쪽 일이 좀 그래요."

단정하고 딱딱한 말투가 흘러나왔다. 대개 이런 식으로 질문을 던지면 퇴근 시간이라서 그렇다는 둥, 시간에 맞추기 위해 애를 썼다는 둥, 또는 우리나라의 교통사정에 대해서 약간의 성토를 하다보면 자연스럽게 넘어가는 문제였다. 하지만 남자의 대답은 좀 의외였다. 우리 쪽 일이 그렇다니. 남자는 자신이 늦었다는 걸 미안해하거나 사과하는 대신 당연히 이해해달라는 모습이었다. 핸드백에서 명함을 찾아 내밀었다.

"차요정입니다."

"김우진이요."

남자가 내 명함을 흘깃 보고는 우아한 동작으로 지갑 속으로 집어넣었다. 자신이 잘났다는 걸 알고 있고 거기에 집안도 좋고 인물까지 좋은 남자들에게서 흔하게 볼 수 있는 자신만만한 태도였다.

"쇼핑몰이라."

남자가 혼잣소리로 중얼거렸다.

"김 검사하고 같은 동네에서 자랐다면서요?"

"네, 그래요."

"이런 미인이 있다는 소린 안 했는데. 김 검사가 왜 감췄을까 생각을 해 봤는데 잘 모르겠어요."

이걸 칭찬으로 알아들어야 하는 건지 모를 정도로 남자의 화법은 묘했다. 잠시 침묵이 흐르는 사이로 피아노 선율이 귀를 비집고 들어왔다. 에릭 사티의 짐노페디였다. 창 너머로 흐르는 한강의 불빛이 강물에 반사되어 번들거리고 있었다. 그 빛에 눈길을 던지고 있는데 남자가 입을 열었다.

"식장에서 차요정 씨를 봤을 때 괜찮다 싶은 생각이 들었어요. 그래서 김 검사에게 소개해달라고 했어요. 처음엔 선배님의 취향이 아닐 거라고 거절하더군. 여자 다 거기서 거기 아닌가?"

남자가 입 꼬리를 살짝 들추며 커피 잔을 집어 들었다. 이 자리가 조금씩 불편해졌다. 여자 다 거기서 거기라니. 곧잘 일반론을 쓰는 사람들을 경계하는 편이다. 그런 사람들은 개개인의 개성과 특징들을 무시하고 폄하하는데다 인간의 다양성이란 측면에서도 위험한 생각이었다.

"그 말엔 동의하지 않는데요."

남자는 소리 없이 웃었다.

"난 올해가 가기 전에 결혼하고 싶어요. 그래서 차요정 씨와 결혼을 전제로 사귀고 싶다는 거요. 한 살이라도 젊을 때 애를 낳아야 좀 더 건강한 아이를 출산할 수 있으니까…"

남자는 감정이라도 하는 눈길로 죽 훑어 내렸다. 그리곤 내 얼굴의 이곳저곳을 하나하나 뜯어보고 있었다. 결혼? 출산? 상대의 의견은 묻지도 않고 자신의 말만 일방통행으로 하고 있었다. 그러니까 이 남자는 자신이 사귀자고 하면 세상의 모든 여자들이 응당 그래 줄 거라는 착각을 하고 있다. 또한 결혼도 마찬가지였다. 그렇지 않고서야 이토록 당당하고 자신만만한 투로 말하진 않을 테니까.

"제 의견이나 생각은 묻질 않으시네요."

빈정거림을 담아 얘기하는데 남자는 신경 쓰지 않는다는 얼굴이었다. 남자의 괜찮은 직업이나 근사한 생김새나 좋은 집안까지 이제 별 매력이 없어 보였다. 사람 자체에 흥미가 생겨나지 않았다. 김우진이 단정적으로 결론을 내렸다.

"그쪽 마음도 나와 같다고 보면 되지 않나. 그러니까 이 자리에 나왔을 테고."

이건 대체 어느 나라의 화법인지 모르겠다. 도무지 어이가 없어서 김우진의 얼굴을 빤히 바라보고 있었다.

"나와 결혼하면 그 쇼핑몰인가 뭔가 하는 건 정리해요. 그거 해봐야 얼마나 법니까? 난 여자가 사업이다 사회생활이다 하고 밖으로 도는 거 질색입니다. 어른들도 마찬가지고. 여자의 책임은 집에 들어앉아 2세를 성심성의껏 키우는 거지. 안 그래요? 난 여자들 사회활동 하는 거 보면 마음에 안 들어요. 돈은 내가 쓰지도 못할 만큼 벌어다 줄 테니까. 아이만 키우면 돼요."

김우진이 거만하게 등을 의자로 젖혔다.

"쇼핑몰인가 뭔가가 아니라 페어리랜드인데요."

명령투의 말투에 슬슬 반발심이 일어났다.

"이름이 중요한가?"

"중요하죠. 검사님한테는 그 뭔가 하는 쇼핑몰이 내겐 몇 년 동안 자신을 쏟아 부은 일터예요. 더구나 나 외에 4명의 식구들이 딸려 있는 곳이기도 하고요."

내가 발끈해도 김우진은 대수롭지도 않다는 표정이었다.

"잠깐 실례할게요."

화장실로 들어가 마음을 진정시켰다. 전면이 유리인 화장실 어두운 창 너머로 잘 포장된 상품처럼 자신을 치장한 여자가 서 있었다. 그 모습을 바라보는데 울컥 원준이 보고 싶어졌다. 그 불안의 실체 너머로 내가 무얼 놓칠 뻔했는지 이제 선명해졌다. 가슴이 걷잡을 수 없이 북받쳐 올라 화장실 안을 초조하게 왔다 갔다 했다. 당장 원준이 보고 싶었다. 콧잔등에 송글송글 맺혀있는 땀을 닦으며 들뜬 마음으로 전화를 걸었다.

"어디야?"

"도서관에 있어요. 어디예요?"

도서관이라면 이곳에서 20분쯤 떨어진 곳에 있었다. 다행이라면 다행이었다.

"나 여기 R호텔 스카이라운지야. 17층으로 올라오면 레스토랑이 있어."

"알았어요. 금방 갈게요."

거울을 보며 화장을 고쳤다. 목을 꼿꼿하게 세우고 당당한 걸음으로 자리로 돌아갔다. 그리곤 김우진의 얼굴을 똑바로 바라보았다. 김우진이 입을 열었다. 어느 새 말을 놓고 있었다.

"다음 주부터 일주일에 한 번씩 만나지. 내가 일이 바쁘니까 그 정도 시간밖에 못 내는 걸 이해하고. 한 달 정도면 충분하지 않나? 11월초에 양가 어른들 만나 인사하면 될 거고…"

역시 상대방의 의견은 일언반구도 묻지 않은 채 일사천리로 말을 맺었다. 김우진이 손짓을 하자 저만큼 대기하고 있던 웨이터가 급히 다가왔다.

"여기 식사 내오지. 예약한 대로."

"예, 알겠습니다."

웨이터가 인사를 하고 사라지자 김우진이 날 똑바로 바라보았다.

"요정 씨는 말이 없네. 하긴 난 말이 없는 여자가 좋아. 꼬치꼬치 따져 묻고 질문을 하는 여자는 별로야. 좀 지나면 차차 내 스타일은 알 거고. 아까 들어오자마자 요정 씨가 내게 먼저 말을 붙여서 그때 좀 감점을 받았어. 하지만 내가 좋아서 넘어가 주는 거니까."

그러니까 입 닥치고 감지덕지 하라는 소리였다. 웨이터가 테이블에 에피타이저용 샐러드를 내려놓았다. 그리고 난 뒤 앞에 놓인 글라스에 붉은 와인을 따랐다. 뭘 좋아하느냐고 묻지도 않고 김우진이 자기 취향대로 고른 것 같았다. 매사가 이렇게 독선적인 사람이라면 더 두고 볼 것도 없었다.

숄더백 속의 휴대폰이 지이잉 울렸다. 원준이 도착을 했는지 위치를 물었다.

"응. 입구에서 오른쪽 창가에 있어."

김우진이 통화를 하는 날 흘끗 바라보는데 원준이 막 레스토랑의 입구로 들어서는 모습이 보였다. 실내를 둘러보던 원준은 곧장 내가 알려준 방향대로 걸어오고 있었다. 입술에 살짝 미소를 띠고 김우진을 바라보았다.

"식사는 혼자 하셔야겠네요."

"먹고 같이 나가지. 집도 알 겸 내가 바래다 줄 테니."

검은 티셔츠를 입은 원준이 우리 테이블로 다가왔다. 물이 바랜 데님에 가방을 둘러멘 원준은 어리둥절한 눈으로 한 걸음 떨어진 곳에 멈춰 섰다.

"어쩌죠? 남자친구가 와서 가봐야겠네요. 그리고 제가 바빠서 검사님을 만날 시간이 없을 거 같아요. 죄송합니다. 인수에겐 뭐라고 하지 마세요. 제가 남자친구가 있는 걸 모르거든요. 그럼."

돌아서서 원준과 팔짱을 끼고 테이블 사이를 빠져 나왔다. 양손에 스테이크 접시를 들고 오던 웨이터와 중간쯤에서 부딪쳤다. 웨이터가 당황한 얼굴로 원준과 날 번갈아 쳐다보았다. 살짝 고개를 숙인 뒤 허리를 똑바로 펴고 당당하게 입구를 향해 걸었다.

"저 사람 누구예요?"

"아무도 아냐. 우리 맛있는 거 먹으러 가자."

원준과 함께 엘리베이터에 올랐다. 문이 닫히면서 스카이라운지의 명멸하던 불빛들도 이내 눈앞에서 사라졌다. 저녁을 먹으러 가서 원준은 말이 없었다. 자리에 앉을 때도 고기를 잘라서 입으로 가져갈 때도 말수가 부쩍 줄어 있었다. 식사를 마치고 원준을 재촉해서 식당을 나왔다.

집으로 빨리 돌아가 원준과 달콤한 밤을 보내고 싶었다. 옆에 있는 원준을 보면서 내가 왜 그동안 쓸데없는 고민을 했을까 라는 후회를 하고 있었다. 일주일 내내 불면의 밤에 빠지게 했던 생각을 이제는 깡그리 날려버릴 수 있을 것 같았다. 미래에 무엇이 있든 이제 달려갈 것이다. 내 마음이 가는 대로 감정이 움직이는 대로 자신을 맡길 것이다. 그 끝에 무엇이 있을지 나도 원준도 모르지만. 적어도 지금처럼 갈등하느라 시간을 낭

비하지는 않을 것이다.

집에 도착해 욕실로 들어갔다. 다른 때보다 공을 들여 오래오래 샤워를 했다. 귀에 향수도 몇 방울 뿌리고 검정 슬립으로 갈아입고 거실로 나왔다. 입술에 원준이 좋아하는 핑크빛 립글로스를 살짝 바르고 거울 속을 들여다보았다. 요염하고 나름대로 귀여운 여자가 이쪽을 바라보고 있다. 천장의 조명을 약하게 줄이고 잔에 와인을 조금씩 부었다. 거실 테이블에 와인 잔과 치즈를 올려놓고 흐뭇한 표정으로 바라보았다.

그런데 원준이 보이지가 않았다. 샤워를 하고 있나. 문을 살짝 열었다. 욕실은 텅 비어 있었다.

원준은 건넌방 구석에 웅크리고 앉아 있었다. 샤워도 하지 않은 듯 아까 입은 옷차림 그대로였다. 다가가서 등에 살며시 손을 올려놓았다.

"얼른 씻어."

달콤하게 속삭였지만 반응이 없었다.

등에다 손을 갖다 대는데 원준이 휙 뿌리치며 일어섰다. 어안이 벙벙한 채 나도 주춤 몸을 일으켰다. 원준이 물었다.

"아까 선 봤어요?"

"그래. 봤어."

굳이 숨길 이유도 없어서 순순히 인정했다. 원준이 이해할 수가 없다는 듯 쳐다보았다.

"선 봤다고요? 어떻게 그럴 수 있어요?"

"그냥 한 번 본 거야. 선이란 게 그렇잖아."

"검사라면서요?"

"그게 뭐?"

"왜 선 보는 사람 앞에 날 불러냈는데요?"

"그냥 그러고 싶었어."

"그런 행동이 사람을 얼마나 무시하는 건 줄 알아요?"

"그게, 왜 무시야? 너 항상 나 데리러 왔잖아."

"난 혼자 있는 줄 알았어요. 선 봤다고 했으면 거기로 안 갔어요. 내가 얼마나 당황하고 곤란했는지 알아요?"

원준의 목소리가 분노로 바르르 떨리고 있었다.

"그만 화 풀고 샤워해. 응?"

살살 달래보았지만 원준은 내 손을 뿌리쳤다. 눈이 붉게 일그러지더니 주먹을 쥐고 벽을 향해 내리쳤다.

"너 대체 왜 이래?"

소리를 지르며 원준의 손을 붙들었다.

"봐요. 날 좋아하기나 한 거예요?"

"좋아하니까 이렇게 같이 있는 거잖아."

"그러면서 왜 선을 봤는데요? 왜요? 난 누나한테 뭐예요? 뭐냐고요?"

원준이 집요하게 몰아붙였다. 천천히 침을 삼키고 나서 입을 열었다.

"그래 사실대로 말할게. 나 요새 좀 불안했어. 너랑 이런 사이가 된 거 한 번도 차근차근 생각해 본 적도 없었고, 우리에 대해서 차분하게 생각해 본 적도 없었어. 그런데다가 여러 가지 일들로 생각이 좀 복잡했어."

"불안하고 복잡하면 선보는 거예요? 여자들은 그래요? 아니, 누나는 그래요?"

"넌 어려서 그런지 몰라도 우리 감정이외에 다른 건 생각하지 않아. 하지만 난 달라. 너보다 나이도 많고, 또."

"어리다고요?"

원준이 어이가 없다는 얼굴로 되물었다. 표정을 보니 그 말은 하지 말았어야 했다는 생각이 들었다. 하지만 이미 주워 담을 수도 없었다. 게다가 내친 김에 말은 봇물 터지듯 쏟아져 나오고 있었다.

"너 지금 나한테 용돈이나 받고 있잖아. 그러면서 내게 뭘 해줄 수 있어? 언제까지 우리가 이런 식으로 살 수 있다고 생각하는 거야? 넌 우리가 서로 좋아하는 것만 있으면 된다고 생각하겠지만, 나 33살 먹은 여자야. 현실적인 것들, 앞으로 우리들의 관계, 그리고 그 뒤에 올 수 있는 여러 가지 상황을 생각하느라 머리가 터져 버릴 지경이라고. 너 그런 거 생각해 본 적 있어?"

맥이 탁 풀린 얼굴로 쳐다보고 있는 원준을 보자 마음 밑바닥에서 화가 뭉클뭉클 솟아나고 있었다.

"그래, 왜 선봤냐고? 검사라고 해서 나갔어. 대체 그런 남자는 어떨까 해서 나가봤어. 근데."

말을 삼키며 숨을 몰아쉬었다. 난 그 검사가 아니라 너를 택했다. 이제 너만 있으면 된다고 깨달았다. 지금 내가 그 말을 하지 않아도 당연히 눈치채고 있어야 하는 거다. 그게 아니라면 왜 네 팔짱을 끼고 검사 앞에서 돌아섰겠니.

이 와중에 섹시한 슬립을 입고 있는 자신이 바보처럼 느껴졌다. 달콤한 밤을 기대하고 있었는데 이게 무슨 꼴인가. 머릿속이 실타래처럼 엉망으로 뒤엉켜 기분도 최악으로 치달았다. 원준이 내가 입은 슬립을 흘끗 내려다보았다.

"하긴 난 돈 받고 고용된 펫이었지?"

원준이 검은 티셔츠를 찢듯이 벗어 던졌다.

"자요. 돈 받은 만큼 해줄게요. 몇 번하면 돼요?"

"너 정말."

짝! 원준의 뺨에 붉은 색의 손자국이 선명하게 나타났다. 입안이 바싹바싹 마르고 관자놀이가 펄떡펄떡 뛰고 있었다. 원준은 등을 돌리고 벽쪽을 향해서 굳은 듯 움직이지 않았다. 우리는 서로를 외면한 채 한 마디도 하지 않았다. 거실의 시계가 치는 소리만 선명하게 귀를 비집고 들어왔다.

원준은 거칠게 옷장에 있는 옷들을 배낭 안에 쑤셔 넣기 시작했다. 우두커니 지켜보고 있는데 원준의 손이 슬로우 모션으로 천천히 움직이고 있었다. 그저 멍하니 그걸 보고 있었다. 이윽고 원준은 자신의 물건을 넣은 배낭을 어깨에 메고 벽에 걸려 있던 가을 점퍼를 팔에 들었다.

지금이라도 미안하다는 말을 해야 한다는 걸 깨달았다. 더불어 네가 내게 얼마나 소중한 사람이라는 말도. 하지만 난 말없이 벌어진 슬립의 깃만 누르고 있었다. 원준은 방문을 열고 나가서 거실을 가로질렀다. 그리고 등 뒤로 문이 탕, 하고 닫히는 소리가 들렸다. 원준이 계단을 내려가는 소리가 저벅저벅 울렸다.

다리가 풀리며 그대로 바닥에 주저앉았다. 무릎에 얼굴을 묻고 조용히 웅크리고 있었다. 흐느낌은 터져 나오지 않았다. 단지 밍밍한 눈물이 볼을 타고 끝없이 떨어져 내렸다.

5

"캡틴. 퇴근 안 하세요?"

박실장이 책상을 정리하면서 물었다.

"응, 좀 있다가."

홈피의 Q&A의 답 글을 쓰면서 얼버무렸다. 원준이 떠난 지 벌써 한 달이 흘렀다. 이제 10월도 거진 반이 지나가고 있었다. 다들 원준이 왜 안 보이나 궁금한 눈치였지만 일부러 모른 체 하고 있었다. 눈이 모니터 양쪽을 장식하고 있는 네코 인형에 머물렀다. 1초쯤 그걸 보다가 시선을 돌렸다.

누군가 떠난 뒤에 남아있는 물건들은 그 사람의 부재를 각인시킨다. 이제는 더는 그 사람이 여기 없다는 걸 조용하게 일깨운다. 처음 발견한 것은 욕실 선반에 놓여있는 면도기였다. 그 다음은 슬리퍼와 칫솔. 면도기와 칫솔은 쓰레기봉투에 버리고 슬리퍼는 재활용 상자에 담아서 밖에 내다놓았다.

여름옷들을 정리하려고 옷장을 열던 어느 날 서랍 속에서 커플 티를 발견했다. 흰 색 면 티 앞에 금박으로 'Tokyo'라고 적혀있는 커플 티..그러자 여름의 뜨거운 태양과 그걸 입고 손을 잡은 채 동경 시내를 활보하던 우리의 모습이 선명하게 떠올랐다. 가슴이 찌르르했다. 한동안 만지작거리다가 커플 티를 착착 접어서 상자 깊숙이 집어넣었다.

커피를 한 잔 타서 회의용 테이블에 앉는데 진희가 수미에게 하소연을 늘어놓고 있었다.

"내가 제 뒷바라지한 게 얼만데 복학하자마자 이게 바람을 피워?"

"왜 무슨 일 있어?"

수미가 물었다.

"나 엊그제 일찍 퇴근한 날 남친 학교에 갔잖아. 전화하니까 공부하고

있다고 그냥 가래. 아주 중요한 시험이 있다면서. 그래서 내가 양보했지,
뭐. 커피라도 마시려고 근처 카페에 들어갔는데 거기서 딱 걸렸어. 글쎄.
이게 1, 2학년쯤이나 됐을까 하는 어린애랑 같이 있는 거 있지. 나 분해서
죽는 줄 알았어."

"쎄고 쎈 게 남잔데 뭘 고민하니. 그냥 이참에 헤어져 버려."

수미가 별 일도 아니라는 듯 대꾸했다.

"그래도 군대까지 기다렸는데 아깝지 않아?"

진희가 아쉬운 듯 물었다. 커피 잔을 내려놓으며 진희를 쳐다보았다.

"너도 남자친구 군대 있을 때 소개팅 많이 했잖아. 근데 뭐 그것 가지
고 그러니?"

"캡틴. 그래도 이건 다르죠. 걔가 군대 가서 사회인이 아닐 때 한 거니
까요. 하지만 제가 어디 멀리 간 것도 아닌데 복학하자마자 애들이랑 노
는 건 잘못이잖아요."

"내가 보기엔 똑같다."

어쩜 저렇게 자기 생각밖에 할 줄을 모를까 머리를 젓다가 순간 서늘
해졌다. 진희는 남자친구가 미팅을 한 걸 가지고 저토록 분해하고 있는데
난 그날 선을 보는 자리로 원준을 불러냈다. 그날 원준이 어떤 기분이
었을지 왜 난 생각하지 못했을까. 나야말로 내 생각밖에 할 줄 모르는 여
자가 아니었을까. 검사를 한 방 먹이고 싶은 생각에 정작 원준의 기분은
안중에도 없었던 것이다. 커피를 마시는 내내 그 생각이 머릿속에서 떠나
지를 않았다.

퇴근하려는 듯 화장을 고치고 있는 박실장에게 물었다.

"겨울시즌 촬영은 은주와 상의했니?"

"네. 은주가 좀 바빠서 곧 들어가요."

"스키 철이니까 커플 룩도 선보여야 하니까 서둘러."

"모델은 원준 씨로 가는 거죠. 안 그래도 원준 씨 못 본지 한참 된 것 같은데. 은주한테 어떻게 지내나 물어볼까요?"

"안부는 무슨. 됐고. 이번에는 남자도 프로로 알아봐 달라고 그래."

박실장이 의아하다는 눈으로 바라보았다.

"겨울시즌까지 쓰자고 캡틴이 그랬잖아요. 그새 맘이 바뀐 거예요?"

"연말은 커플 비중이 많잖아. 솔직히 원준이가 표현이나 포즈에선 여자 모델에 밀리는 감이 있었어. 이번에는 좀 더 투자하도록 해."

"알았어요."

박실장이 마지못한 듯 대답하면서 파우치의 지퍼를 닫았다. 홍대리가 쭈뼛거리며 다가오더니 특유의 웅얼거리는 톤으로 물었다.

"…내년 4월경에 혹시 업로드 있어요?"

"3월에 대대적으로 하잖아. 4월은 별일 없을 거야. 왜?"

"…저 날 잡았어요."

"그 사람이랑?"

"…네."

홍대리가 대학 시절 CC라는 걸 알고 있었다. 그리고 둘이 헤어졌다는 얘기도 들어본 적이 없었다. 박실장이 놀란 얼굴로 자리에서 벌떡 일어섰다.

"홍정희. 네가 겨 결혼을 한다고?"

박실장은 충격을 받은 듯 다음 말을 잇지 못했다. 홍대리가 웅얼웅얼하며 볼펜으로 머리를 긁었다.

"…첫 번째 남편과 하는 거예요."

"미쳤어! 누가 사이버 남편하고 진짜 결혼을 하니?"

박실장이 말도 안 된다는 듯 머리를 흔들었다. 홍대리가 웅얼거리며 대답했다.

"…할 수도 있죠. 그게 뭐 이상한가요?"

"맨날 일한다고 사무실에 붙어있었잖아. 근데 연애를 어떻게 했어?"

홍대리가 컴퓨터를 톡톡 쳤다.

"…여기서요. 그 사람도 회사 전산실에 있으니까 어차피 둘 다 컴퓨터 끼고 살잖아요… 주말에 만나 영화보고 했어요… 휴가 때 여행도 가고… 데이트는 주로 사이버 상에서 했지만요."

"그럼 너 일 없을 때 맨날 채팅하고 게임하던 게 다 데이트였어?"

박실장이 열 받아 묻는데 홍대리는 태평하게 머리를 끄덕였다.

"…만난 지 1,000일 되던 날 게임에서 결혼한 거예요."

"근데 네가 둘째 남편, 셋째 남편 얻는 데도 가만히 있든? 그 남자는 벨도 없어?"

박실장이 어처구니가 없다는 듯 되물었다.

"…뭐, 사이버 상에서 하는 건데요… 현실에선 본 적도 없어요."

"홍대리. 너 어쩜 사람 뒤통수를 이렇게 치니. 연애를 하면 한다고 티를 좀 내든지. 너 진짜 음흉하다."

매번 남자 때문에 징징거렸던 자신은 솔로인데 소리 소문 없던 홍대리의 갑작스런 결혼발표에 충격을 받은 모양이었다. 계속 어처구니가 없다는 듯 머리만 내젓고 있던 박실장이 배신자를 보듯 날 쳐다보았다.

"캡틴은 알고 있었던 거예요?"

"응."

"둘 다 배신자라고요."

박실장이 투덜거리며 가방을 홱 집어 들었다.

"난 식장에 안 갈 테니까 나 볼 생각은 꿈도 꾸지마."

홍대리가 다시 머리를 긁적거렸다.

"…축의금은 온라인으로 보내주셔도 돼요"

"몰라. 말 시키지마."

박실장이 빠른 속도로 문을 열고 사라졌다. 그제야 꼬맹이들이 떠들썩하게 축하의 인사말을 건넸다. 홍대리는 빙긋 웃더니 자리로 돌아가 파묻혔다. 잠시 후 타닥타닥 키보드를 두드리는 소리가 들리고 모니터로 글이 올라왔다.

- 박실장님 오래가겠죠.

- 놔둬. 말만 그렇지 오래 안 가잖아.

- 캡틴. 계속 모른 척 해주셔서 감사드려요.^^ 역시 선배님은 다르세요.

- 네가 아쉬울 때만 선배지?

- ㅋㅋ.

- 결혼해도 일 열심히 해. 농땡이 부리면 후배라도 안 봐준다.

- 알겠습니다. 선배님. 계속 써주시는 것만 해도 감사하죠.

10월 31일. 아침부터 차가운 가을비가 내리고 있었다. 라디오에선 하루 종일 어느 가수의 '잊혀진 계절'이 몇 번이나 흘러나왔다. 식상해서 클래식 채널로 돌렸더니 바리톤 가수가 부르는 '10월의 어느 멋진 날'이 되풀이해서 나오고 있었다. 바야흐로 10월의 마지막 날인 것이다.

퇴근 무렵에 커피를 한 잔 마시고 있는데 책상에 올려둔 휴대폰에서 벨소리가 울려 퍼졌다. 액정화면에 엄마라고 발신자 표시가 떴다. 받을까, 말까. 검사와의 선을 망친 후 엄마와 계속 냉전 중이었다. 선을 본 그 다음 날 불같이 노한 엄마는 네가 앞으로 처녀 귀신으로 늙어죽든 말든 더 이상 신경 쓰지 않겠노라고 선언했다. 슬슬 아랫배에서 불길한 예감을 느끼며 휴대폰을 집어 들었다.

"왜?"

뚱한 목소리로 전화를 받았다.

"네 아빠 지금 병원에 있다."

수화기 건너편에서 엄마의 목소리가 다짜고짜 흘러나왔다.

"갑자기 왜?"

놀라서 소리치는데 두서가 없기는 엄마도 마찬가지였다.

"몰라. 골목에서 주저앉았대. 나도 방금 연락 받았어. 너도 빨리 병원으로 와. 저기 세화 정형외과라고 네 빌라 근처란다. 네 아버지를 누가 말리냐. 그 고집하곤. 나한텐 동네 근처만 한다고 하더니. 멀리 마포까지 다닐 줄 누가 알았냐."

"알았어. 곧 출발할게."

전화를 끊고 부리나케 숄더백을 집어 들었다. 궁금해 하는 직원들에게 대충 설명을 한 뒤 주차장을 향해서 빗속을 달렸다.

세화 정형외과는 큰길에 있어서 지나가다가 본 기억이 났다. 주차장에 차를 세우자마자 병원 문을 열고 접수처로 향했다. 그리 크지 않은 개인 병원이었다. 간호사에게 물으니 병실을 알려주었다.

엄마와 민정이, 오서방 등 온 가족이 병실에 있었다. 엄마는 침대의 시트를 펴고 있다가 내가 들어서자 흘끗 쳐다보았다.

"죽을병은 아니고 연골파열이란다."

좀 전의 다급하던 전화와는 판이한 목소리였다. 병실을 둘러보았다.

"아버지는 어디 계셔?"

"의사 선생님에게 진찰 중이셔. 며칠 내로 수술 받아야 된단다. 우리 나이가 되면 쉽게 그런데. 터진 무릎 연골을 자르고 꿰매면 괜찮다고 하니까. 한 일주일 입원하면 될 거라니까 교대로 와 있으면 되겠다."

아이를 어르고 있던 민정이가 말했다.

"언니 집 근처니까 언니가 자주 들르면 되겠네. 난 아이 땜에 오기도 힘들고."

엄마가 내 얼굴을 바라보았다.

"낮엔 내가 올 테니까 일 끝나면 네가 와 있어라."

"알았어."

십 분쯤 뒤 아버지가 휠체어에 탄 채 병실로 들어왔다. 병원 복을 입고 있으니 마른 몸이 더욱 왜소해 보였다. 아버지의 흰 머리카락이 그새 더 늘어난 것 같았다. 간호사들이 아버지를 들어 올려서 침대에 뉘었다. 아버지가 누운 채 가족들을 둘러보았다.

"수술만 하면 괜찮다니까 걱정 말아."

평소처럼 조용한 음성이었다.

"건강에 좋다고 싸돌아다닐 때부터 내 알아 봤수. 거기다 신주 모시듯 사진기는 왜 끼고 다니는지. 근처만 하라고 누누이 말했는데도 안 듣더니만 이제 시원하시우?"

아버지는 허허 웃기만 했다. 그 날은 민정이와 오서방이 먼저 돌아가고 난 뒤 엄마와 병실을 지켰다. 엄마는 아버지가 잠이 들자마자 기다렸다는 듯 잔소리를 시작했다. 그런 좋은 혼처는 죽었다 깨나도 없다, 검사 사모님이 됐으면 그깟 쇼핑몰을 하는 것보단 백 번 천 번이 낫다, 네 복을 네가 찼으니 이제 시집을 가든 말든 이 엄마는 신경 쓰지 않겠다, 앞으론 네게 일절 선보라는 소리를 안 할 테니 알아서 해라, 나중에 시집을 못 가 이 엄마를 원망하지는 마라 등등. 엄마는 작정이라도 한 사람처럼 줄줄이 쏟아내었다. 검사와의 선이 깨진 것이 두고두고 앙금으로 남아있는 듯 보였다.

며칠 후 아버지의 무릎 수술은 무사히 끝났다. 퇴근 후 초밥을 사들고 병원으로 향했다. 신호에 걸려 횡단보도 앞에 서 있는데 낙엽들이 바람에 쓸려가고 있는 게 보였다. 운전대에 손을 올려놓고 그걸 물끄러미 보고 있는데 FM 라디오에서 귀에 익은 음악이 흘러나왔다. 쇼팽의 피아노 협주곡 1번. 11월의 흐린 늦가을 저녁. 낮게 두드리는 그 소리는 차창 밖의 메마른 풍경과 조화를 이루었다. 피아노 소리에 귀를 기울이고 있자 그 여름비가 퍼붓던 밤이 떠올랐다. 그때도 이 음악이 흐르고 있었다. 횡단보도로 커플로 보이는 한 쌍이 손을 잡은 채 건너가고 있었다. 두 사람은 무슨 얘기를 하는 지 마주보며 활짝 웃었다. 그 커플의 뒷모습을 바라보다가 시선을 돌렸다. 차의 지붕으로 누런 플라타너스 잎들이 후득후득 떨어졌다. 조수석에 놓인 휴대폰을 집어 들고 만지작거리는데 신호가 바뀌었다. 엑셀을 지그시 밟고 출발했다.

병실에는 아버지 혼자 있었다.

"엄마는요?"

"여태 있다가 갔어."

창문을 활짝 열어 환기부터 한 다음 다시 닫았다. 아버지는 침대에 베개를 겹치고 앉아있었다. 시트를 젖히고 보니 무릎에 느슨하게 붕대를 감고 있었다.

"아프세요?"

"걸어 다니고 싶은데, 못 걸어 다녀서 그게 답답해."

침대 앞으로 의자를 끌어다 초밥 도시락을 열었다. 냉장고에서 물을 꺼내서 컵에다 따랐다.

"드세요."

"너도 먹어라."

아버지와 함께 초밥 도시락을 먹었다. 근래 들어 같이 식사를 한 적이 통 없었던 것 같았다.

"이 근처까지 통지서 나르고 계셨던 거예요? 부쩍 사무실에 오신다 했어요."

아버지는 묵묵히 젓가락만 움직였다.

"언젠가 여름에 요 앞 사거리에서 아버질 본 적도 있어요. 운전하고 있어서 부를 수가 없었어요."

"허허. 그랬냐."

기억이 잘 나지 않는다는 듯 이마를 찡그렸다.

"이제 다리 아물면 무리하지 마세요. 통지서 나르는 거 그만 하시든지요."

"답답해서."

"그럼 집 가까운 곳에서 산책이나 좀 하세요."

"그래 알았다."

식사가 끝나고 복도에 있는 식수대에서 뜨거운 물을 가져다 녹차 티백을 우렸다. 아버지가 뜨거운 듯 종이컵을 두 손으로 붙잡았다. 나도 의자로 가서 앉아 차를 마셨다.

"아버지, 엄마 어떻게 만났어요?"

"그때는 다 선 봤지. 식 올리기 전에 딱 한 번 봤어. 네 엄마가 우리 집에 왔는데 할머니가 못 나오게 해서 방문 틈으로 실짝 내다보았지."

"엄마가 저렇게 드셀 거라고 생각하셨어요?"

아버지가 머리를 저었다.

"네 엄마도 처음부터 안 그랬어. 나랑 살면서 저렇게 된 거지. 사람은 같이 살다보면 서로 어울리게 변하지. 내 성격이 이러니까 네 엄마 성격도 저렇게 바뀐 거야."

아버지가 엄마를 두둔하듯 말했다. 언제나 긍정적이고 사물을 좋게 바라보는 아버지의 마음이 느껴졌다.

"엄마 성격 버겁지 않으세요?"

"무슨 소리. 난 네 엄마 때문에 덕 본 거 많다. 네 엄마가 나보다 여러 가지가 뛰어나 좋아. 돈 관리만 해도 봐라. 쥐꼬리만한 월급 받아서 미용실 하고 너랑 민정이 대학 다 보냈고, 통장도 몇 개나 갖고 있더라."

아버지가 엄마에 대한 칭찬을 줄줄이 늘어놓았다. 난 엄마와 싸우느라 그런 장점은 미처 생각지도 못했는데 아버지의 설명을 듣고 보니 그렇기도 했다.

"그럼 엄마랑 살아서 행복하세요?"

"행복하다마다. 다음에 태어나도 난 네 엄마랑 살 거다."

아버지가 눈가에 주름을 만들며 웃었다. 근데, 아버지 어떡하죠? 제 생각인데 엄마는 아마 도망갈걸요? 아버지가 답답하다고 입에 달고 사는데요. 골목 아줌마들이 그러는데 엄마는 전생에 장군이었대요. 아마도 고집 센 독불장군이었을 거라고요.

아버지가 날 찬찬히 바라보았다.

"너 요즘은 어떠냐?"

"이제 겨울 옷 팔 준비해야 되니까 슬슬 바빠지겠죠."

"아니. 일 얘기가 아니고. 별일은 없지?"

아버지의 눈은 무심했다.

"그럼요. 별일은요."

아버지와 눈이 마주치자 슬쩍 눈을 내리깔았다. 아버지는 종이컵을 기울여 말없이 녹차를 마셨다.

"내가 서너 달 전에 네 집에 들른 적이 있었다."

"그, 그러셨어요?"

나도 모르게 말을 더듬고 말았다. 그 즈음에 아버지가 찾아온 기억이 떠오르지가 않았다. 설마 내가 없을 때? 아니겠지, 하고 있는데 아버지가 말을 이었다.

"불이 환하게 켜 있길래 너 있는 줄 알고 갔지. 어떤 청년이 문을 열어주더라."

가슴이 쿵 떨어졌다. 엉겁결에 녹차를 삼키는데 입안이 얼얼했다. 놀란 눈으로 아버지를 바라보았다. 아버지는 화가 난 것 같지는 않고 그냥 담담해 보였다. 컵을 쥐고 있는 내 손끝이 미세하게 흔들렸다.

그럼 아버지는 다 알고 있었으면서 모른 척 하고 있었던 것이다. 그러고 보니 언젠가 나와 민정이에게 집에 사람이 있으니 어서 가보라고 한 말은 실언이 아니었던 것이다. 대체 아버지는 어디까지 알고 있는 것일까.

"네가 얘기를 안 해서 무슨 사정이 있겠지 했다. 내가 널 모르는 것도 아니고 실없는 애가 아니란 것도 아니까. 난 항상 우리 딸 믿으니까."

"아버지…"

창피하고 부끄러워서 고개를 들 수가 없었다. 다 큰 딸이 혼자 사는 집에 낯선 청년이 있는데도 그냥 날 믿어주었단 말인가. 엄마라면 집이 발칵 뒤집혀지고 머리채가 한 줌은 뽑혔을 텐데 말이다.

"그럼 엄마는요?"

아버지가 머리를 저었다.

"네 엄마 알면 시끄러울까봐 말 안 했다. 그 뒤로 두어 번 네 집에 가서 청년을 만났어. 나이는 어려도 속은 꽉 찬 청년이더구나. 아직 자신감도 없고 불안해 보이는 게 내가 젊었을 때랑 비슷하더라."

"무슨 얘기했는데요?"

"궁금하냐?"

아버지가 빙그레 웃었다.

"내가 들고 다니는 카메라를 보더니 재밌어하더구나. 자기도 비슷한 게 있다면서. 내가 찍은 오동나무를 보여줬더니 눈여겨보더라. 부모님이 과수원 농사를 하는데 그곳에 자기가 좋아하는 나무가 있다면서. 내가 아직 30년이 넘은 골목에 살고 있다고 했더니 자기 부모님도 한 곳에서 줄곧 살고 있다는 얘기를 했어. 청주라고 했냐? 내려가면 부모님을 도와 과수원 일을 하다가 올라온다고."

"그리고 또 무슨 얘길 했어요?"

"뭐, 이런 저런 얘기들이지. 일일이 다 기억나지는 않아. 그 청년이 타준 커피가 맛있었다는 기억은 난다."

아버지가 미소를 지었다. 아버지는 그렇다 치고 원준은 내게 왜 일절 아버지를 만났다는 얘기를 하지 않았을까. 그 비밀은 금방 풀어졌다.

"우리끼리 만난 건 비밀로 하자고 그랬다. 요정이도 내게 비밀로 했으니까 우리끼리도 비밀로 하자고. 청년도 좋다고 했어. 장난기가 있는 게 마음에 들더라. 순수한 것도 마음에 들고. 우리 요정이가 어디서 쓸만한 걸 데려왔네, 하는 생각이 들었어."

좀 전에 횡단보도 앞에서 원준을 떠올렸기 때문일까. 고개를 숙이고 있는데 눈물이 시트로 방울방울 떨어져 내렸다.

병원 뒤쪽 길로 두부 장수가 지나가는 지 맑은 종소리가 울려 퍼졌다. 어느 집에서 치는 지 모를 피아노 소리에 묻혀 멀리서 개가 짖는 소리도 들려왔다. 마치 어린 시절로 돌아간 듯 싶었다. 학교에서 속상한 일이 있어서 집에 돌아와 울고 있으면 아버지는 왜냐고, 무슨 일이 있느냐고 묻지 않았다. 그냥 내 울음이 잦아질 때까지 울도록 놔두었다.

실컷 울고 난 내가 얘기를 시작하면 아버지는 묵묵히 그 말을 들어주었다. 그리고 언제나 이렇게 위로를 했다. "괜찮아, 다 잘 될 거야. 아빠 우리 요정이 믿어." 지금 내 길을 가는 것도 날 믿어주는 아버지의 든든한 힘 때문이 아니었을까.

휴지로 눈을 닦고 나서 원준에 대한 얘기를 시작했다. 이제 와서 숨기고 싶은 생각도 없었다. 도중에 또다시 감정이 북받쳐 올라 눈물을 쏟고 말았다. 울음 반 얘기 반으로 겨우겨우 마칠 수 있었다. 그리고 허탈해서 병원의 흰 벽을 멍하니 바라보고 있었다.

아버지가 부어있는 내 눈을 가만히 응시했다.

"요정아. 그렇게 결정했다면 됐다. 네 마음이 가는 대로 해라."

"……"

"인생은 그냥 순탄하게 흘러가지 않아. 부딪치고, 깨지고, 탁해지기도 하고. 그냥 제 자리에 멈춰있기만 할 때도 있고. 그게 인생이지. 요샌 자꾸 그런 생각이 든다."

아버지는 자신에게 히듯 조곤조곤 말하고 나서 침대에 누웠다.

"말을 많이 했더니 피곤하구나. 좀 자야겠다."

아버지에게 약한 모습을 보여드린 게 아닐까 은근히 걱정이 되었다. 그래서 부러 밝은 표정을 지었다.

"조금 지나면 괜찮아질 거예요."

아버지가 잠에 빠져들면서 중얼거렸다.

"그럼."

병실 문을 조용히 닫고 병원 뜰로 나왔다. 훈훈한 병실에서 나와 선지 흠칫 몸을 떨며 스웨터를 잡아당겼다. 입원 환자들이 있는 병실 두어 군데만 불이 켜있고 다른 곳은 어둠에 잠겨 있었다.

병원 앞 작은 뜰에는 흰색 벤치가 덩그러니 놓여 있었다. 벤치 옆에는 한 그루 나무가 잎을 반쯤 떨군 채 서 있었다. 아버지가 오동나무를 얘기한 때문일까. 나무에 물끄러미 시선을 던졌다.

볼을 스치고 지나가는 밤바람이 무척 차가워져 있었다. 이렇게 가을이 가고 겨울이 오는 걸까. 이 겨울에 홀로 얼마나 외로워질 것인가. 미동도 없이 벤치에 오래오래 앉아있었다. 주황색 나트륨 등이 외롭게 서서 나무와 날 지켜보고 있었다.

6

12월의 백화점은 북새통을 이루고 있었다.

매장의 옷들을 살펴보고 난 뒤 1층으로 내려왔다. 곧 다가올 연말을 위해 가족들의 선물을 하나씩 고르기로 했다. 내 평소의 모토대로 실용적인 물건을 찾아 두리번거렸다. 무릎 수술이 잘 돼서 거동에 지장이 없는 아버지에겐 지팡이를, 툭하면 우산을 잃어버리고 다니는 엄마에겐 우산을, 긴 머리를 잘라 안 어울린다고 징징거리고 있는 민정이에겐 머리핀을. 가장 까다로운 게 오서방의 선물이었다.

다시 백화점 1층 매장을 샅샅이 훑고 돌아다녔다. 사무실에서 보내는 시간이 많은 제부에겐 아무래도 넥타이나 와이셔츠가 무난해 보이긴 했다. 오서방의 넥타이를 고르다 이 색상과 스타일은 누구에게도 어울리겠네, 그런 생각을 하고 있었다. 순간 머리를 저었다.

돌아가던 엘리베이터 앞에서 한 커플과 마주쳤다. 주위의 시선을 아랑곳하지 않고 둘은 진한 스킨십을 하고 있었다. 남자는 여자의 어깨에 팔을 두르고 놓칠 새라 꽉 끌어안고 있었고 여자도 남자의 허리에 팔을 감고 마치 끌려가듯 걸어갔다. 엘리베이터가 멈추고 북새통을 이룬 안으로 사람들이 밀려들어갔다. 여유 공간이 없는 곳에서 그 커플의 스킨십은 계속 되고 있었다. 꽉 끌어안은 채 서로의 볼을 만지고 비비고 머리카락을 쓰다듬었다. 사람들이 못마땅하다는 듯 눈총을 줘도 정작 두 사람은 개의치 않아 보였다. 안 보려고 해도 시선이 자꾸 커플에게로 가 닿았다.

주차장으로 차를 가지러 가다가 주차 관리를 하고 있는 아르바이트생에게 시선이 머물렀다. 운전석에 앉아서 휴대폰을 잠시 만지작거렸다. 하지만, 그날을 떠올리면 얼굴이 뜨거워지고 한숨이 나오고 나도 모르게 고개를 젓고 있었다. 조수석으로 휴대폰을 던져버리고 시동을 걸었다.

바쁘지 않은 날은 퇴근하고 난 뒤 피트니스 센터에 나가 체력단련에 몰두했다. 땀을 흠뻑 흘리고 돌아가서 쓰러져 자는 날이 대부분이었다. 날씨가 추워지면서 운동을 하러 나오는 사람들은 부쩍 줄어들었다. 카운터에 앉아 드나들던 회원들과 바쁘게 인사하던 직원도 지금은 굴이나 까먹고 있었다. 언제나 차례를 기다리던 러닝머신도 텅텅 비었고 기구 쪽은 더 심각했다. 넓은 실내가 휑하니 썰렁하게 보였다. 러닝머신이나 마사지 기구를 차지하고 수다에 여념이 없던 아줌마 군단들도 싹 자취를 감추었다. 경험상 이 아줌마 군단들이 모습을 보이는 건 봄이 오고 아지랑이가 피어오를 즈음이었다.

전신 거울 앞에 서서 숨을 들이쉬며 천천히 스트레칭을 시작했다. 거울 뒤로 안면이 있는 여자가 걸어오고 있었다. 그 언젠가 라커룸에서 내 운동복에 관심을 보이던 여자였다. 여자가 미소를 지으며 옆에서 몸을 풀었다.

"안녕하세요."

"안녕하세요."

인사를 주고받으면서 여자의 운동복을 흘끗 쳐다보았다. 여자가 입은 트레이닝복은 페어리랜드에서 팔고 있는 겨울 신상이었다. 여자가 날 보며 웃었다.

"그쪽이 소개해준 쇼핑몰 좋은 옷들이 많더라고요."

구매자를 직접 만난 건 처음이라 한편 쑥스러웠다. 고맙다고 해야 되나 그냥 모른 척 해야 되나 생각하고 있는데 어깨를 위로 쭉쭉 뻗어 올리던 여자가 주위를 두리번거렸다.

"항상 같이 운동하던 남자친군 요새 안 보여요? 선남선녀 커플이라서 단연 눈에 띄었는데. 여기 사람들 질투하는 거 몰랐죠?"

여자가 거울 속으로 날 빤히 쳐다보았다.

"아, 네."

그냥 얼버무렸다.

"여기 사람 중에 그 남자친구 보는 재미로 오는 여자들도 꽤 있었어요."

여자는 비밀 얘기라도 하듯 고개를 숙이곤 배시시 웃었다. 얼굴을 보아하니 눈앞에 있는 여자도 제법 아쉬운 표정을 하고 있었다. 고개를 까닥 숙이곤 맨 뒤의 러닝머신으로 올라섰다. 천천히 걷다가 속도를 올려 달리기 시작했다. 아무 생각도 하지 말자. 그냥 이 순간 달리고 있는 다리에 집중을 하자. 하지만 생각은 어느새 가닥가닥 흩어지고 실타래처럼 뭉쳤다가 풀리기를 되풀이했다. 문득 정신을 차려보니 1시간이 넘도록 러닝머신 위를 달리고 있었다.

집에 있는 시간을 줄였음에도 불구하고 어쩔 수 없이 집에 있어야 하는 날이 있다. 같이 살던 사람들이 헤어지면 왜 그 장소를 떠나는지 지금은 짐작이 간다. 곳곳의 흔적과 마주치기가 싫기 때문이다. 그 흔적들은 지우고 버리고 털어 내고 갖다버려도 2억만 년 전부터 지구에 살았다는 개미처럼 끊임없이 나타났다. 어제는 뜨거운 물에 샤워를 한 뒤 몸을 닦다가 수납함 안에서 굴러다니던 면도기를 발견했다.

지난가을 원준의 물건들을 몽땅 버린 것으로 기억하는데 왜 이게 아직까지 남아있는 것일까. 그 면도기는 살아있는 생물처럼 내 눈을 붙잡고 놔주지 않았다. 겨드랑이를 들어보았다. 그새 털이 소복하게 자라 있었다. 원준이 있을 땐 날마다 면도를 하고 관리를 했었는데 어느새 게을러져 있었다. 자라난 털도 며칠은 따끔따끔 피부를 찌르더니 며칠이 지나자 더 이상 살갗을 자극하지 않았다.

비누 거품을 겨드랑이에 바르고 천천히 팔을 움직였다. 말끔해진 겨드랑이를 들어보며 혼자 거울 속으로 생긋 웃었다. 그리고 그런 자신을 한참이나 쳐다보았다. 괜찮아, 차요정. 다 지나갈 거야. 넌 2년이나 사귀었던 남자랑 헤어지고도 괜찮았어. 이 정돈 아무 것도 아냐. 지금 네가 슬픈 건 지금이 추운 계절이라서 그런 거야. 새봄이 오면 지금처럼 아프지 않을 거야, 날 믿어. 거울 속으로 자신을 가만가만 다독였다.

또 어느 날은 싱숭생숭해서 차를 몰고 무작정 배회하기도 했다. 문득 정신을 차려보니 나도 모르게 근교의 공원 쪽으로 달리고 있었다. 번지점 프대는 이제 철시를 한 듯 문이 굳게 닫혀있었다. 철새들이 살얼음이 끼어 있는 강변에서 한가롭게 몸을 뒤채고 있었다. 무리를 지어 있는 동물이나 새를 보면 마음이 짠해진다. 그건 언젠가는 그 무리에서 떨어져 나와 홀로 살아가야 하는 걸 알고 있기 때문이다.

강변을 따라 좀 걷다가 추워서 커피판매기에 동전을 집어넣었다. 종이컵을 들고 차로 돌아오면서 새벽시장에서 마셨던 커피와 비오는 날 옥상의 커피향기를 떠올리고 있었다. 사람의 감각 중에 후각이 가장 기억에 오래 남아서 그런 걸까. 지금도 비가 오면 9살 때 골목에서 맡았던 물웅덩이의 냄새와 마당의 오동나무에서 훅 끼치던 비릿한 나무 냄새를 떠올린다.

돌아가는 길에 남산순환도로 쪽으로 휙 핸들을 꺾었다. 야경이 보이는 곳에 차를 세우고 커피를 마셨다. 커피는 한약처럼 쓰고 밍밍해져 있었다. 날이 추워선지 도시의 불빛들은 더 선명하게 빛나고 있었다. 마치 벨

벳을 흩트려 놓은 것 같았다. 그 불빛 너머로 아슴아슴 레인보우 브리지의 명멸하던 모습이 겹쳐졌다. 아직도 눈을 감으면 레인보우 브리지가 영롱하게 반짝이고 있는 밤의 풍경이 떠오른다. 그리고 입맞춤… 배를 향해 따라오고 있던 갈매기 무리들, 포효하듯 물결치던 뱃전의 물살과 날려버릴 듯 불어오던 세찬 강바람….

시간이 갈수록 생각나는 것은 사소한 일들이었다. 아니면 사소한 작은 습관 같은 것들. 우리가 결국 어떤 사람을 기억하는 것도 사랑하는 것도 그 사람이 갖고 있는 작고 사소한 부분들이다. 서로의 마음을 스치고 지나갔던 눈빛, 목소리, 웃음소리, 그 순간의 느낌이나 감정, 마음의 미묘한 변화들, 손의 스침이나 머리에 내려앉던 입술이 저 하늘의 변화나 바다의 일렁임처럼 우리 마음에 파문을 일으키는 것이다.

그리고 시간이 흘러 그 사람의 얼굴이나 눈빛이 잊혀질 무렵 그 사소한 부분들은 오히려 뚜렷이 떠올라 내 마음의 일부분이 된다. 이제 비록 그 사람과는 만날 수 없다고 하더라도 우리는 사랑했던 사람과 연결되는 것이다.

집에 도착해 현관 그늘 아래 잠깐 서 있었다. 천장의 센서 등이 들어왔다 몇 초 후 불이 꺼졌다. 어둠 속에 웅크리고 서서 팔을 쓰다듬었다. 지금이 추운 계절이라서 그런 거야. 새봄이 돌아오면 괜찮아질 거야. 내겐 일이 있잖아. 난 괜찮아질 거야. 한숨을 쉬고 머리칼을 쓸어 올리며 우리가 수없이 같이 오르내렸던 계단을 하나씩 밟았다.

넷째 주 금요일이었다. 출근을 하자마자 박실장이 부산을 떨었다.

"캡틴. 오늘 뭐 할 거예요?"

"아침부터 그건 왜 물어?"

시큰둥한 얼굴로 들여다보고 있는 시안 위로 고개를 떨궜다. 다음 주부터 시작할 연말 빅 세일 광고 문안을 훑어보는 중이었다. 홈피 맨 앞을 장식할 문장이니까 아무래도 임팩트가 강한 게 나을 것 같았다. 시안에 죽죽 줄을 그어 대폭 수정을 했다.

"오늘이 크리스마스이브잖아요. 모르셨어요?"

그런가, 하는 눈으로 탁상달력을 흘끗 쳐다보았다.

"무슨 십대도 아니고 그런 것까지 신경 쓰니?"

내 말이 섭섭했는지 박실장이 구시렁거렸다.

"전 이십 대의 마지막 크리스마스이브라고요. 약속 없으면 솔로끼리 위로하는 저녁 어때요?"

박실장은 그런 연유로 사무실의 공식 솔로인 날 붙들고 늘어지는 것이다. 선약은 없지만 참 듣기만 해도 서글퍼지는 저녁약속이었다. 라디오 소리가 좀 크다 싶어서 진희와 수미를 바라보니 꽃단장에 여념이 없었다. 그리곤 흘끔흘끔 연신 시계만 훔쳐보고 있었다. 사무실의 공기는 헬륨가스를 가득 집어넣은 풍선처럼 부풀어 있었다.

"박실장. 이거 어떠니?"

수정한 시안을 보여줘도 건성으로 훑어보기만 했다. 아무래도 머릿속에 딴 생각으로 가득 차 있는 듯 보였다.

"좋네요."

홍대리를 불러 시안을 넘기면서 물었다.

"내일이 휴일인데 업로드까지 되겠어?"

"…네."

홍대리가 자기 자리로 돌아가 파묻혔다. 박실장이 다시 치근덕거렸다.

"캡틴. 오늘 같은 날 솔로들은 맨 정신으론 못 돌아다녀요. 이따 밖에 나가보세요. 온통 쌍쌍이 껴안고 다닐 텐데. 아구, 무서워. 이따 루나 가요. 저 배신자 홍대리 빼고 우리 둘만 가요. 가서 오늘은 캡틴이 죽나 제가 죽나 마시자고요."

"그렇게 겁나면 출근은 어떻게 했니? 아예 나오질 말든지."

박실장이 고개를 떨구며 땅이 꺼져라 한숨을 내쉬었다. 수미가 책상으로 쪼르르 다가오더니 앵앵거렸다.

"캡틴."

"왜?"

"오늘 단축 퇴근 시켜줄 거죠?"

낮게 틀어놓은 라디오에서는 끊임없이 캐롤송만 흘러나오고 있었다. 아닌 게 아니라 그 캐롤송조차 사무실 분위기를 들뜨게 만들고 있었다. 진희와 수미는 캐롤송 따라 부르기 콘테스트라도 나온 듯 경쟁적으로 부르고 있었다. 전화를 받는 목소리도 다른 날보다 한 템포는 더 올라가 있었다.

"네, 페어리랜드입니다."

오늘은 어째 사무실로 오는 전화보다 진희와 수미의 휴대폰으로 오는 전화들이 폭주하고 있었다. 수시로 울려대는 그 전화들을 소화하느라 사무실의 벨이 울리는 소리도 듣지 못했다.

"너네들 전화 안 받니?"

그런 식으로 몇 번이나 눈총을 주었는지 모르겠다. 박실장은 싱숭생숭한 눈빛으로 먼 산 바라기를 하고 있었다. 분위기가 이런데 계속 붙잡고 있는 게 능사는 아닐 것이다.

홍대리가 앉아있는 칸막이 너머만 쥐 죽은 듯 고요했다. 톡톡 자판을 두드리는 소리만 연신 들렸다. 아마도 애인과 저런 식으로 데이트를 즐겼으리라. 잠시 후 내 모니터로 글이 올라왔다.

- 캡틴. 제가 밖에서 홈피 관리할 테니 단축 퇴근해도 상관없는데요.

- 홍대리. 이제 너까지?

- 저야 집에 있든 그 사람 집으로 가든 24시간 접속 가능하니까요.

- 애인 없는 사람 오늘 같은 날 서러워서 살겠니?

- 죄송해요.

뭐 그렇다고 홍대리가 죄송할 문제는 아니었다.

거래처의 전화를 몇 통 받았고 대부분의 일들은 새해 이후로 미루었다. 삿포로에 있다는 보라의 전화를 받은 건 오후 2시쯤이었다. 보라의 목소리는 단단하게 결빙된 얼음 조각처럼 챙강챙강 울렸다.

"요정아. 여기 눈 펑펑 오고 있어. 거기 지금 눈 오니?"

"안 와. 여기도 스키장 많은데 뭐 하러 거기까지 갔니?"

보라에게 이런 소리를 늘어놓아 봤자 소귀의 경 읽기라는 건 알고 있다.

"혼자 온 거 아냐."

보라가 깔깔거렸다.

"언제 오는데?"

"새해 지나서 갈 거야. 만나면 너한테 할 얘기 많거든. 이번에 누구랑 왔는지 너 들으면 깜짝 놀랄 거다."

보라가 호들갑스럽게 말했다. 이제 와 새삼스럽게 보라의 남성편력에 대해서 놀랍지도 않았다. 그래도 궁금한 척 물었다.

"누군데 그래?"

"돌아가서 얘기해줄게. 너 요새 허전하지 않아? 능력 있겠다 왜 그러고 있니. 지난번처럼 하나 기르지 그래?"

보라가 아픈 데를 쿡 찔렀다. 내가 까탈을 부려 헤어진 걸로 알고 있으니 보라의 잘못은 아니었다. 쓸데없는 소리를 늘어 놓을까봐 서둘러 인사를 했다.

"잘 놀다 와. 돌아와서 보자."

"안녕."

보라의 목소리가 눈 속으로 파묻히는 것처럼 사라졌다. 보라와 통화한 후 한동안 마음이 싱숭생숭해서 사무실을 왔다 갔다 했다. 쓸데없이 라디오의 채널도 이리저리 돌려보았다. 어디 하나 캐롤송이 흘러나오지 않는 곳이 없었다. 종이컵에 인스턴트커피를 넣고 뜨거운 물을 붓고 저었다.

문이 열리는 소리에 이어 찬바람이 휙, 하고 들이쳤다. 배송 기사가 오늘은 빨리 왔네, 생각하며 몸을 돌렸다.

가슴이 쿵 하고 내려앉으며 들고 있던 종이컵이 손에서 미끄러졌다. 원준은 내가 본 적이 없는 정장 차림에 회색 코트를 걸치고 있었다. 목에는 심플한 타이를 매고 있었고 머리는 왁스를 발라 단정하게 뒤로 넘기고 있었다.

정장 차림 때문인지 조금 나이가 들어 보이고 남자다워 보였다. 손에는 붉은 장미꽃 한 다발을 들고 있었다. 모두의 눈길이 그 꽃으로 쏠리고 있었다.

"원준 씨 아냐? 어쩐 일이야?"

박실장이 놀라 소리쳤고 진희와 수미도 반갑게 인사를 했다.

"안녕하세요, 오빠."

"웬일이세요?"

갑작스런 원준의 출현에 안 그래도 들떠있던 사무실의 공기가 일제히 술렁거리기 시작했다. 모두들 반가워 인사를 하고 있는데 난 휴지를 뽑아 허둥지둥 바닥을 닦고 있었다. 머리는 어질어질하고 눈은 어디다 둬야 할지 모르는데 손가락마저 뻣뻣하게 굳은 듯 말을 듣지 않았다. 당황한 얼굴을 감추려고 계속 손을 움직이고 있었다.

바닥에 잘 닦인 검은 구두가 와서 멈춰 섰다. 허리를 폈을 때 원준은 이미 그곳에 서서 날 바라보고 있었다. 그 검은 눈이 날 지그시 들여다보았다. 아드레날린이 거세게 펌프질을 시작했는지 심장이 요동을 치며 얼굴마저 뜨거워지고 있었다. 사무실 안의 모든 눈과 귀가 숨죽인 채 우리에게 쏠려 있었다. 원준이 날 바라보며 입을 열었다.

"데이트 신청하러 왔어요."

순간 사무실은 일대 흥분과 혼란의 도가니 속으로 빠져들었다. 박실장의 비명소리와 꼬맹이들의 외침소리로 사무실이 터져나갈 지경이었다. 그와중에 나와 원준은 뚫어지게 서로의 눈만 바라보고 있었다. 오로지 그곳에 우리 둘만 존재하는 것 같았다. 원준이 말을 이었다.

"저 취직했어요. 중소기업이지만 경력 쌓은 다음 큰 회사로 가려고요. 선배들이 이 방법이 좋대요. 그리고…"

잠시 멈칫하더니 뭔가 결심한 듯 크게 숨을 들이쉬었다.

"아무리 생각해도 저는 캡틴이 아니면 안 되겠어요. 전 캡틴이 정말 좋아요. 아니 사랑해요. 그러니까 우리 사귀어요."

"……"

원준이 환하게 미소를 지으며 장미꽃을 내밀었다. 얼떨결에 받아드는데 홍대리가 벽에 걸려 있는 내 코트를 어깨에 걸쳐주며 웅얼거렸다.

"…캡틴. 그럴 땐 그냥 나가는 거예요."

"그럴…까?"

그 와중에 박실장의 쨍쨍한 목소리가 사무실에 메아리쳤다.

"빨리 나가요. 약 올리지 말고 빨리 사라지란 말예요."

박실장은 마카로니를 봉지 째 끌어안고 우적우적 입에 쓸어 넣고 있었다.

정신을 차릴 사이도 없이 코트에 팔을 꿰는데 홍대리가 문 쪽으로 우리를 떠밀었다. 사무실은 여전히 혼란의 도가니였다. 그 소란을 뒤로하고 나와 원준은 밖으로 빠져 나왔다.

문 앞에서 우리는 마주보며 서로의 손을 잡았다.

그 순간 나 역시 이 따듯한 체온을 그리워했다는 걸 깨달았다.

겨울의 햇살이 거리에 따사롭게 퍼지고 있었다.

＊

어느새 해가 바뀌었다. 매서운 추위가 물러가고 나자 새봄이 돌아왔다. 4월 둘째 주 토요일. 시간에 늦지 않으려고 화장대에 앉아 서두르고 있는데 엄마가 드라이어 기를 들고 나타났다. 괜찮다고 해도 엄마는 내 뒤에 서서 익숙한 손놀림으로 머리를 말아 올렸다.

"집에 기술자가 있는데 왜 썩혀? 민정이 시집갈 때도 내가 직접 화장해주고 머리도 올려줬잖아. 이제 너만 남았다."

엄마가 은근한 눈길을 거울 속으로 던지고 있었다.

"오늘 가서 부케 받아와. 잊지 말고 꼭 네가 받아야 해."

"그게 마음대로 되나, 뭐."

엄마는 내 머리카락을 쥐고 서서 이때다 싶은 지 마냥 잔소리를 늘어놓았다. 올해 초에 엄마와 아버지는 옛집을 떠나 예전에 원준이 쓰던 건넌방으로 들어왔다. 엄마의 잔소리가 시작될라치면 내가 왜 내 무덤을 팠을까 스스로 한심한 생각이 들었다.

아버지는 옛집을 떠나기 전에 마당에 있는 오동나무를 사람을 시켜 베었다. 수술을 받은 다리로 톱질을 하는 건 무리라고 생각했는지 더 이상 고집을 부리지 않았다. 나무를 베러 온 가구 공장의 남자가 톱질을 하기 전에 아버지는 나무둘레에 막걸리를 뿌리고 절을 올렸다.

누가 연락을 했는지 골목 사람들이 아쉬운 얼굴로 몰려들었다. 만수네 아저씨, 아줌마와 순이네, 상철이 아저씨… 그리고 인수네 부모님까지. 재개발이 끝나면 다시 돌아오는 집들도 있지만 영영 떠나는 집들도 많았다. 울적함과 섭섭함이 사람들의 표정에 어려 있었다. 가구 공장 남자는 겨울 햇살을 받으며 톱질을 했다.

한 자리에 오래도록 튼실하게 서 있던 나무가 드디어 쿵 소리를 내며 무너졌다. 아버지의 눈에 물기가 반짝이는 걸 본 건 그 순간이었다. 나무 둥치 위로 보이는 나이테에는 골목의 시간들이 고스란히 배어 있었다. 이제 여러 곳으로 뿔뿔이 흩어질 사람들은 막걸리를 마시며 이별을 아쉬워했다. 가구공장에서 온 남자는 오동나무를 싣고 떠났다. 아버지는 허전

한 듯 둥치 위에 오래도록 앉아있었다.

"인수 곧 애 낳는다고 하더라. 만수 엄마가 요전 날 인수 엄마를 만났는데 파출부가 다 됐더라고 안쓰러워하는 거 있지. 지금 인수 아파트로 들어가 있잖아. 아침부터 저녁까지 임신한 며느리 눈치 보느라 엉덩이 붙이고 앉을 사이도 없이 돌아치고 있나봐. 아들이 검산데 왜 그러고 사는지 몰라. 며느리가 상전이란다. 매일매일 며느리 눈치 보랴, 청소하고 빨래하고 음식 만들어 갖다 바치랴, 허리 한 번 펼 시간이 없다고 한대. 오죽하면 만수 엄마가 안됐다고 했겠냐."

"그럼 우리 집에 있는 엄마가 더 낫네."

"어디 그뿐이니?"

엄마가 의기양양한 미소를 지었다.

"부잣집 며느리 얻어 봐야 뭐해? 쎄 빠지게 고생만 하고 있는데. 그러니까 결국 마지막 웃는 자가 승자인 거야."

엄마의 저 터무니없는 자신감의 원천이 어디서 비롯되었는지 알기에 그냥 입을 다물었다. 엄마가 마침내 만족한 얼굴로 빗을 내려놓았다. 이제 드라이도 끝났으니 옷만 갈아입으면 되었다. 옷장 문을 열고 무얼 입을까 곰곰 생각 중이었다.

초인종이 울리자 엄마가 바쁘게 밖으로 움직였다. 잠시 후 바깥에서 원준과 엄마가 두런두런 나누는 말소리가 들렸다.

"조금만 기다려. 요정이 옷 갈아입고 있어."

다정하고 사근사근한 목소리.

"네. 건강은 어떠세요?"

싹싹하게 묻는 원준의 목소리.

"나야 늘 그만그만하지. 회사는 좀 어때?"

문틈으로 살짝 내다보니 나하고 있을 땐 손 하나 까딱하지 않는 엄마가 이것저것 챙겨주고 있다. 원준을 대하는 태도가 오버하는 게 분명하지만 엄마를 말리고 싶은 생각은 없었다. 오서방 보다 한 살이나 어리다고 앵앵거리던 민정이의 입을 가차 없이 틀어막은 것도 엄마였다. 원준을 바라볼 때의 엄마의 표정은 흐뭇한 그 자체였다. 처음 원준을 공식화시켰을 때 엄마가 기함할 거라는 내 예상은 보기 좋게 빗나가버렸다.

무얼 입어야 하나. 타이트한 정장을 입을까, 아니면 튀지 않으면서 여성스러운 느낌이 나는 옷이 좋을까. 망설이다가 결국 정장을 골랐다. 옷을 입고 거울에 비춰보고 있는데 엄마가 들어와서 칭찬했다.

"원준이 정장 입으니까 어쩜 저렇게 잘생겼냐. 텔레비전에 나오는 탤런트들이 다 무색하네."

"엄마도 참."

엄마는 거울 뒤에 서서 스커트의 먼지를 털어 주면서 잊지 않고 덧붙였다.

"꼭 부케 받아와야 해."

"그게 마음대로 돼."

시큰둥하게 대꾸하며 집을 나섰다. 엄마가 계단 입구까지 따라 나와서 우리들을 배웅하고 있었다. 빌라 앞 언덕에 벚꽃들이 흐드러지게 피어 있었다. 돗자리를 깐 사람들이 삼삼오오 모여 앉아 꽃구경을 하고 있다. 그늘 아래의 보행기 속엔 아기가 색색 잠들어 있다. 보행기 위로 벚꽃들이 분분히 떨어져 내렸다. 주차해놓은 차로 다가가면서 말했다.

"부담되지? 신경 쓰지 마."

"어머니 성격 좋으신데요."

"화나면 완전 마귀할멈이야."

"누구도 그렇던데."

웃으면서 짐짓 딴 데를 쳐다보았다.

"뭐? 근데 무서워서 어떻게 돌아왔니?"

"그러게, 왜 돌아왔지?"

원준이 장난스럽게 머리를 갸웃했다.

"너."

눈을 흘기는데 원준이 딴전을 피우는 것처럼 물었다.

"아버지 어디 가셨어요?"

"사진 찍으러. 엄마 잔소리 피해서 도망쳤어."

원준이 눈이 반달이 되어 웃고 있다.

"자, 출발할까요?"

"응. 홍대리 기다리겠어."

"박실장님 우리 보면 또 머리에서 지진 날 텐데."

"뭐, 하루 이틀이니."

원준이 웃다가 날 찬찬히 바라보았다.

"멋있어요. 최고."

엄지손가락을 번쩍 추켜세웠다. 내가 원준의 오른손에 살포시 손을 올려놓았다. 차의 유리창 위로 벚꽃이 후륵후륵 떨어져 내렸다. 날씨도 화창하고 바람도 살랑살랑 부는 아름다운 봄날이었다. 나뭇가지에 앉은 새가 맑은 소리로 지저귀었다.

그래,

앞으로 갈림길이 올 때마다 지금처럼 주저하지 않을 것이다,

선택하지 않은 미적지근한 미련과 아쉬움 대신 선택하고 난 뒤의 후련한 후회를 택하겠다.

부르릉 경쾌한 소리를 내며 시동이 켜졌다.

(끝)

21세기적 불안을 피하는 방법

—강유정(문학평론가)

1. 우리가 살아가는 세상에서의 연애라는 코드

사랑이란 기대와는 달리 일종의 사회적 코드이다. 누군가 나 아닌 타인을 보고 어떤 감정을 느껴 그것을 고백하고, 함께 시간을 나누고, 결혼으로 이어지는 일련의 과정들이 순전히 자발적인 게 아니라 사회적 프로그래밍의 결과인 셈이다. 이미 이 문장 속에도 여러 코드들이 자리 잡고 있다. 감정, 고백, 결혼과 같은 단어들 말이다. 어떤 점에서 사랑을 이상화하고 그 대상을 신비화하는 것조차도 문학이나 영화와 같은 매체를 통해 학습된 코드라고 볼 수 있다. 사랑이 소통된다는 것 자체가 규칙을 가진 사회적 언어라는 것을 보여준다. 사랑이라는 용어는 사람과 사람 사이에 흐르는 재현 불가능한 어떤 것을 전승 가능한 방식으로 교체해준다. 그 전승 가능한 방식이 바로 연애라는 코드이며 사랑이다.

그러므로 사랑은 감정이 아니라 하나의 코드이다. 우리는 코드에 따라 감정을 형성하고, 표현하고, 교환한다. 아니라고 말할 수 있을까? 우리는 사랑에 빠지면 당사자들 중 누군가가 먼저 그 감정을 고백해야 한다고 믿고, 일정한 시간이 지나면 그것을 확인하는 과정을 거쳐야 하며 약간의 갈등이 관계를 더 진실하게 만들어 줄 수 있다고 여긴다. 만약, 당사자 중 하나가 이러한 코드를 위반하고 자기만의 방식을 고집하면 다른 당사자는 무척이나 당황하며 그것을 비사회적인 것이라고 여긴다.

우리는 사랑을 통해 나만의 정체성을 갖게 된다고 여긴다. 아니 믿는다. 하지만 엄밀히 말해 사랑은 정체성, 즉 자기 동일성이 아니라 종적 보편성을 확보하는 하나의 과정이다. 만일, 사랑이라는 말에 순수한 영역을 남겨 두고 싶다면, 그런 낭만을 위해 사랑 대신 연애라는 말로 교체해보자. 코드화된 사랑으로서의 연애는 그러므로 보편적 상징으로 개인의 정체성을 희석하는 용매에 가깝다. 연애를 할수록 '나'만의 고유한 존재가 되는 게 아니라 사회가 요구하는 남과 같은 비슷한 사람이 되는 것이다. 남들이 사용하는 기술, 남들이 쓰는 표현, 남들이 가는 과정을 고스란히 따라가는 것, 내가 되는 게 아니라 남들과 비슷한 우리 혹은 그들이 되기 위해 필요한 것, 그게 바로 연애이다.

그렇기 때문에 연애는 세월에 따라 그 모습을 바꾼다. 열렬한 열병이나 정신병처럼 열정적 외연을 가져야 연애다울 때도 있었지만 어떤 때는 정숙하고, 점잖고, 절제하는 것이 제대로 된 연애의 표상이 될 때도 있었다. 열정, 낭만, 절제와 같은 각기 다른 수식어가 연애 앞에 붙게 된 이유도 여기에 있을 것이다.

흥미로운 것은 연애 코드는 그것에 대한 근본적 질문을 던지는 이야기들보다는 즉, 연애와 사랑의 진리에 가닿고자 하는 진지한 작품보다 오히려 당대의 코드를 충실히 따라가는 통속적인 소설에 더 잘 드러난다는 점이다. 통속이 세상과 통한다는 의미라면 오히려 세상을 보여주는 세태 속의 연애가 당대 코드의 반영이 될 수 있기 때문이다.

그런 점에서 『페어리랜드』는 2016년 코드인지도 모르고 코드를 쓰는 동시대인들이 꿈꾸는 연애와 사랑의 초상을 고스란히 보여준다. 니콜라스 루만의 말처럼 화자 자신이 개인적이고 외골수일수록 타인과 합의를 이루기 어렵고 비개연적이라면, 반대로 화자 자신이 그렇지 않다면 그 안의 일들은 훨씬 개연적인 것이 된다. 여기서 주목해야 할 것은 주인공인 서른세 살의 요정이라는 캐릭터가 스스로를 외골수이며, 타인과 합의를 이루기 어려운 존재로 규정한다는 점이다. 하지만 사실, 그렇게 스스로를 조금 다른 사람으로 여기는 것 거기에 바로 2016년 동시대 연애 코드의 핵심이 담겨 있다. "나"는 다른 "나"여야한다는 강박 속의 연애말이다.

2. 다른 나와 성공한 여성

이름도 독특한 '요정'이 제시하는 다른 나의 가장 큰 부분은 바로 모든 점에서 완벽한 싱글 여성, 즉 골드 미스라는 점이다. 소설의 제목이기도 한 페어리랜드는 요정이 운영하는 인터넷 쇼핑몰의 이름이다. 쇼핑몰의 이름에 자신의 이름을 쓴 데서 알 수 있다시피, 요정(Fairy)은 상당한 나르시시스트이다. 요정은 꽤 성공한 쇼핑몰의 사장이자, 부하 직원에게는 '캡틴'이라는 애칭으로 불릴 만큼 탈권위적이며, 볼륨감 있는 몸매와 동안까지 유지하고 있다. 그야말로 동시대 동갑내기 여성들이 꿈꾸는 완벽한 여성이다.

그녀에게 유일한 결점은 바로 그녀가 아직 미혼이라는 사실이다. 어떤 점에서 성공한 커리어 우먼인 차요정이 결혼을 결점으로 여긴다는 사실은 모순적이다. 요정은 21세기 현대 사회가 요구하는 가장 완벽한 싱글 여성의 코드를 쟁취했지만 한편 또 다른 코드인 아름다운 미시를 결여하고 있는 셈이다. 요정은 가진 것을 행복해하기 보다는 결여한 것에 불안해한다. 놓치지 말아야 할 점은 그 모순이 바로 우리 시대 코드 중 하나라는 사실이다.

전 교수님도 30대 초반까진 잘 나갔다면서요. 따라다니는 남자들도 많았고 인기도 좋았다잖아요. 근데 중반 넘으니까 남자가 싹 자취를 감췄대요. 저도 그렇게 될까봐 무서워요. 내년이면 서른인데.

전 교수님이 올해 몇이더라?

40대 후반요.

너랑 진 교수님이랑 같니?

그러니까 더 무섭죠. 서른 넘어 남자가 없으면 그 나이 돼도 없다는 거잖아요. 그래도 진 교수님은 교수라도 됐죠. 전 아무 것도 해놓은 게 없는데 남자라도 없어봐요. 어떻게 살아요? p.26

37살. 아저씨 나이였다. 나, 차요정. 결국 여기까지 와버렸다. 그러니까 내 얼굴이 민정이 말마따나 제 아무리 동안으로 보인다 한들 이제 내가 만날 수 있는 남자들은 이런 얼굴을 가진 아저씨들이거나, 아니면 낼모레 마흔이 되는 진짜 아저씨들밖에 남지 않았다는 사실이다.

갑자기 그 사실이 서글퍼졌다. p.58

뚱뚱한 아줌마들이 대부분의 벨트 위를 선점하고 있었다.

저녁 무렵 피트니스 클럽에서 만나는 아줌마들은 대체로 세 부류다.

첫 번째 부류 : 러닝머신 손잡이를 붙든 채 헉헉거리는 아줌마

두 번째 부류 : 마사지 벨트 옆에서 진을 치고 있는 아줌마

세 번째 부류 : 정수기 앞에서 수다 삼매경에 빠져 있는 아줌마.

세 부류는 한결같이 퉁퉁한 몸매를 자랑했다. 저녁마다 얼굴을 마주치니 열심히 나오고 있는 건 맞는데 체중의 변화는 별로 없었다. p.88

'페어리랜드'에 근무하는 여직원들의 가장 큰 고민 중 하나는 결혼과 적령기이다. 아무리 실력있는 여성이라고 하더라도 40살이 넘으면 결혼하기 힘들다고 말하는 박실장은 어떤 점에서 우리 사회의 편견을 고스란히 반영하는 인물이다. 그런데, 조금 의아한 것은 비교적 성공한 여성인물 차요정조차 타인에게 그 통속적 시각을 고스란히 투영한다는 사실이다. 심지어, 타인에게 내세우는 나이, 결혼, 외모에 대한 기준들은 가혹하리만치 관습적이며 상투적이다. 가령, 37살의 남성이 선 자리로 들어왔다는 것에 "아저씨"라고 바로 비하한다거나, 피트니스 클럽에 다니는 여성들을 "아줌

마"라고 호명하는 것도 그렇다. 여기서 아저씨나 아줌마는 이를테면 자기 자신의 육체나 삶에 대한 독보적 애정과 애착을 버린 사람들에 대한 비아냥을 포함하고 있다. 편견이 가득한 코드어인 것이다.

세상의 대부분을 차지하는 '나쁜 페미니스트', 즉 여성이 혐오되고 비하되는 현실이 싫지만 그렇다고 페미니스트라는 호명을 들을 땐 막상 거부하게 되는 평범한 여성들 중 하나임에도 불구하고, 아줌마라는 호칭은 무척 당황스럽다. 아줌마의 근거가 '몸매'이고 아저씨의 근거가 '나이'라는 점에서 더욱 그렇다. 그렇다면 아무리 성공적인 사회생활을 해도 나이만 먹으면 아저씨이고, 아이를 낳고 행복한 삶을 경위해도 살이 찌면 아줌마인가? 이렇듯 고유한 호명 체계를 가지지 않고, 사회적 호명을 차용하는 게 상투어이며 통속의 세계라지만 차요정의 언어들은 세상의 기준에서 거의 벗어나지 않는다. 쓰는 언어가 곧 세계관이라면 요정의 세계관은 세상이 부여하는 상투적 편견과 다를 게 없어 보인다.

문제는 요정의 편견이나 선입견에 대해 그런 것은 세상에 아예 없는 것이라고 부정하기는 어렵다는 데에 있다. 즉, 세상엔 그 세상에서 소통되는 나름의 호명 체계가 있기는 하다. 요정이 "그래도 난 내가 원하는 대로 살아갈 것이다"라고 다짐하고 선언하고 있음에도, 그것이 선언이라기보다는 간절한 자기 위안이자 자기 최면으로 받아들여지는 이유도 여기에 있을 것이다. 말하자면 요정은 살찐 여성을 아줌마로 통칭하고, 나이 많은 남성을 아저씨로 일반화하면서 스스로도 그런 호명 체계에 속하게 될까 봐 두려워하는 것이다. 요정은 연애와 결혼이 인생의 성패에 중요한 위치를 차지하는 매트릭스에서 한 발도 벗어나지 못하고 있다.

요정은 소설의 주인공이기는 하지만 그렇다고 이상화된 모델이거나 반

성적인 자기 정체성을 추구하는 인물과는 거리가 멀다. 여자에게 나이와 몸무게 이야기는 하지 말라고 말하고 한편, 7살 어린 대학 졸업반 학생과 동거를 하면서 결혼 대상자로는 예외 상태로 남겨둔다. 스스로에겐 무척 방어적이지만 한편 타인에게는 세상의 코드적 잣대를 엄밀히 적용하려 한다. 차요정은 이기적인 나르시시스트의 내면 일부를 극대화한 캐릭터에 가깝다. 그렇다면 그럼에도 불구하고 그녀는 왜 낭만적인 사랑을 꿈꾸는 것일까? 그것은 어쩌면 희망난민 시대를 살아가는 동시대인들에게 마지막 남은 희망의 감정일 지도 모르겠다.

3. 희망 난민의 연애서사

요정이 동거하는 남성이 26살, 대학 졸업반, 미래에 대한 희망보다는 부채와 책임이 더 큰, 잉여적 존재라는 점은, 그런 점에서 무척 시사적이다. 33살, 모든 것을 갖췄지만 아직 남편의 자리를 고민 중인 골드미스 차요정과 아름다운 외모와 다정함, 성실함을 모두 갖췄으나 경제적 능력을 갖지 못한 원준의 만남이 그렇다는 것이다. 원준은 우리 사회에서 희망을 보상받지 못한 청춘 1세대의 모습을 띄고 있다. 학생이라는 지위를 유지하기 위해 그는 "펫"을 자처할 정도이다. 하지만 적어도 그에겐 미래엔 더 나은 내가 있으리라는 희망의 여분이 있다. 아직 희망을 가진 20대, 그는 요정의 제안으로 요정과 동거를 하고, 요정과 연애를 한다.

『페어리랜드』의 외피는 자기밖에 모르던 여자 차요정이 7살 어린 원준을 만나 다른 공동체를 꿈꾸는 이야기의 모습을 띄고 있다. 요정에게 이러한 시도는 목숨을 건 도약처럼 심각한 결심으로 설명된다. 엄밀히 말해 요정의 고민은 피상적이며 상투적이다. 원준과의 갈등이 나르시시스트인 요정이 스스로의 벽을 깨는 과정이 되는 것 역시 꽤나 관습적이다. 그런데 어떤 의미에서, 지금 우리는 이런 관습적 연애 자체가 불가능한 시대를 살고 있는 것일지 모르겠다. 관습적 연애 자체도 불가능한 세상 속에서 그럼에도 불구하고 꿈꾸는 연애가 『페어리랜드』속에 자리잡고 있는 것이다.

절망은 미래에 대한 확신의 변형이다. 미래가 현재와 하나도 다르지 않다고 믿는 것, 그게 바로 절망이니 말이다. 그렇기 때문에, 절망은 막연한 낙관과 닮아 있기도 하다. 레베카 솔닛이 말했던 것처럼 결국 낙관 역시도 절망처럼 미래를 위해 아무 것도 하지 않게끔 이끌기 때문이다. 원준과 요정의 연애가 매우 구체적이며 사실적인 연애의 재현이 아니라 세상이 요구하는 코드의 반복으로 받아들여지는 이유도 여기에 있을 것이다. 어떻게든 잘 될 것이라며, 서둘러 원준과의 재회를 마무리 짓는 요정의 속내도 이와 다르지 않다. 코드가 이상이 되는 세상, 연애의 코드가 매우 높은 이념이 되어버린 이상한 세상에서, 결국 통속적 연애는 불안을 견디는 매우 보편적 방법이 된다. 21세기적 불안을 견디는 방법으로서의 연애, 그것이 『페어리랜드』의 공간이다.